시간의 갈피 한 모숨

시간의 갈피 한 모숨

2023년 3월 27일 초판 1쇄 인쇄
2023년 4월 3일 초판 1쇄 발행

지은이 | 최영한
펴낸이 | 孫貞順

펴낸곳 | 도서출판 작가
        (03756) 서울 서대문구 북아현로6길 50
        전화 | 02)365-8111~2 팩스 | 02)365-8110
        이 메 일 | cultura@cultura.co.kr
        홈페이지 | www.cultura.co.kr
        등록번호 | 제13-630호(2000. 2. 9.)

편   집 | 손희 김치성 설재원
디자인 | 오경은 박근영
마케팅 | 박영민
관   리 | 이용승

ISBN 979-11-90566-56-8 03810

값 16,000원

시간의 갈피 한 모슴

— 경제학자가 펴보인 21세기 담론

최영한 지음

작가

　얼마나 되었을까 돌아보니 어느덧 60년이 넘는 세월을 살아왔다. 그동안 좋은 일 나쁜 일 기쁜 일 슬픈 일이 많이 있었고 용케 잘 넘기며 오늘까지 왔다. 마음먹은 대로 살지는 못했다. 더 잘하고 싶었는데 그러하질 못했다. 쌓여있던 아쉬움과 미움이 웃음 속으로 녹아들 때, 나도 모르게 내 생각을 글로 옮기는 일에 재미를 느끼기 시작했다. 다시 읽으면 유치한 내용도 있었고 계속 가지고 가고 싶은 글도 있었다.

　문학도가 아니니 매끄럽게 쓸 재주는 없지만 가슴에서 '욱'하는 것은 있어 거칠게 말하고 싶은 게 많았다. 때론 사람에 실망하고 국가에 실망하고 가족에게 서운함을 느끼기도 했다. 나만 잘하면 되는 줄 알았는데 올바르지 못한 남을 만나면 나 역시 올바르지 못한 사람이 될 수 있음도 알았다. 이런저런 이야기들을 적어보니 미운 감정은 점점 사라졌다. 생각의 폭은 조금 넓어진 듯하다. 관심의 폭 역시 넓어졌고 주변을 바라보는 내 시선도 조금씩 바뀌어가는 것을 알 수 있었다. 계속 하나 둘 나만의 이야기를 적어보았다.

　정치 이야기를 하다 마무리하고 관료 이야기로 돌아서 또 마무리하고 교육 이야기로 돌아서 또 다른 이야기를 하며 적었다. 매사 문제점은 알겠는데 어떤 처방이 필요한가에 대해 명확한 입장을 취하기 어려웠다. 학교에서 학생들 가르치는 일 이외에 다른 세상 경험이 부족하고, 게다가 아는 것도 별로 없으니 어떤 문제에 대해 해법을 제시하는 건 불가능했다. 높은 자리로 갈수록 자기 마음대로 하기 어렵다는 것을 조금은 알기에 높은 사람 욕하는 일도 삼가려 했다. 책임 있는 사람이 소신껏 결정하기 어려운 게 세상이니 세상을 탓하는 것이 옳은가 라는 생각도 했다. 미주알고주알 불만만 가득 늘어놓은 것 아닌지 걱정이다.

주변에 여러 모습을 보며 느끼는 점, 여러 사람을 보고 느끼는 점이 많았다. 내가 거동이 어려울 만큼 늙으면 어찌될까, 길에 강아지를 버리는 사람은 어떤 심성(心性)일까, 체격조건이 열등한 사람이 프로 스포츠 무대에서 살아남는 비결이 무엇일까, 노령인구가 많아지는 대한민국에 밝은 미래가 있을까 등등 수없이 많은 생각이 스치고 갔다. 사람마다 생각이 비슷한 부분도 많을 것이다. 내가 생각하는 것이 남들도 생각했던 것이라면 공감할 수 있을 것이다. 나만의 생각이라면 고개를 갸우뚱 거리는 사람도 많을 줄 안다. 담담하게 적어간 글이니 분노나 환희가 섞이진 않았을 것이다.

살면서 아내와 세 아들 만큼 고마운 사람은 없다. 특히 아들의 아들인 손자가 주는 기쁨은 다른 무엇과도 바꿀 수 없다. 주변의 나를 아는 모든 친구에게도 고마움을 표하고 싶다. 초라한 솜씨의 글임에도 책으로 만들어주신 도서출판 작가의 손정순 사장님과 모든 직원께 감사드린다. 글이 엮어지고 책 제목이 만들어지기까지 자신의 일처럼 도와준 동료, 시인(詩人) 이병초 교수께 감사드린다. 끝으로 어두운 구름에 가려있는 모든 사람에게 희망과 행복의 빛이 내리기 바란다.

2023년 3월 파주에서

차
례

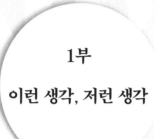

1부

이런 생각, 저런 생각

법과 사회

법과 사회

　　　　　　다양한 사람이 함께 살아가는 곳이 사회이다. 어느 나라나 마찬가지이며 어느 시기에도 마찬가지였으며 앞으로도 달라지지 않을 것이다. 성격이 급한 사람과 온순한 사람, 과격한 사람 유순한 사람 그리고 포악한 사람과 부드러운 사람 등등 다양한 종류의 사람이 함께 가고 있다. 아무런 브레이크가 없다면 온순하고 유순하고 부드러운 사람은 늘 강하고 포악하고 급한 사람에게 치일 수밖에 없다. 약육강식(弱肉强食)의 동물 집단과 유사한 모습일 것으로 생각된다. 사람 사는 세상이 그와 같다면 발전의 소지가 없다.

　다른 동물과 달리 이성이 있다지만 감정보다 이성이 늘 앞선다고 장담할 수 없는 일, 힘 있는 사람이 압도적 우위를 지니는 세상이 될 수 밖에 없다. 무언가 울타리가 필요한 이유이다. 사람에게 기본적 양심이 있다, 누굴 죽도록 미워하더라도 양심상 그를 죽일 수는 없다. 도덕이라는 울타리도 있다. 잔소리하는 어른의 멱살이라도 잡아채고 싶지만 아래 사람의 도리가 아니므로 꾹 참는 것이다. 하지만 경계를 넘는 경우도 있으므로 법(法)이라는 울타리가 필요했다. 누구도 거역할 수 없는 국가의 강제가 필요했다.

법의 잣대로 잘잘못을 가리는 경찰과 검찰이 있다. 누군가 혐의가 있으면 입건을 하고 구속여부에 대해서도 판단한다. 도망갈 가능성이 적고 추가적 범죄 행위의 소명이 필요 없다면 굳이 인신(人身) 구속할 필요가 없을 것이다. 하지만 범죄 혐의가 있는 사람이 도주의 우려도 있고 추가 범죄가 우려되는 상황이라면 어디엔가 그를 가두고 수사하는 것이 옳다. 구속수사가 존재하는 이유이다. 검찰이 직접 하는 경우도 있지만 대개는 경찰이 수사를 한다. 범죄 행위 전반에 대해 검토한다. 증거가 있으면 그를 근거로 추궁하고 증인이 있으면 그를 앞세워 자백을 들으려 한다. 이런 과정에서 혐의가 없으면 종결할 것이며 혐의가 있으면 기소의견(起訴意見)으로 검찰에 넘긴다. 검찰은 경찰의 수사를 바탕으로 기소 여부를 결정한다.

매의 눈으로 다시 수사 지휘를 하는 검찰이 기소하는 것으로 방침을 세우면 공판이 진행된다. 재판장에 가면 판사가 앉아있고 한 쪽엔 검사가 다른 한 쪽엔 변호사가 착석하고 있다. 판사는 검사의 기소 내용과 이유에 대해 듣고 아울러 변호사의 변론도 함께 듣는다. 검사 측에서 일단 구형(求刑)을 하지만 양측 주장을 참조하여 판사가 최종 심판(판결)을 한다. 검사의 기소 이유도 매우 중요하며 변호사의 변론 요지도 중요하다. 하지만 양측의 의견을 종합하여 판단하는 판사의 어깨와 머리는 무거울 수밖에 없을 것이다. 올바른 판단을 위해 어느 측으로 기울지 말아야 하고 양심과 법에 따라 판결을 해야 하며, 죄는 밉지만 사람을 미워하지 않는다는 말이 있듯 정상 참작의 사유가 있으면 이 또한 외면할 수 없다. 경험은 없지만 최종 의사결정을 하는 사람의 고독이 느껴진다.

선고(宣告)라는 이름으로 판사의 결단이 내려지면 그것으로 공판은 마무리된다. 1심 판결에 불복하는 경우 고등법원에 항소(抗訴)할 기회가 있다. 고등법원에서 내려진 판결에도 이의가 있는 경우 대법원에 상고(上告)할 기회도 있다. 대법원의 심판이 내려지면 더 이상은 없다. 1심에 승복하든 항소 결과에 승복하든 아니면 상고 결과에 승복하든 판결이 내려지면 내 의지로 바꿀 수 있는 것은 없다. 징역 1년이 선고되었다면 구치소에서 1년의 형을 채워야 나올 수 있다. 매사 강제로 진행되며 내 자유의지란 없다. 법의 울타리가 양심과 도덕을 넘어 좀 더 구체적으로 착한 사람으로 살아가라는 의미로 받아들여진다.

도덕과 양심 그리고 법이 지배하는 사회, 공정한 사회의 첫걸음이라 생각된다. 법은 누구에게나 공평하게 적용되며 개인의 의지와 무관한 개인의 주관적 판단과 무관한 그야말로 객관적 잣대이기 때문이다. 법을 집행하는 과정에 있는 경찰, 검찰, 판사, 변호사 모두 사람이므로 실수가 있을 수 있고 잘못된 판단을 할 수 있고 때론 자의적 판단도 있을 것이다. 하지만 바른 마음으로 올바른 판단을 해야 한다는 것이 그들에게 주어진 사명임을 명심했으면 한다. 하늘을 우러러 부끄럽지 않은 의사결정을 해야 하는 이유이다.

범죄와 전문성

사회가 발전하며 직업도 다양해진다. 우리나라의 경우 2020년 기준, 직업의 수가 16,891개라고 한다. 돈을 버는 방법이 이렇게 많으니 여기에서 다툼의 여지도 많아진다. 과거에 없던 인터넷을 통한 거래, 전화 등의 매체를 통한 성희롱 및 성매매, 교묘한 방법의 도박 행위, 금융기법을 악용한 사기 등 전례 없이 많은 범죄가 발생하고 있다.

용의자를 조사하고 수사하는 경찰이나 검찰은 최소한 이들의 범죄 행위에 대한 이해가 필요하다. 강력범이야 다루는 도구 정도가 변화하는 것이니 크게 공부할 일은 없을 듯하다. 그런데 금융 사기, 인터넷을 통한 범죄 등은 구체적 이해가 없이는 수사 자체가 불가능할 수 있다. 지금은 많이 사용하지 않지만 어음 거래 등의 사기에 대해서도 지식이 필요할 것으로 판단된다. 어음이 무언지 모르면 사건 전체에 대한 맥을 잡기 어렵기 때문이다.

금융 사기 등의 범죄를 저지르는 사람은 거의 '도사'급이다. 남을 속이고 그의 돈을 편취하는 것이 그들 목적이므로 웬만한 입담이나 제스처로 남의 돈을 거저 갈취한다는 것은 상상하기 어렵다. 따라서 전문적 지식을 갖고 전문적인 수준의 사기 '스킬'이 있을 것이다. 그를 수사하는 경찰이나 검찰도 이에 버금가는 스킬이 있어야 수사가 가능하다. 그런데 하루가 다르게 변화하는 세상의 속도에 경찰이나 검찰이 제대로 편승하고 있는지 걱정이다.

공판에 들어 재판장에 서 있어도 마찬가지이다. 범인과 그 변호인은 교묘한 방법으로 자신의 죄가 사실상 죄가 아님을 보여주려 역설할 것이다. 따라서 판사는 사건의 전모에 대해 정확히 알고 검찰이나 변호사의 말을 듣고 최종 판단을 해야 한다. 정확히 모르고 검사 측 말을 일방적으로 듣고 결정하면 피고인이 억울할 것이요, 변호사 측의 변론에 기울어 판결하면 죄가 많은 용의자를 죄가 없는 사람으로 착각해 방면할 수도 있다. 문제는 경찰, 검찰, 재판부 판사들이 진화하는 범죄의 속도에 따라가기 위해 "별도의 공부를 하는가?"이다. 만약 충분히 공부하고 이에 대비한다면 국민 입장에서 걱정할 필요는 없다. 하지만 범죄는 진화하고 전문화되어 가는데 이를 추적 및 수사하는 집단이 제자리걸음을 하고 있다면 사회적 불만과 불안이 싹틀 수밖에 없다.

과거에는 판검사가 되기 위해 사법고시라는 시험을 치러야했다. 사법고시는 대학교 법학과에 개설된 여러 과목의 시험을 통해 일정 점수 이상인 사람을 선발한다. 선발된 인원이 사법 연수원이란 곳에 들어가 2년간 전문적 교육을 받고 임용되었다. 지급은 사법고시가 없고 법학전문대학원을 졸업한 사람이 변호사 선발 시험에 응시해 이에 합격하면 변호사로 선발된다. 변호사로 선발된 사람 중 극히 일부가 판사 및 검사로 임용되어 활동한다. 과거 시법시험에 비해 대학교를 졸업하고 법학전문대학원을 다니며 케이스 스터디(case study)를 많이 하고 임용되는 것이므로 학과시험에 합격하고 임용되는 경우에 비해 전문적 지식이 조금 더 있을 것으로 판단된다. 하지만 사기 등 범죄에 참여하는 사람들은 '도사'급임을 명심해야 한다.

나이 서른 전후에 판검사로 임용되면 인생 경험도 적고 사회 전반의 사건에 대한 이해도 떨어질 수밖에 없다. 금융 사기나 인터넷 사기처럼 전문적 지식을 필요로 하는 경우 접근이 어렵지 않을까 우려하는 이유이다. 전화나 컴퓨터를 통해 성희롱이나 성매매가 이루어지는 경우에도 컴퓨터의 특성이나 접속 방법 등을 잘 모르면 정확한 판단이 어려울 수 있다. 죄가 있으면 죗값을 치러야 하고 남을 해친 사람은 그에 상응하는 벌을 받아야 하는 것이 도리이다. 정확하게 죗값을 정하기 위해 그들의 범죄 행위에 대한 정확한 이해가 필수적이다.

판검사가 된다고 모든 것을 다 알 수 있는 것은 아니다. 제대로 알려면 그들도 범인들처럼 많은 시간을 쏟아 탐구해야만 한다. 복잡한 세상, 자신의 아이에게 영양분이 많은 것을 제대로 먹이기 위해 공부하는 엄마의 심정으로 국민 모두를 편하게 만들기 위해 경찰, 검찰 및 재판부에 노고를 당부하고 싶다. 일반 국민은 걸어 다니고 법조인들은 뛰어 다니며 범죄자들은 날아 다닌다는 말이 있다. 만약 그렇다면 슬픈 일이다.

변호사 선임: 법은 멀고 -

범죄의 혐의가 있어 입건(立件)된 사람은 스스로 조사를 받거나 아니면 변호사를 대동하여 조사받을 수 있다. 사건에 따라 다르지만 변호사 선임을 위해 필요한 돈은 보통 사람의 입장에서 보면 상상을 초월하는 금액이다. "일 같지도 않은" 작은 일이라도 일단 선임하려면 최소한 500만 원이 필요하다고 한다. "법률서비스를 받는 대가로 그 정도야 지불할 수 있지 않은가"라고 생각할 수 있다. 하지만 고소득 사회이고 돈 가치가 많이 떨어졌다고 해도 근로자 전체 평균소득이 250여만 원에 불과하므로 웬만한 가정의 두 달 치 생활비에 해당하는 돈이니 결코 적지 않다.

형사 사건의 경우 수임료는 더욱 올라간다. 구속 가능성이 있으면 피의자 몸이 더욱 달아 부르는 대로 지급하려 한다. 1,000만 원이 2,000만 원이 되는 것이다. 법원장이나 검사장 출신의 변호사이면 가격은 천정부지(天井不知)라고 한다. 만인에게 공정하다는 것이 법인데 법률서비스를 제공하는 사람에 따라 가격이 다르다는 것도 이상한 일이다. 일단 그렇다고 넘어가도 급한 사람은 피의자이니 가격 운운하며 협상할 처지가 아닌 것이다.

그런데 큰 잘못은 보통 돈이 많은 사람 또는 돈을 잘 버는 사람들과 관련이 있다. 좋게 보면 빠르고 영리한 행동이나 다른 시각에서 보면 남들의 눈을 속인 일들이 얼마나 많은가? 여기서 일확천금(一攫千金)하는 사람도 있고 하루아침에 벼락을 맞는 사람도 있으니 싸움이 법정으로 비화되는 것이다. 긴가민가해도 만에 하나 내가 이기게 되면 얻는 것이 많으니 한번 찔러보는 심정으로 고소하는 경우도 많다고 들었다. 가진 것 없는 사람의 경우 큰 사건에 휘말릴 일도 별로 없고 기껏해야 잡범(雜犯)수준에 불과하다. 그래도 엄정한 것이 법의 심판이니 그것을 피하기 위해 노력하기는 마찬가지이다.

경제적으로 어려운 사람의 경우 홀로 법정에 나갈 수밖에 없다. 변호사가 없으니 사소한 민사사건이라도 본인이 출석해야 한다. 재판장에서 검사나 판사의 마음을 잘 이해하고 조리있게 답변하면 제대로 심판을 받을 수 있지만 그렇지 못한 경우 억울한 판결이 있고 주변에서 그런 사례를 볼 수 있다. 적극적으로 해명하고 법의 테두리를 벗어나지 않았다고 강변하여 재판장의 마음을 돌리는 경우 무죄 또는 가벼운 벌을 받을 수 있을 것이다. 하지만 의혹이 없음에도 제대로 설명하지 못하고 정황을 이해하지 못해 계속 동문서답(東問西答)한다면 재판장의 마음을 움직일 수 없을 것이다. 법의 논리에 따라 적극적으로 답변하고 설명하는 능력은 변호사를 따라갈 수 없으니 변호사와 함께 있는 피의자와 그렇지 않고 홀로 있는 피의자는 완전히 다른 상황에 있는 것이다.

재판부를 거부할 수 있고, 묵비권을 행사할 수 있고, 불리한 증언을 하지 않아도 되는 사실을 정확히 인지하는 어려운 사람이 얼마나 될까 생각해본다. 사소한 전과라도 전과가 있는 사람은 색안경을 끼고 바라보는 시선 때문에 피해보는 경우도 많이 있다. 남의 돈 수십억 원을 해 먹은 사람은 집행유예로 버젓하게 사회 속에 살아가는데, 남의 자전거를 훔쳤다는 이유로 감옥에 있는 사람도 있다. 이유인즉슨, 같은 범죄를 수차 반복했기 때문이라고 한다. 정치인들은 말도 안되는 거짓말을 수차 반복해도 아무 일 없는데 그깟 자전거를 훔친 일로 감옥에 가야한다니 마음이 아프다.

어려운 사람을 위해 국선변호사 제도가 있다. 헌법 12조에 명시된 바와 같이 형사 피고인이 스스로 변호사를 구할 수 없을 때 법률이 정하는 바에 따라 "국가가 변호인을 붙인다." 고마운 일이다. 그런데 내가 고용해 나만을 위해 일하는 변호인과 국선변호인의 변호에는 많은 차이가 있을 것이다. 내가 변호사라도 최선을 다할 가능성이 큰 경우는 전자(前者)이다. 우리는 너나없이 돈의 지배를 받으며 살고 있다. 그러다 보니 아무렇지도 않게 변호사를 고용할 수 있는 사람과 그렇지 않은 사람 둘로 구분된다. 어렵고 힘든 사람은 양질의 법률 서비스를 제공받기도 그만큼 어렵다. 그러다 보니 대다수 일반인에게, 법은 멀리 있다.

법조인의 도덕성

판검사가 공정하지 못하고 시류에 따라가지 못하면 잘못된 판결을 할 수 있고 죄 있는 자에게 벌을 내리지 못할 수 있다. 법조인이 열심히 공부해야 하는 이유이다. 걷는 자 위에 뛰는 자 있고 뛰는 자 위에 나는 자 있다 했으니, 검사와 판사는 우리 사회에서 '나는 자'가 되어야 한다. 그리고 욕심일지 모르나 도덕적으로 흠집이 없었으면 좋겠다. 인성(人性)도 바르고 늘 좋은 마음으로 세상을 바라보며 어떤 일이든 공명정대하게 처리할 수 있는 준비가 되어있기 바란다.

판사나 검사로 임용되려면 어려운 시험을 통과해야 하고 그런 사람들끼리 모여 다시 우수한 성적을 거두어야 한다. 따라서 그들의 학식이나 법적 판단 능력은 완벽에 가까울 것으로 생각된다. 극히 일부에 불과하지만 재판 중 막말을 하는 판사, 고압적인 자세로 피의자를 바라보는 판사, 죄와 사람을 구분하지 못하는 검사가 있기에 도덕적 측면과 인성은 아무리 강조해도 지나치지 않을 듯하다.

다른 직업은 정년(停年)이 되어 일자리를 떠나면 그것으로 그만이다. 그러나 판사와 검사는 정년이 되어 그만두어도 변호사로 계속 일할 수 있다. 재직 당시 높은 자리에 있던 사람은 전관예우라 하여 퇴직한 그해에 많은 수임료를 챙긴다는 말도 돌아다닌다. 하지만 부정한 사건이나 올바르지 못한 일을 한 사람을 변호하며 수임료를 받는 것은 좋아 보이지 않는다.

물론 변호사는 살인범도 변호할 수 있고 희대의 유괴범도 변호할 수 있다. 그런데 누가 보아도 명백한 잘못을 저지른 사람이 소위 '유능한' 변호사를 고용해 무죄 또는 집행유예로 방면되어 우리와 함께 거리를 활보하는 경우가 있다. 사회적으로 비극이다. 사기를 저질러 많은 사람에게 피해를 입힌 사람, 학교나 관공서의 돈을 횡령하여 집단에 큰 피해를 입힌 사람이 구속을 면하기 위해 유능한 변호사를 찾는 모양이다. 재직 당시 높은 자리에 있던 분들은 변호사로 개업했어도 이런 사건의 의뢰가 있을 때 과감하게 거절했으면 좋겠다. 과거 높은 자리에 있던 경력을 바탕으로 좀 더 어려운 사람, 억울한 사람에게 자비를 베푸는 변호사가 되었으면 좋겠다.

지금도 그런지 모르겠으나 판사나 검사로 임용되면 주변의 뚜쟁이들이 달려들어 좋은 조건을 제시하며 결혼을 권유한다. 아주 오래전에 들은 이야기인데 판검사 또는 의사와 결혼하려면 "열쇠 3개가 필수"라고 했다. 자동차 열쇠, 아파트 열쇠, 퇴임 후 사용할 사무실 열쇠인데, 결혼하려면 많은 것을 지참하고 오라는 웃지 못할 이야기이다. 실제 그렇게 하며 결혼한 사람이 있는지 모르나 결혼의 의미가 퇴색될 뿐 아니라 사회 지도급 인사인 그들의 처지에 비추어 매우 바람직스럽지 못한 것이다. 자식들 앞에서 부끄러운 일이며 남 앞에서도 말하기 꺼려질 것으로 생각된다.

후배 또는 젊은이가 찾아와 '아무개님, 결혼하려는데 어찌해야 할까요?' 물을 때 "많은 열쇠를 챙겨줄 사람에게 장가들어라!"라고 이야기하는 것이 옳은가 말이다. 그런 과정을 거쳐 결혼하고 결혼 생활을 계속한 판검사가 있다면 변호사 개업을 해도 생각이 크게 바뀌지 않을 듯하다. 사건 내용과 무관하게 많은 수임료를 제시한 사람의 사건을 열심히 하려들 것이기 때문이다. 결혼 생활로 고통 받는 여인에게 이혼에 이르도록 도와주고, 법과 규율을 몰라 피해를 본 억울한 사람의 고통을 덜어주고, 정상참작이 이뤄지지 않아 형량이 많아진 사람의 형량을 낮추어 그를 고통에서 해방되도록 해주면 어떨까 싶다.

저분은 대법관 출신이라 참 점잖다. 저분은 부장 검사 출신이라 다른 사람이 아픔을 달래주는데 일가견이 있다. 아무개 변호사는 법원장 출신이라 어려운 처지에 있는 사람의 아픔을 너무도 잘 아신다. 이런 이야기가 들렸으면 좋겠다. 우리 모두에게 가치 있는 삶, 가치 있는 인생이 무엇인지 알려주는 역할을 하셨으면 좋겠다.

법과 현실: 유전무죄

아주 오래전 여염집 주택을 침입한 괴한이 경찰은 물론 세상을 향해 들어보라고 뱉었던 말이 "유전무죄(有錢無罪) 무전유죄(無錢有罪)"이다. 돈 있으면 죄가 없어지고 돈이 없으면 죄가 사라지지 않는다는 의미이다. 법은 만인에게 공정하게 적용되는 그야말로 보편타당한 가치이어야 한다. 그런데 돈이 많아 좋은 변호사를 고용하면 죄가 줄어들고 돈이 없어 그렇지 않은 변호사에 의지하면 죄가 줄어들지 않아 고통 아닌 고통을 받는다는 말이 있다.

무심코 들어 넘겼던 말인데 "옳은 말일 수도 있겠구나!"라고 절감하고 있다. 누구에게 전해들은 지방 모대학교 이야기이다. 아무개 씨가 학교 돈을 횡령했다는 죄목으로 법정에 섰다. 처음이 아니라 재판부에서 주목했던 모양이며 그에게 징역형의 실형이 선고되어 복역하다 보석으로 풀려났다고 한다. 학교자금의 횡령이란 것이 사회 일반에서 알고 있는 바와 달라 교비항목만 바꾸어 잘못 사용해도 횡령이 되는 터, 전해들은 내용만으로 한 사람의 잘잘못에 대해 평가하기가 어려운 게 사실이다.

하여튼 1심 판결에 대해 항소했고 고등법원 재판에 앞서 새로운 변호사를 고용했는데, 얼마 전까지 법원의 요직에 있던 사람이라고 했다. 이후 고등법원에서 지방법원으로 사건이 환송되어 상당히 오랜 기간 동안 이미 판결이 났던 1심을 다시 진행했다고 들었다. 최초의 변호사였다면 고등법원에서 유사한 판결로 마무리 될 뻔 했는데, 자유로운 상태에서 재판을 처음부터 다시 진행하다 보니 재판받는 사람의 입장에서는 상당히 여유가 생겼을 것으로 판단된다. 제대로 알 수 없는 노릇이지만 법원의 요직에 있다 변호사 개업을 한 사람은 그렇지 않은 사람에 비해 변호사 수임료가 비싸다고 들었다. 그런 것도 전관예우에 속하는 것인지 모르겠으나 피의자 입장에서는 내게 유리한 무엇을 위해 비싼 비용을 지불한 셈이다.

성공적으로 재판을 마칠 수 있다면 돈의 효과가 제대로 나타난다. 누구든 이런 이야기는 한번쯤 접했을 것이다. 승소가능성이 높은 소위 유능한 변호사를 고용할 수 있는 사람은 돈에 여유가 있는 사람이다. 당장 여유가 없어도 돈의 변통이 가능한 입장일 것이다. 만약 돈이 없다면, 설사 승소가능성이 높은 변호사를 알고 있어도 그를 고용할 상황이 안 될 수 있다. 그렇다면 소득이 낮아 돈이 없으면 실형을 선고당할 가능성이 농후한 반면 돈이 있어 유능한 변호사를 고용할 수 있다면 동일한 사건에 대해 형량이 아주 낮아질 수 있다. 이런 것이 올바른 법의 적용인지 잘 모르겠다. 같은 범죄에 대해 실질적 의미에서 전혀 다른 판결이 나타날 수 있음을 의미하니 '법이 모든 사람에게 공평하다.'라고 말할 수 있을까? 늘 의문이다.

법률 적용에도 자본주의 시장의 논리가 적용된 셈이다. 비싼 값을 치르면 좋은 물건을 살 수 있고 그렇지 않으면 좋은 물건을 구경하기 어렵듯, 돈이 많으면 전직이 화려한 변호사를 대동하여 큰 벌을 받아야 할 사건에도 적은 벌로 대신할 수 있기 때문이다. 그렇게 관대하게 처분할 수 있다면 변호사가 누구이든 판사가 제대로 판결하면 될 것인데 참으로 이상한 일이고 우리 같은 범인(凡人)들은 도무지 이해할 수 없는 일이다. 법원 앞에 즐비한 변호사 사무실을 보며 많은 생각이 든다. 화려한 전직이 없는 변호사는 수임료가 저렴한 사건을 맡아 일하고 전직이 화려한 사람은 훌륭한 법률 서비스를 제공한 대가로 엄청난 수임료를 받아가는 것인가? 법은 변호사의 전직에 따라 달리 요리되고 재판부의 판결도 변호사의 능력에 따라 달라진다면, 유전무죄(有錢無罪)란 말이 계속 귓가에 맴돌 것 같다. 슬픈 일이다.

정치와 사회

정치: 의미와 현실

　　　　　　　　사전에 나와 있는 정치의 의미는 다음과 같다. "나라를 다스리는 일, 국가의 권력을 획득하고 유지하며 행사하는 활동으로 국민들이 인간다운 삶을 영위하게 하고, 상호 간의 이해를 조정하며 사회질서를 바로잡는 따위의 역할을 한다(표준국어대사전)."

　정치가 나라를 다스리는 것이란 사실, 쉽게 이해할 수 있다. 정당 활동의 주된 목적 중 하나가 권력을 획득하는 것이니 이 또한 이해가 간다. 국가가 나서 권력을 행사하는 일은 너무도 많다. 시장의 자발적 의사에 맡기면 할 수 없는 일이 많고, 국방, 도로, 기타 사회 간접자본 등 제대로 공급될 수 없는 서비스도 여럿이다. 조세의 강제징수(모든 국민의 납세의무)는 헌법 제 38조에 명시된 국가의 행동이며 강제적으로 징수하고 처벌하는 일에 국가가 앞장서야 한다는데 부정적일 사람은 없을 것이다.

　그런데 우리는 정치의 역할에 주목해야 한다. 첫째, 정치가 국민에게 인간다운 삶을 영위하도록 도움을 주어야 한다. 인간다운 삶이 무엇인지 딱 잘라 말하긴 어렵지만 국민을 편하게 하고 모든 위협으로부터 국민을 보호하며 인간의 존엄성이 유지되도록 하는 일이다. 정치가 국민을 불편하게 하고 정치가 경제를 훼방하고 정치 세력 간 반목(反目)으로 정치인에 대해 혐오감을 느끼는 국민들이 많은 요즈음, 정치가 인간다운 삶을 영위하게 하는데 효과적이라 생각하는 사람은 드물다. 보수와 진보로 갈라치기 하고 진보진영 내부에서 또 갈라치기 하고, 보수 안에서도 편 가르기가 이루어지는 것이 현실이다. 정치인 개인의 입지, 정치 계파의 이익을 위해 그런 것이지 국민의 평안을 염두에 두고 갈라치기하며 날을 세우는 것으로 보이진 않는다. 정치판 어디를 보아도 정치가 인간다운 삶을 영위하는 데 도움을 준다는 느낌은 없다,

둘째, 정치의 역할은 상호 간 이해를 조정하는 일이다. 현대 사회는 집단 간 갈등의 연속이다. 각 집단의 특성을 알고 적절하게 대처하며 서로가 이익을 얻을 수 있는 방향으로 또는 국가적으로 이득이 나올 수 있도록 조정하는 일은 아무리 강조해도 지나치지 않은 것이다. 갈등을 조절하는 중간자가 되려면 공평무사(公平無私)한 마음으로 임해야 한다. 한쪽의 이익에 다리를 걸치고 다른 한쪽에 양보를 요구하면 조정이 성사될 수 없고, 증오하는 다른 한쪽의 이익을 두둔할 수 없어 사실 관계도 파악하지 않은 상태로 한쪽의 편을 들어도 마찬가지이다. 그런데 정치판을 보면 자신들의 갈등조차 해결하지 못하는 경우가 태반이다. 친박, 친이, 친문, 반문 등 초등학교 학생도 웃을만한 작태를 벌이며 서로 으르렁거리니 그들에게 사회적 갈등을 해소하며 이해를 조정하라는 것은 고양이에게 "생선을 탐하지 말라"고 하는 것과 같다.

셋째, 정치의 역할은 사회 질서를 바로잡는 것이다. 국가 권력을 이용하여 강제력을 동원하면 민초의 삶에 직접 개입하는 것이다. 옳고 그른 것, 잘하고 잘못한 것, 벌할 것과 그렇지 않은 것 등을 구분하는 엄정한 역할이 필요하다. 그래야 국민들이 바른 길을 찾고 올바른 행동을 하며 살아갈 수 있다. 만약 부정한 일을 부정하지 않은 양 치장하려 들고 어느 한 편의 이익에 맞추어 다른 모든 쪽의 의사

를 무시하며 일을 추진하면 사회적으로 질서가 유지되는 것이 아니라 갈등만 살아나는 것이다. 무엇보다 정치권에 있는 분들이 솔선수범하며 모범을 보이면 사회질서 유지에 좀 더 바람직하리라 생각된다. 법적으로 형을 받은 상태에도 진정한 사과를 하지 않고, 누가 자신의 잘못을 탓하면 반성은 고사하고 교묘하게 빠져나가려는 생각만 한다. 평범한 국민도 사소한 잘못이 있어 지적하면 이에 사과하고 반성하는 모습을 보인다.

결국 정치에 참여하는 사람이 정치의 목적, 즉 권력을 획득하여 유지하는 일에만 치중하는 모양이다. 그러다 보니 말과 행동에 있어 정치의 역할을 망각하는 듯하다. 3류, 4류 정치란 핀잔을 벗어나려면 지금이라도 올바른 행동으로 국민 앞에 다시 서려는 노력이 필요하다. 국민들은 거창한 것을 요구하지 않는다. 정치와 정치에 참여하는 분들이 타의 모범을 보이고 스스로 화해하고 용서하며 국민과 국가를 위해 헌신하는 모습을 보이면 된다. 그렇다면 모든 표가 그리로 쏠릴 것이며 자연스레 권력을 장악할 수 있다. 이념 같지도 않은 이념으로 갈라선 모습이 아닌 대다수 국민에게 존경받는 정치와 정치인을 기대하는 것은 무리일까?

정치인: 국회의원

정치인이라 하면 보통 국회의원을 의미한다. 그렇게 생각해보기로 하자. 대한민국엔 300명의 국회의원이 있다. 정당 정치를 원칙으로 하니 각 정당의 공천을 받아 국회의원에 출마하고 국민의 직접선거에 의해 다수 득표를 한 사람이 국회의원에 당선되어 금배지를 단다.

국회의원은 각 지역구를 대표하는 국회의원과 각계 전문가로 구성된 비례대표 의원으로 구성되는데 지역을 대표하는 국회의원이 253명이며 비례대표는 47인, 총 300인으로 구성된다. 국회의원은 법적으로 차관급 대우를 받지만 실질적으로 차관 이상의 실력을 행사할 수 있고 상당한 특권, 즉 불체포 특권 및 면책 특권을 갖는다. 불체포 특권에 따라 국회의원은 현행범이 아닌 경우 회기 중 국회의 동의 없이 체포 또는 구금할 수 없고 회기 전에 체포 또는 구금할 때에는 현행범이 아닌 한 국회의 요구가 있으면 회기 중 석방해야 한다. 한편 국회에서 직무상 행한 발언에 대해서는 국회 밖에서 책임지지 않는 면책 특권도 함께 갖는다.

　헌법 46조에 명시된 국회의원의 역할은 유권자의 의사를 그대로 반영하는 대리인, 자율적으로 본인의 능력을 발휘하여 공익을 지향하는 수탁인의 역할을 할 수 있다. 의정 활동이 곧 입법(立法) 활동이므로 지역구 주민의 의사에 따라 대리인의 역할만 한다면 대한민국을 위해 올바른 선택을 못할 수 있다. 따라서 국회의원의 역할을 대리인으로 한정시키면 곤란할 것이다. 국가를 위해 올바른 입법 활동을 하되 지역구 주민의 의사를 수렴하여 자신의 지역구를 발전시키는데 도움을 주는 것이 좋다.

　그런데 국회의원이 국민들에게 주는 이미지를 보면 그들에게 부여된 특권만큼 우리 사회에서 중요한 역할을 하는지 의문스럽다. 우선 첫째, 장기적 안목이 있는가 묻고 싶다. 4년에 한 번씩 의원선거가 있으니 지역구 주민들에게 제시하는 공약도 먼 미래를 보고 지역구의 장기적 발전을 위한 정책을 공약으로 제시하는 경우를 찾기 힘들다. 가장 중요한 것이 본인의 당선이니 유권자인 지역 주민보다 자신을 앞세우는데 할 말은 없다. 하지만 정책의 실현여부, 지역구 발전에 기여 정도, 지역 구민의 행복에 미치는 영향 등이 충분히 고려된 공약이 많았으면 하는 아쉬움이 있다.

　둘째, 각 정당은 국회의원 공천을 할 때 국회의원으로서 자질을 충분히 검증

하는지 궁금하다. 과거에는 당에서 일방적으로 공천을 발표했다. 항간에 떠도는 소문에 의하면 공천받기 위해 당에 납부해야하는 헌금액이 수억 원에 달한다는 말도 있었다. 지금은 모든 정당에서 공천위원회를 두어 참신한 인물을 찾으려 노력한다. 그런데 대부분의 현역 의원이 공천 대상에 포함되며 새롭게 공천되는 사람의 이력을 보아도 사법고시에 합격해 판사 또는 검사경력을 지닌 분들, 방송국의 아나운서로 일했던 분들이 유독 눈에 띈다. 국회에서 국민을 위한 입법 활동을 하는데 법조인 경력이 무슨 도움이 되며 방송국에서 아나운서 역할을 하던 분은 더더구나 입법 활동과 무관하다 판단된다. 내 얕은 생각으론 그저 인기에 편승하여 표가 나오리라는 기대로 공천하는 것은 아닌지 의심이 간다.

셋째, 국회의원의 의정 활동에 대한 평가가 정확한지 의문스럽다. 국회가 입법부이므로 국회의원은 입법 활동으로 평가되어야 한다. 그런데 정기 국회 회기 안에 출석률이 저조한 분도 있고 법안 발의 건수도 몇 안 되는 의원도 있고, 지역구 활동을 등한시하는 의원도 상당수 있다. 그런데 당에서 그런 의원을 징계(또는 경고)하는 일은 거의 없었다. 안면으로 당선된 다음 본연의 임무에 충실하지 않아도 국회의원의 지위를 유지하는 데 문제가 없다는 말이다. 이를 쳐다보는 국민들이 의원이나 각 정당의 높은 사람들에 대해 불만을 가질 수밖에 없다.

국회의원이 되면 회기(會期)를 제외한 나머지 기간에는 자신의 지역구에서 주민들과 대화를 하며 주민에게 무엇이 필요한지 직접 확인하는 의원이 되어주기 바란다. "보좌관의 말에 의하면" 또는 "동대표의 말에 의하면"으로 시작하지 말고 매사 "내가 직접 확인해 보니"로 시작하는 국회의원이 되어주길 바란다. 적지 않은 세비에 많은 보좌진을 거느린 사람이니 최소한 '밥값'은 해주었으면 하는 바람이다.

국회의원과 세금

　　　　　　대한민국은 3권이 확실하게 분립된 사회이므로 행정부, 입법부, 사법부로 구분되어 있다. 입법부는 예산의 책정, 집행, 결산에 이르는 총 과정에 행정부의 활동을 견제하며, 우리나라에 필요한 법을 만드는 일을 하고 있다. 의회에서 만들어진 법안에 근거하여 행정부의 지출 및 활동이 가능하다. 사법부 역시 행정부, 입법부와 독립되어 정의와 양심에 입각하여 판결을 행하고 있다.

　입법부에는 300명의 국회의원이 활동하며 국회의원은 매월 활동비(세비)를 받고 의정활동을 하기 위해 국회의원 1인당 총 9명의 보좌진을 둘 수 있다. 보좌진의 급여는 국민들의 세금에서 지출되는 것은 물론이다. 국회의원의 세비는 월 1,285만 원이며, 연 1억 5천만 원 약간 넘는다. 국회의원의 지위가 차관급이라 하는데 급여는 차관(연봉 약 1.4억 원)보다 높다. 게다가 독립적인 의원 사무실이 있고 거기에 총 9명의 보좌진이 있다. 4급 보좌관 2명, 5급 보좌관 2명, 6급 이하 보좌관 5명을 둘 수 있다 하니 이만저만 좋은 대우가 아니다. 입법 활동이 그만큼 중요한 것이며, 유권자의 의사를 반영하는 지역구 활동과 대한민국을 올바로 세우는 입법 활동을 제대로 하라고 많은 지원이 이루어진다고 생각하면 된다.

　국회의원에게도 상당히 많은 나랏돈이 나가는 꼴이니 지출 대비 편익의 크기를 가늠해보아야 한다. 소위 비용/편익분석이라 하는 작업이 필요하다. 총비용은 의원에게 나가는 세비, 보좌진에게 지급되는 급여를 환산하면 되는데 보좌진 1인당 평균 4,000만 원만 받아간다고 가정해 보면 의원 한 명 당 약 3.6억 원이 나가며 여기에 본인의 세비를 보태면 의원 1인당 5억 원 남짓 소요된다. 1인당 5억 원이라 해도 지출총액이 연간 1,500억 원(5억원*300명)에 달한다. 국회의원실에서 사용하는 각종 집기 및 건물관리비용, 전화 및 전신비용, 우편비용 등은 논

외로 하고 그들에게 지급되는 기사, 승용차 등도 계산에 넣지 않아도 적지 않은 돈이 나간다.

의회와 국회의원이 우리에게 주는 편익은 무엇일까? 정당간 합의 및 협치(協治)의 모습은 볼 수 없고 예산안 심사도 끝까지 무계획적이며 아무 검토 없이 '물고 늘어지기'의 연속이며 국가의 백 년을 걱정하며 국민의 안위를 생각하며 만드는 법안은 거의 없는 것으로 보인다. 그들 고유의 권한인 법안 관련 문제도 마찬가지이다. 2020년 시작된 20대 국회에서 2022년 5월 말일까지 2년간 만들어진 법안이 무려 14,831개라 한다. 이중 정부에 제출된 법안은 491개이며 최종 채택된 법안은 10% 남짓이라고 한다. 2년 동안 15,000개에 가까운 법안을 제출했다니 이런저런 이유로 의정활동을 못하는 의원을 제외하면 1인당 40개가량 제출된 셈이며 한 달에 1인당 평균 2개의 법안을 제출한 꼴이다.

법안을 만드는데 아무리 탁월한 능력이 있어도 지역구 살림 돌보고 당 차원의 회의 등 갖은 업무에 참여하며 매월 2개씩 법안을 만든다면 초인적인 것이다. 그런데 중요한 것은 발의 법안 중 정부에 제출된 것이 30%도 안 되고, 최종 가결된 법안은 15% 남짓이라고 하니 법안의 충실성은 높게 평가될 수 없다. 법안을 만들 때 진지하게 생각하지 않은 것이며 따라서 완성도가 낮고, 기존 법안에서 몇 개 더 넣고(또는 빼고) 새로운 것인 양 제출하기도 했던 모양이다. 아마 의정활동 평가에 법안 발의 숫자가 들어가니 너나없이 공동 발의하여 제출하는 모습도 많이 보였다. 그야말로 '보여주기식' 법안이 많았다고 한다.

물론 지역구를 위해 불철주야 고생하고 고민하는 의원도 많다고 들었다. 내가 아는 지인 중 국회의원실 4급 보좌관이 계신데 그분은 "점심을 제대로 먹어본 일이 없다." 할 정도로 바쁘게 일하셨다고 한다. 의원께서 외부에 나가있어도 끊임없이 지역구 또는 자신의 소속 상임위 관련 자료를 챙기라는 지시를 했다는 것이다. 모든 자료를 다 받아 읽어보고 새로운 지시를 내리고 늦은 시간에 여의도로 들어와 오랜 시간 이야기를 하다 저녁 먹을 시간을 놓친 적도 많았다고 한다. 지난 시절을 회상하시며 '일 많은 국회의원 아래서 많은 고생을 했노라' 하셨는데, 국민의 한 사람으로 박수를 보내고 싶었고 모든 의원들이 그러하시면 좋겠다는 생각을 했었다. 국회의원은 국민의 정치인이니 스스로 국민의 그리고 국민을 위한 정치인이 되도록 다짐했으면 좋겠다.

교과서 속의 정치인

　　　　　　　　　재정학(공공경제학) 교과서 내용 중 공공선택 이론이 있다. 공적 의사 결정을 다루는 분야이며 정치적 과정을 경제학적으로 분석한다. 공공선택에 참여하는 집단이 개인, 정치인, 관료 및 이익집단이므로 정치인이 주요 관심의 대상이 되는 것은 물론이다. 공공선택 이론에서 모든 집단은 이기심에서 출발한다고 가정한다. 정치인도 다른 집단과 마찬가지로 모든 의사 결정에서 이기심을 우선시한다. 그의 이기심은 국회의원 신분을 유지하는 것이며 따라서 국회의원에 당선되는 것이 목적이다.

　국회의원이 되려면 우선 공천을 받아야 한다. 공천은 자신의 소속 정당의 대표, 공천심사를 하는 많은 외부 전문가에 의해 이루어진다. 정당에 소속된 의원이 대부분이므로 정당의 공천을 받지 못하면 당선 확률도 낮아진다. 그러하니 정당의 방향과 다른 생각을 가지면 일단 공천에서 배제되기 십상이다. 나는 오른쪽이 옳다고 생각되는데 당론이 왼쪽이면 왼쪽으로 가는 길에 손을 들어주어야 한다. 얼마 전 국무총리를 지내다 모 정당의 대표로 돌아가신 의원께서 여러 국회의원이 다른 목소리로 다양한 의견을 개진하니 "당론으로 결정되었으면 무조건 따라야한다." 취지의 말씀을 하셨다. 당대표의 말이 옳은 것인지 모르나 다른 생각을 가진 의원은 더 이상 말을 하지 못했고 계속 당과 다른 생각을 이야기하면 그는 그만두어야 한다. 나아가 다음 번에 공천을 받지 못함은 물론이다.

공천 심사과정을 통과해 정당의 입후보자 되면 이제는 유권자를 접해야 한다. 유권자가 '놀이터가 필요합니다' 하면 '제가 만들어 드립니다.'라고 대답해야 한다. '세금이 너무 많습니다.' 하면 '제가 줄여 드리겠습니다.' 해야 한다. 그래야 표가 나오기 때문이다. 지역구 주민의 의사를 수렴해 공약하는데 공약의 핵심은 적게 거두고 많이 베푸는 것이다. 조세 부담은 삭감하고 정부 지출은 증가시킨다는 것이다. 조세 수입과 정부 지출이 같아야 균형 재정이 되는데 조세 수입은 줄고 정부 지출은 많아진다면 재정 수지는 적자의 연속이다. 또는 공약 실행을 위해 조세를 삭감한 결과 조세 수입이 줄어들어 정부 지출이 감소되면 공공서비스가 적절하게 공급될 수 없다는 주장도 있다. 뒷날의 문제는 뒷날의 문제일 뿐 중요한 것은 오직 당선되는 것이므로 이런 결과를 예측할 수 있다.

유권자의 의사를 수렴하는 것은 유권자 개개인의 청을 모두 받아들이는 것과 다르다. 유권자의 요구가 합리적이지 못한 경우도 많을 것이다. 무리하게 요구하는 것은 국가적 차원에서 불가하다고 설명해야 하고, 지나친 요구는 사용 가능한 예산의 범위를 벗어나니 불가하다고 밝혀야 하며, 꼭 필요한 서비스라도 많은 예산이 필요하면 단계적으로 공급할 방도를 제시하며 설명해 주어야 한다. 내가 당선되는 것이 중요한 만큼 유권자인 국민이 정치를 신뢰하고 정치가 민의(民意)에 의해 움직이는 모습을 보여주는 것 역시 중요한 일이다. 설사 내가 공천에서 배제되거나 또는 내가 낙선되는 한이 있어도 "아닌 것은 아니다!"라고 말해야 옳지 않은가!

개인의 이익에 따라 행동하는 정치인은 유권자를 표밭으로만 생각한다는 것이다. 많은 표를 얻으려면 그들이 선호하는 바를 들어주어야 하는데 유권자가 가장 원하는 것은 조세 삭감(tax cut)이라고 한다. 너나없이 조세 삭감을 공약으로 제시하는 이유이며 당선 이후 조세 수입이 부족하니 적정 공공서비스 공급이 불가능하다는 것이 오래전 다운즈(Downs, A.)라는 학자의 주장이다. 그렇지 않기를 바라지만 다운즈라는 학자가 1930년에 태어났고 연구 활동을 적극적으로 했던 시기가 1970년대 초반이니 50년도 넘은 이야기(주장)이다. 그때에도 정치가의 행태는 지금과 크게 다르지 않았던 모양이다. 지금으로부터 50년이 지난 뒤, 2070년대에 사익을 추구하는 정치가 이야기가 더 이상 거론되지 않으려면 시급한 개선이 필요하다. 정작 정치인 스스로 사익을 추구하는 것이 목적이라면 개인 사업을 하는 게 낫다. 사익추구를 위해 국민의 혈세(血稅)를 써가며 의사당에 자리를 차지하고 있을 필요가 없다.

국회의원과 국민

대의민주주의라는 말이 있다. 대의민주주의란 국민들이 개별 정책에 대해 직접 투표권을 행사하지 않고 대표자를 선출해 정부나 의회를 구성해 정책 문제를 처리하도록 하는 민주주의를 말한다. 우리 모두 의회에 나서 투표권을 행사하는 것이 아니라 우리 손으로 선출한 국회의원을 의회로 보내 그들로 하여금 정책 문제를 처리하도록 한다. 그렇다면 국회의원은 자신의 생각이나 소속 정당의 입장에 앞서 지역구 유권자를 먼저 헤아려야 한다. 지역구 유권자를 대신해 의회에 앉아 있는 것이므로 당연한 일이다.

그런데 현실은 그렇지 않다. 지역구 유권자가 법정 회기 안에 예산안을 처리하지 말라고 요청하여 늘 법에 정한 날짜를 어기는 것인지, 아무개 장관 청문회 하는데 '말 같지도 않은' 질문과 설득력 없는 인신공격이나 하라고 유권자들이 요청했는가, 자신의 생각은 뒤로한 채 당론에 따라 같은 당이면 모두 동일한 곳에 표를 던지라는 국민의 요청이 있는 것도 아니다. 정치가 국민에게 외면당하는 이유가 여기에 있을 것이다. 국회의원 선거에 기권하는 유권자가 많은 이유도 여기서 찾으면 된다. 2020년 6월, 광역구 단체장 및 각 지역 지방의원을 선출하는 날에도 투표율이 50% 약간 웃돌았다고 하니 전체 유권자의 절반이나 되는 사람이 표결에 참여하지 않은 셈이다.

어제오늘의 일이 아닌 터, 동일한 문제가 반복되는 이유는 유권자의 망각 때문이다. 유권자는 선거철이 되면 국회의원 후보 및 단체장 후보의 감언이설(甘言利說)에 주의를 기울인다. 수차 당했음에도 '이번엔 다르겠지!' 하는 실낱같은 희망을 가지고 그들의 말에 귀를 기울이며 좀 나은 후보(또는 덜 나쁜 후보)에게 표를 던지고 그들의 생명을 연장시키는 데 도움을 준다. 하지만 곧 실망하고 분한 마음으로 다짐하기를 '다시는 투표하지 않으리!' 또는 '다시는 당신 같은 사람에게 표를 던지지 않으리!' 맹세하며 다음 선거 때까지 시간을 보낸다. 그런데 다음 선거에 같은 일이 반복된다. 바삐 지내다 보니 과거를 반추하지 않고 쉽게 잊는 것이다.

여하튼 국회의원이 그 자리에 있기 위해 엄청난 규모의 국민 혈세(血稅)가 사용된다. 민생과 직결되는 법안을 발의할 권한도 그들에게 있으므로 무척 중요한 자리이다. 하지만 지금과 같이 당리당략에 몰입해 싸움질을 일삼고 계파를 따지며 혼돈 속 정치를 하느라 국민이 뒷전이라면 차라리 없는 것이 더 나을 수 있겠다. 억울하게 당한 지역구 주민을 위해 밤을 세워가며 그를 위해 묘안을 찾는 국회의원이나 단체장이면 좋겠다. 국민들 행복을 위해 내 한 몸 던질 각오로 법안이나 기타 행동에 앞장서는 국회의원이나 단체장이면 좋겠다. 책상에 앉아 손가락으로 가리키며 일하는 의원보다 직접 나와 발로 뛰며 국민의 애로(隘路)를 경청하고 눈으로 확인하는 국회의원이나 단체장이면 좋겠다.

대부분의 국민들은 직장에 다니며 많지 않은 월급을 받기 위해 이른 아침부터 '죽어라' 일하며 산다. 남에게 뒤처질세라 불철주야 전전긍긍하며 지낸다. 없는 시간 쪼개어 자신의 능력 개발을 위해 외국어 공부 등에 여념이 없다. 자기 시간을 제대로 갖지 못하며 경쟁에 처지지 않으려 부단히 노력하며 살아간다. 국회의원도 자기 자신과 유권자의 권익향상을 위해 부단히 일하며 세비를 받고 의원 자리를 지켰으면 좋겠다.

관료

공직자

공직자는 중앙정부나 지방정부에서 사무를 담당하는 사람을 말한다. 중앙정부와 지방정부는 각각 필요한 공무원을 선발하며 최근 공무원에 대한 인기는 절정이다. 공직자의 안정성이 젊은이들로 하여금 그곳으로 찾아들게 하는 유인이다. 일반 사기업이 정년이 없어 이르면 40대부터 회사에서 떨려나와 정처 없이 방황하는 경우를 보기 때문이다. 대부분의 근로자가 50대에 회사를 나오고 능력이 있어 운 좋게 임원이 되든지 아니면 CEO 자리까지 가면 60세 넘어서도 직장생활을 한다. 하지만 사기업에서 60세까지 근무하는 인원은 전체의 0.1%도 안 될 것이다. 반면 공직자의 경우 대부분 정년까지 근무하며 퇴직 이후 연금도 일반 국민연금과 비교도 안 될 만큼 많은 것으로 안다.

공무원에 입성하는 길은 9급, 7급 및 5급 공무원시험에 응시하는 것이다. 5급 시험은 과거 행정고시라 하여 사무관으로 직행하는 코스이고 고급관료의 길을 걷고 싶은 우수한 인력이 응시하는 시험이다. 합격하면 시작이 사무관이므로 고위직 공무원으로 퇴직한다. 7급 공무원은 대학졸업자가 응시하는 시험이며 선발인원이 많지 않아 경쟁률도 상당하고 취업난이 시작되며 공직에 대한 인기가 상승함에 따라 7급 공채 합격이란 대단히 어렵고 영광스럽게 평가된다. 7급(주사보)으로 출발하므로 개인에 따라 차이가 있지만 많은 사람이 고위직 공무원으로 퇴직하는 것으로 알고 있다.

가장 응시자가 많은 시험은 9급 공무원시험이다. 9급 공무원은 과거 고졸자가 응시하는 시험으로 알았고 시험과목도 애초 고등학교 교과목을 중심으로 편성되었다. 하지만 실질적으로는 대학 졸업자가 응시하고 합격자 대부분이 대학교를 졸업한 사람이었다. 하지만 이명박 대통령 시절 9급은 고교졸업자가 응시할 수 있도록 교과목을 변경했고 수능시험 과목을 중심으로 시험과목이 변화되었다. 세상 물정 모르고 하는 조치라며 많은 비난을 받았던 것으로 기억된다. 윗자리에 올라 지시하려면 아래 사정을 잘 알아야 하는데 우리 대통령들은 아랫사람들 사정을 살피기에 너무도 멀리 계셨던 모양이다.

세무직에 응시하는 우리 학생을 기준으로 보면 국어, 영어, 한국사 등을 기초과목으로 하고 대학교에서 배우는 세법이나 회계원리를 선택과목으로 채택했다. 그런데 수학, 과학 등 수능과목이 선택과목으로 들어와 고교졸업 후 응시가 능한 시험이 되었다. 하지만 합격자 대부분은 대학교를 졸업한 사람인 것으로 안다. 어떤 직급으로 임용되든 공직에 발을 디디면 일단 안정성이 보장된다. 사기업처럼 구조조정의 바람이 부는 것도 아니고 실적이 나쁜 사람에게 원망의 눈길을 보내는 것도 아니며 업무능력이 부족한 사람도 해임될 가능성은 없는 것으로 안다.

학교에서 가르친 학생들 말을 들어보면 공직에 발을 들이며 갖는 불만이 '적은 급여'이다. 공무원 급여가 작다는 것은 삼척동자도 아는 사실이다. 그런데 정작 본인이 들어가 일을 하니, 사기업에 비해 일이 적은 것은 아니고 신경 써야 할 일도 비슷한데 급여는 사기업의 50-60%에 불과하다는 것이다. 그들이 비교 대상으로 견주는 사기업은 급여가 많다고 알려진 대기업이다. 사기업 급여도 천차만별이라 급여가 적은 곳은 엄청나게 적은 곳이 많다. 2022년 말경, 대한민국 전체 근로자 평균소득이 4,000만 원을 넘었다는 기사를 접했다. 급여가 많은 직장의 대졸초임이 연봉 기준 6,000만 원이란 소문이 있는데 전체 평균연봉이 4,000만 원이라 하니, 공무원이 말하는 '낮은 임금'에도 못 미치는 회사가 많다는 방증일 것이다.

그리고 회사는 연봉제를 실시해 개인능력에 따라 차등지급하는 곳이 많으니 업무의 스트레스는 말도 못할 것이다. 여러 가지 정황을 감안할 때 공무원 급여가 적다는 점은 최초 임용당시만을 보지 말고 근무기간 전체를 바라보고, 퇴직 이후 그들이 받는 연금까지 파악한 뒤 평가하는 것이 옳을 듯하다.

관료

국어사전에 있는 관료의 의미는 다음과 같다. '직업적인 관리, 특히 정치에 영향력이 있는 고급관리를 이른다.'. 네이버 지식백과를 보니 관료에 대한 정의 및 설명이 매우 길다. '관료는 행정을 집행하는 임명직 개개의 공무원을 지칭하며, 부정적 의미로 국가 고위직 공무원이 국가권력을 배경으로 하여 국민의 의사와 사정을 무시하고 독선적 획일적으로 일을 처리하며, 자신의 특권을 유지하는 수단으로 남용하는 경우 이를 비난하는 뜻으로 '관료적이다'라는 말을 쓰는 경향이 있다.'

정치에 영향력이 있다는 것은 모호하다. 어디까지 영향력을 행사하면 영향력이 있는 것인지 판단이 어렵다. 보통 관료를 고위직 공무원으로 정의하면 1급부터 3급까지를 의미한다. 1급은 행정부처의 장차관을 제외하고 가장 높은 자리에 있는 소위 '관리관'을 의미한다. 2급 공무원은 중앙부처의 국장이며 고위 공무원단의 '나'급에 해당하며 '이사관'이라 부른다. 3급 공무원은 '부이사관'이며 중앙부처의 과장이나 세무서장이다. 대한민국의 경우 1급에서 3급까지 소위 고위공무원단에 1,600명의 공무원이 있다고 한다. 공무원 총인원이 2022년 6월 30일 기준 1,168,512명이니 고위공무원의 비율은 0.137%에 불과하다. 1,000명 당 1.37명이 고위공무원에 속하는 것이니 엄청나게 높은 지위임을 알 수 있다. 이들이 정치 또는 정책결정에 영향력을 행사할 수 있는 공무원, 즉 관료로 정의할 수 있다.

대통령 말씀은 국무회의 등을 통해 각 부처 장관에게 전달된다. 각 부처의 장관은 소속부처의 실장 또는 국장을 불러 대통령의 의사를 전달한다. 이후 과장이나 서장에게 전달되며 계속해 하위직으로 전달되는 것은 구체적인 업무지시의 형태 아닐까 생각된다. 아래서부터 만들어진 정책의 모습은 국장이나 실장이 완성하여 이를 장관께 또는 직접 최고위 의사결정권자에게 전달될 것이다. 채택되면 대한민국의 정책으로 자리하는 것이며 기각되면 다시 검토 또는 영구 폐기된다. 고위공무원, 즉 관료는 대한민국의 정책과 직결되는 사람이며 그 중요성 또한 간과할 수 없다.

문제는 관료차원에서 이루어지는 의사결정이 '국민을 위한 것인가?' 이다. 대통령의 말씀이 잘못되면 이에 이의를 제기하며 수정을 요구하는 것도 관료의 몫이요, 지시 자체가 부당하면 온몸으로 막아야 하는 사람도 관료이다. 그리고 국민에게 꼭 필요하고 국민이 간절하게 원하는 바가 무엇인지 파악하여 수시로 이를 논의하게 만들어야 할 사람도 관료이다. 그런데 우리 행정부 관료들이 이같은 일을 잘 수행하고 있는지 궁금하다. 위에서 내려온 지시사항을 국민의 입장에서 수정 또는 폐기하라고 직언할 수 있는 사람은 거의 없어 보인다. 조직의 상부는 조직의 가장 아래에 있는 사람에 대해 정확히 파악하지 못한다. 따라서 중간간부 및 고위공무원단의 위치가 중요하다. 이런 일에 소홀하면 그들은 자리에

앉을 필요도 없는 것이다.

1급 공무원의 평균연봉은 1억 3,000만 원 내외, 2급 공무원의 연봉은 1억 1,000만 원 내외인 것으로 알고 있다. 따라서 월 급여가 1,000만 원 안팎으로 매우 높은 수준이다. 급여를 받으면 그만한 밥값은 해야할 것이니 자신이 해야 할 일에 대해 정확히 인식하는 것이 무엇보다 중요하다. 그런데 우리가 아는 관료는 늘 분명한 입장을 밝히지 않는다. 우측인가 아니면 좌측인가에 대해 명백하게 의사표명을 않는다는 말이다.

유홍준 교수의 글을 읽은 기억이 있다. 유 교수께서 과거 문화재청장을 지내셨던 모양이다. 청장직을 수행하며 공무원에 대해 느낀 바는, 새로운 일에 대해 검토를 지시하면 '어떻게 하면 이를 거부할까?'만 생각하는 집단이라는 것이다. 긍정적이며 진취적으로 업무를 추진하는 것이 아니라 해본 적이 없는 일이 맡겨지면 갖은 이유를 들어 시작조차 하지 않으려 한다는 것이다. 새로운 일은 좌표도 없고 모든 의사결정을 백지상태에서 새로 해야 하니 정글을 헤치는 기분이라 그럴 것이다. 그러나 국민에게 필요하고 정부가 마땅히 제공해야 할 서비스인데 제대로 시행되지 않으면 어떤 희생이 따르더라도 시작하는 것이 옳지 않은가. 하지만 월급쟁이로서 관료는, 국민을 위한 길이 아니라 안타깝게도 쉬운 길, 편한 길만 찾으려 하는 모양이다.

관료와 예산규모

경제학 교과서에서 있는 관료는 예산규모 극대화를 추구하는 사람(집단)이다. 각 부처에 예산이 배정되면 공공서비스가 공급되고 국민 모두가 편익을 얻는다. 관료는 국민의 한 사람으로 편익을 얻는 것은 물론 예산규모에 따라 직책상 특권도 얻는다. 동일한 세금부담을 하고 공공서비스는 물론 비관료는 가질 수 없는 직책상 특권까지 있으니 매우 저렴한 가격으로 공공서비스를 소비하는 셈이다. 따라서 관료는 대규모의 공공서비스가 공급되기를 희망하고, 그 일환으로 자가가 소속된 부처의 예산을 충분하게 확보하려 한다는 것이다. 그들이 원하는 예산규모가 적정규모를 초과하니 문제가 된다.

행정부처에서 요구하는 예산안을 보면 지난해와 특별히 달라진 것이 없다. 그러니 작년에 비해 몇 퍼센트(%) 증액 요구하는 것이 대부분이다. 오죽하면 예산규모와 관련하여 증분주의(incrementalism)라는 말이 있을 정도이다. 지난해 대비 일정비율증액을 요구하는 것은, 어찌 보면 지난해 예산에 대해 면밀하게 검토하지 않는다는 의미이다. 재정수요라는 것이 늘 고정된 것일 수 없고 정부의 공공사업 또한 시대의 요구와 국민의 요구에 따라 수시로 변화하는데 예산은 그러하지 못한 모습이다. 모든 공공사업에 대해 해마다 원점에서 새로 검토해 예산규모를 결정하자는 영기준예산제도(ZBBS)라는 것이 있는데, 타성적인 증분주의 문제를 극복하고자 제시된 예산제도이다.

대한민국의 예산도 증분주의 타성을 크게 벗어나지 못하고 있다. 그러나 교과서에서 지적하는 예산규모 극대화원리가 적용되는 것은 아니다. 문제는 예산의 사용이다. 필요하여 요구한 예산이면 새해 벽두부터 해당사업을 위해 사용되어야 한다. 그런데 초기지출에 비해 후반기 지출이 많아 보인다. 연말에 가까워지면 멀쩡한 보도 블럭이 뒤집어 해쳐진 모습을 많이 볼 수 있고 러시아워가 아님에도 정체가 있어 지나보면 파헤쳐진 도로의 모습을 볼 수 있다. 가스관 공사, 배수관 공사 등 명목은 다르지만 따뜻한 계절에 파면 덜 고단할 텐데 하필이면 꽁꽁 언 겨울에 이런 공사를 할까 이상하게 생각된 경우가 많다.

공원에 심은 나무를 보아도 꼼꼼하게 셈하고 식수한 흔적은 없다. 나무는 보통 4-5m 간격으로 심는다. 그래야 성장 이후에도 서로 숨을 쉴 공간이 확보되기 때문이다. 잘 심어진 경우도 없는 것은 아니지만 촘촘하게 심어진 것은 나무가 남아 한꺼번에 심어둔 것이다. 큰 나무 아래에 작은 나무들이 즐비한 모습도 보이는데, 볕을 제대로 받을 수 없는 큰 나무 아래의 작은 나무가 올바로 성장하기란 어렵다. 시민의 쉼터인 근린공원도 시민의 욕구와 무관하게 대폭 정리된 경우가 많다. 그저 편안한 휴식공간이면 되는데 마치 집안의 장식처럼 갖은 데코레이션이 곁들여진 공원의 모습에 우리들 세금이 흘러가는 것 아닌가 싶기도 하다. 눈에 보이는 것이 이러하니 우리가 직접 확인할 수 없는 군용 무기, 장갑차, 탱크, 전투기 등은 어떠할지 무척 궁금하다.

국민을 위해 최선을 다하는 관료란 이미지가 강하면 무슨 일을 해도 신뢰가 가는데 그렇지 못한 경우가 대부분이라 의혹이 있는 것이 사실이다. 문의할 일이 있으면 '여기로 전화 주세요!'라는 안내가 있어 그 번호로 전화를 하면 하루 종일 통화하기가 어렵다. A과로 문의하면 B과에 물으라 하고 B과에 물으면 다시 A과로 물으라 하는 경우도 있다. 내가 거주하는 지방도시에 청(민원)이 있어 문의하니, 공무원께서 '우리가 판단하기 어려우니 상위단체에 진정을 해 위에서 결정하도록 해달라'는 경우도 있었다. 시(市)에서 판단하기 곤란하니 도(道)에 진정을 해 문제를 해결하라는 것인데 당시 어이없었던 기억이 있다.

늘 어려운 것이 국민의 한 사람으로 담당과 또는 담당자라는 분에게 문의하는데 똑부러지는 대답을 듣지 못한다는 점이다. 언제나 어정쩡한 답변이다. 단골 답변은 '검토해보고 연락드리겠다.'이다. 그 업무를 담당하는 사람인데 검토할 일이 무엇인지 궁금하다. 그리고 된다 안된다에 대해 확실한 답변을 하지 않는 이유가 혹 '내가 다치면 안 되는데' 하는 마음이 깔려있는 듯하여 불쾌할 때도 있다.

관료와 대학평가

다른 부처의 일은 어쩌다 한번 경험하는 부분인데 교육부의 일은 대학에서 보직하며 약 10년 세월 동안 보아왔기에 조금 더 분명하게 이야기할 수 있다. 2010년 들어 학령인구 감소문제가 심각하게 제기되었다. 당시 대학의 입학정원을 그대로 유지하면 10년 이내 무너지는 대학이 있을 것이란 예측이었다. 교육부가 앞장서 이를 해결하고자 대학평가를 실시했다. 서서히 경쟁력 없는 대학을 퇴출시키려는 의도로 시작되었다. 국가자금 지원을 제한하는 것(재정지원제한대학), 학생들의 등록금 대출를 제한하는 것(대출제한대학), 부실대학으로 선정하는 것, 마지막으로 퇴출시키는 것 등 네 단계로 구분해 시작되었다.

교육부는 주요지표로 취업률(50%), 전임교원확보율(50%), 신입생 충원율(80%), 교육비환원율(100%) 등 4개를 만들었다. 네 개 중 한 개 지표가 기준에 미달되면 재정지원제한대학, 두 개 이상 미달되면 대출제한대학으로 지정되었다. 일정기간 이상 대출제한대학이면 부실대학 나아가 퇴출대상대학으로 선정되었다. 내가 근무하는 대학은 공인회계사, 세무사, 세무공무원 등 수험 공부하는 학생이 많아 취업률이 10-20%에 불과했다. 교육부에서 인정하는 취업자는 졸업하는 해 6월말 현재 취업자이라야 취업으로 인정된다. 따라서 졸업과 동시에 취업하지 않으면 취업인원으로 잡히지 않는다. 담당자에게 우리 대학의 특성을 이야기했으나 일괄적 평가이므로 특정 대학의 사정을 고려할 수 없다는 것이다.

졸업과 동시에 취업하는 학생은 전교생의 10-20%에 불과했고 공무원의 경우 합격자라도 연수 후 발령이 나므로 평가당일 기준으로 취업자가 아니다. 그리고 공인회계사 및 세무사 일차합격자는 한 해 더 공부해 최종합격을 희망하므로 그들에게 취업을 강요할 수 없는 노릇이다. 이런저런 이유로 취업인원미달이니 우리 대학은 해마다 재정지원제한대학이었다. 지금의 재정지원제한대학은 부실대학인데 당시의 재정지원재한대학은 부실대학평가의 첫 단계이었으므로 학생들의 등록금대출과 무관하였고, 우리 대학의 경우 교육부지원이 없었기에 제한대학 지정으로 직접 피해보는 일은 없었다.

총장회의나 기타 교육부 공무원과 접할 기회가 있어 이야기를 나누면 그들의 답변은 천편일률이다. 개별 대학의 특성은 고려하지 않고 지표를 기준으로 모든 대학을 서열화하여 아래에서 몇 %를 잘라 각종 제한대학으로 선정하는 것이다. 이런 과정을 통해 성화대학교, 서남대학교 등 3-4개 대학이 폐교된 것으로 기억된다. 아는 사람은 다 알지만 폐교된 대학은 교육부에서 지정하지 않아도 신입생이 없으므로 폐교될 수밖에 없었다. 가만두어도 살 대학은 살고 죽을 대학은 줄을 터인데 교육부는 이들 평가에 심혈을 기울였다. 대통령께서 지시한 것인지 장관께서 지시한 것인지 모르나 잘못된 부분이 있으면 고치려하고, 무의미한 평가라 생각되면 공직자 선에서 막아야 하는데, 참 아쉬운 부분이다.

늘 가을이 되면 신문이나 방송에 큰 소리로 울렸고 입시를 준비하는 일선 고등학교도 학교 내부사정도 모르면서 학생들을 보내지 않을 대학으로 꼽았다. 이런 평가가 옳은 것이라면 왜 계속하지 않는 것일까? 높은 사람 중 누군가 무의미하다는 것을 알았기에 멈추었을 것이다. 그럼 지금까지 십수년간 허공에 질러댄 예산은 무엇이며 이런 평가사업을 지시하고 주관했던 사람들은 무엇인가? 국가예산 유용으로 징계를 받아야 마땅하다고 생각된다. 우리 대학 졸업생이 공인회계사 시험 최연소합격자가 되었을 때, 교육부 전문대학 정책과장이었던 분에게 축하 인사를 받을 일도 있다. 그리고 공직자 중에서도 당신들이 진짜 특성화대학이며 올바른 길로 가는 것이니 신경 쓰지 말고 계속 열심히 노력하라는 격려도 있었다. 불행 중 다행인 부분으로 생각된다.

부실대학을 떨구어야 학령인구감소에 대비한다는 논리, 말도 되지 않는 것이다. 서울에 있는 대형대학교들의 입학정원은 수천 명으로 증원해 놓고 입학정원 불과 수백 명의 지방대학에 이런저런 제한을 가하여 대학모집정원을 줄이겠다는 발상이었다. 사라져야할 대학에는 학부모가 자기 자식을 보내지 않을 것이니 자연스럽게 문을 닫게 된다. 정부가 죽어야 할 사람에게 죽을 순서를 부여할 필요가 있을까? 아무리 생각해도 한심한 부분이다.

관료와 사립대학

사립대학도 교육부로부터 감사를 받는다. 정부보조를 받는 대학이든 아니든 감사를 받는다. 교육부가 보았을 때 잘못된 행동을 했다고 판단되면 매우 심한 벌이 따른다. 학생에게 부여한 성적과 관련된 잘못이 발견되면 담당교수늘이 사유서를 제출해야 하는 등 임격한 제재가 뒤따른다. 교육부가 보기에 치유불가능할 정도로 잘못된 경우 사립대학의 이사를 해체하고 교육부가 선발한 임시이사를 파견하여 학교가 올바른 길을 걷도록 지도하기도 한다. 임시이사가 파견된 대학은 일반적으로 정상적인 운영이 곤란하다고 판단된 대학이다.

내가 근무하는 대학에도 임시이사가 파견되어 약 2년간 학교경영에 참여했다. 과거 불법적인 부분이 시정되고 모든 것이 지루하고 답답할 만큼 원리와 원칙에 따라 운영되었다. 그동안 문제가 있었던 부분들에 대한 시정도 있었고 바른 곳으로 간다는 느낌이 들었다. 그러나 법적 질서 확립이 학교발전에 얼마나 기여하는지 궁금하다. 법적으로 문제없이 하면서 학교동력은 발전을 향해 이동해야 하는데 임시이사에게서 그런 모습을 찾아보기는 어려웠다. 규정에 부합하는지, 법적으로 하자 없는지, 규정 자체가 잘못되었는지 등을 검토하려니 하나하나 바꾸는데 시간도 많이 걸리고 답답한 느낌이었다. 학생모집을 위해 어떤 노력을 해야 하는지, 잠재적 복학인원이 많이 복학할 수 있도록 하려면 어떤 방법이 있는지, 외부에 학교의 내실 있는 변화를 알리는 방법은 무엇인지 등에는 전혀 관심이 없어 보였다. 학교 입장에서 아무리 제대로 된 규정을 만들고 법적으로 문제가 없어도 학생이 없으면 그만이다. 따라서 법과 규정의 준수만큼 학생모집과 재학생 유지가 중요하다.

임시이사 파견 후 2년 뒤, 어처구니없는 일이 벌어졌다. 애초 학교 주인인 설립자가 '임시이사 파견이 무효'라는 행정소송 및 가처분신청을 제기했다. 그런데 법원은 설립자 측의 주장이 타당하다며 교육부에게 물러나라는 판결을 했다. 그들은 소리 없이 물러났다. 만약 사기업에서 이런 일이 벌어졌다면 임시이사 파견담당자는 그 자리에서 파면되었을 것이다. 하지만 공무원 중 누구도 이에 대해 책임을 지는 일이 없다고 들었다. 학교에 큰 혼란을 주었고 설립자 입장에서 보면 '억울한' 일을 당한 것인데 여기에 대한 책임은 없다니, 민간부문과 공공부문의 차이로 이해하면 될까? 공공부문, 좁게는 의사결정에 참여한 관료의 무책임이 얼마나 큰 혼란을 야기하는지 알 수 있는 부분이다.

교육부는 4년제 대학교를 관리하는 대학정책과와 전문대학교를 관리하는 전문대학 정책과로 구분되어 있다. 2-3년제 전문대학교가 150개에 육박하는데 전문대학 정책과에 근무하는 공무원은 6명이다. 6명이 전국의 전문대학의 모든 부분을 관리한다고 생각하면 된다. 일선 대학에 나와볼 수도 없고 그 대학에서 무슨 일이 벌어지는지 정확히 알 수도 없으며, 신문이나 방송 등 매체에 보도되었을 때 이를 해명하라고 공문이나 보내는 일 이외에는 다른 방도가 없다. 효율적 관리가 불가능하다. 그렇다면 대학운영은 대학자율에 맡겨야 한다. 사립대학에 도를 넘는 무뢰배 같은 이사장이나 총장이 있다. 학사운영에는 관심도 없고 학교 돈이나 탐하는 이사장도 없지 않다. 하지만 이들의 행태는 외부로 드러나게 돼 있고 반드시 학생이나 학부모에게 전달될 것이며 따라서 이런 대학의 수명은 길지 못할 것이다. 따라서 교육부가 우려하는 것처럼 정부에서 관리하지 않으면 엉망이 된다는 생각은 버렸으면 좋겠다.

조세와 개인

조세국가와 최고세율

　　　　　　　정부는 일 년간 재정 운용을 위해 엄청나게 많은 돈을 필요로 한다. 2022년 한 해 동안 정부가 사용한 돈은 600조 원(일반회계기준)이 넘는다. 그런데 정부는 별도의 수입 원천이 없으므로 국민의 주머니에서 세금을 거두어 살림살이에 충당한다. 전형적인 조세 국가의 모습이며 정부가 갖는 강제적 징세권(徵稅權), 국민의 도리로 '납세의 의무'라는 말도 여기에서 비롯되었다. 강제로 거둘 수 있다고 해 아무렇게나 마구잡이식으로 국민의 돈을 가져가면 안 된다. 거두어가는 정부는 조세 원칙을 명심해야 한다. 징수당하는 국민이 세금으로 납부할 수 있는 심리적 한계가 있기 때문이다.

　애덤 스미스(Smith, A.) 이래 가장 오래된 조세 원칙은 능력에 따른 부담이다. 정부가 국민에게 능력에 어울리는 조세 부담을 강제해야 한다는 것이다. 능력의 원천은 소득이며 따라서 소득이 높은 사람은 많은 부담을, 소득이 낮은 사람은 적은 부담을 하는 것이 원칙이다. 우리나라도 소득이 일정 수준에 미치지 못하면 아예 납세 부담이 없으며, 소득세를 납부하는 사람 중 가장 낮은 세율을 적용

받는 계층은 한계세율 6%, 이후 15%, 24% 35%, 38%, 40%, 42%, 가장 높은 한계세율 45%까지 이다.

이에 몇 가지 생각이 든다. 첫째, 소득이 아무리 낮아도 소득이 있다면 최소한의 조세 부담(예, 연간 100만 원)을 하는 것이 국민의 도리 아닐까 생각해본다. 둘째, 최소 한계세율이 6%인데 최고 세율 45%에 대해 국민이 합당하게 느끼는가 생각해보면 좋겠다. 중소기업을 운영하는 친구들이나 좋은 회사의 높은 지위에 있는 친구들 경우 연봉이 3억 원가량 되는 모양이다. 월급으로 치면 월 2,500만 원이다. 그런데 세금 떼고 나면 월 급여는 1,500만 원 정도라 한다. 세금 및 각종 사회보험 분담금으로 1,000만 원을 징수당하는 것이다. '많이 벌었으니 많이 내야지' 차원에서 정당한 것인지 아니면 너무 심하게 거두어가는 것인지 생각해보아야 한다. 친구들 이야기를 들으면 '많이 벌어 크게 기여하니 매우 기분이 좋다.'라고 말하는 사람은 없다. '국가는 정말 도둑이다.' '월급 많은 사람이 봉인가?' 등의 반응이다. 조세 의식이 긍정적이란 느낌은 없었다.

혼자 눈을 감고 생각해본다. 만약 내 월급이 500만 원이라면 어느 정도의 조세 부담이 적절할까? 500만 원 중 100만 원을 세금으로 내라하면 부담스러운 느낌이다. 50만 원이면 감당할 수 있다는 가벼운 느낌이다. 다른 사람도 나와 같다면 자신의 소득 중 10-20% 사이에서 징수하는 것이 좋을 듯하다. 다른 소비세나 재산세 등의 부담을 생각하지 않은 금액이다. 현실적으로 소비세나 재산세 관련 부담도 적지 않으므로, 이들 부담이 계속된다면 소득세만으로 징수하는 금액은 10% 내외이면 적절하지 않을까 싶다. 좀 버는 사람이 24% 부담이니 더 버는 사람은 40% 정도 부담해야 한다는 건 정부만의 논리 아닐까? 국민은 정부의 봉이 아니라 정부가 소중하게 생각해야 하는 대상이다. 국민의 마음에 정부에 대한 불신이 자라고 그들 마음에 세금에 대한 나쁜 감정이 자리 잡을 때 조세 국가의 의미는 퇴색될 수밖에 없다.

가끔 높은 한계세율에 대해 '국민감정에 부합하기 위해' 그렇게 한다는 말을 듣는다. 소득이 낮은 사람에게 높은 한계세율은 아무 의미 없다. 따라서 그들에게 물어 의사 결정을 한다면 올바른 것이 아니다. 세금을 내는 당사자에게 정중하게 물어 그들이 거부한다면 법제화하지 않아야 한다. '국민 대다수가 원하는 것이니' 등의 말은 정부가 구사하는 교만의 언어이다. 국민 대다수는 군(軍)에 가고 싶어 하지 않는다. 국민 대다수는 세금을 내고 싶은 생각이 없다. 국민의 한 사람으로 지켜야 할 의무라 생각하기에 마지못해 따라가는 것이다.

　부자 증세란 이름으로 고소득자의 부담이 하나둘 자라났다. 부자이니 더 납부해야 한다는 논리이므로 거부할 입장도 아니다. 그러다 보니 자신의 소득 중 40% 이상을 세금으로 납부하는 세상이 된 것이다. 자신의 소득 중 40%를 세금으로 납부하는 사람 중 자신을 자랑스럽게 생각하는 사람이 있는지 물어보고 싶다. 정부는 수입 원천이 없으므로 국민들 세금에 의존해야 한다. 많이 번 사람이 많은 부담을 해야 하지만, 부담에 분명 한계가 있음을 명심해야 한다.

유류세

　　　　　　요즈음(2022년 3월 현재) 기름값이 치솟아 정부는 휘발유 가격 안정에 기여할 목적으로 유류세를 20% 인하하기로 했다. 그럼에도 불구하고 리터당 휘발유 가격이 2,000원을 훌쩍 넘자 유류세 인하율을 20%에서 30%로 증가시킬 전망이다. 하지만 기름값이 워낙 많이 올라 유류세 인하가 소비자의 피부에 와 닿지는 않는다. 대한민국은 기름 한 방울도 나지 않는 나라이니 휘발유 소비량 증가는 수입(import) 증가에, 수입 증가는 국제수지 적자와 직결되니 세금으로 가격을 인상하여 소비를 억제하겠다는 것이 애초의 취지이다.

아주 오래전 1인당 국민소득 1,000$ 운운하며 한 집에 자동차가 한 대씩 있는 소위 마이카(my car) 시대를 열겠다는 대통령의 공약이 생각난다. 이후 오래지 않아 집집마다 자동차 한 대씩 갖는 시대가 왔다. 조금 지나 한 사람이 거의 한 대씩 가지는 세월이 되어, 한 집에 2-3대의 자동차가 있어 아파트가 주차난으로 시달리며 주차 전쟁이 시작, 주민들끼리 싸움질하는 모습도 흔히 볼 수 있다. 휘발류 소비량의 증가는 불을 보듯 뻔한 이치이다. 그런데 계속 휘발유 소비 증가는 수입 증가를 수입 증가는 국제수지 적자를 수반하므로 휘발유에 세금을 많이 부과해야 한다는 논리가 성립될까 의문이다.

대한민국의 유류세는 휘발유와 경유 등 일부 석유 파생연료에 붙는 7개의 조세 및 준조세를 통칭하는 용어이다. 휘발유 1리터를 기준으로 유류세의 종류를 보면 주행세(교통세의 26%), 교육세(교통세의 15%), 부가가치세(10%), 여기에 개별소비세, 관세 등이 부과된다. 유류세는 수량단위를 기준으로 부과되는 종량세(從量稅)이며 휘발유 판매가격의 60% 정도가 세금이다. 일단 휘발류 1리터당 529원의 교통세가 부과된다. 교통세에 부가(附加)되어 과세하는 주행세와 교육세가 있고, 별도로 부가가치세, 개별소비세, 관세 등이 부과되는 것이다. 이러하니 휘발유 국제가격이 높지 않아도 세금이 워낙 많아 1리터당 1천 원이 넘어가는 것은 당연한 일이며 국제가격이 상승하면 세금부담 증가 등 빠른 속도록 가격이 상승하게 된다.

관세는 수입품에 부과되는 세금이므로 유류가 수입재라 당연히 과세 대상이다. 부가가치세는 원칙적으로 모든 재화와 용역에 동일한 세율(10%)을 적용하며 개별소비세는 사치적 성격이 있는 재화소비에 과세하려는 의도로 만들어진 세금이다. 교통세는 특정 세입을 특정 세출에 국한시키는 목적세(目的稅)이며, 교통세 수입은 전액 교통구조개선 사업에 사용할 재원으로 사용된다. 그런데 교통세액에 일정 비율을 적용 주행세와 교육세가 더해지는 것이다. 세금에 세금이 꼬리를 물고 이런 형태의 조세부담을 해야 하는 이유도 잘 모를 지경이다.

이쯤 되면 유류세 부과는 수입재(輸入財)에 과세하여 수입수요를 억제하고 국제수지를 개선한다는 애초의 목적에서 많이 벗어나있다. 교통구조 개선사업을 위한 재원마련을 목적으로 하며 교육세 수입의 일부도 차지하고 있으며 부가가치세 수입 중 큰 비중을 차지한다. 정부의 조세 수입 확보 목적 이외에는 달리 다른 근거가 없어 보인다. 휘발유 소비는 가격에 비탄력적이므로 가격 인상이 수요량 감소에 거의 영향을 미치지 않는다. 우리보다 정부가 이를 더욱 잘 알 것이다. 따라서 국제가격 상승에 조세 수입을 고수하겠다는 정부 입장은 국민 부담의 가중에도 아랑곳하지 않겠다는 의사와 다를 바 없다. 최근 특별한 이유로 국제 유가가 상승하여 유류세 인하를 단행했는데 앞으로도 가격 급등이 기대되면 바로 유류세를 인하 또는 면제하는 자세를 갖추면 좋겠다.

세월이 많이 흘러 고가(高價)의 몇 승용차를 제외하면 자동차는 더 이상 사치성 재화가 아니다. 따라서 휘발류 역시 사치적 성격의 재화가 아니다. 휘발유가 일반 소비재이므로 부가가치세가 부과되는 것은 충분히 납득할 수 있으나 특별하게 다른 조세 수입의 원천이 되어야 할 이유는 없다고 생각한다. 우리도 모르는 사이 휘발유에 너무나 많은 세금이 붙어 있어 국민들 부담을 가중시키고 있다. 조세부담을 생각할 때 '국민이 봉인가?'라는 생각이 머릿속을 떠나지 않는 이유이다.

상속세

모든 사람은 사는 동안 열심히 일을 한다. 일하지 못한 사람도 사실은 열심히 일하고 싶었을 것이다. 돈 벌기 싫고 빈둥거리며 일생을 마감하고픈 사람은 없을 것이기 때문이다. 돈을 벌면 세금을 낸다. 세금 내고 남은 돈을 가지고 식구들과 살고 미래를 위해 저축도 한다. 큰 변고 없이 나이가 들고 회사를 그만둘 때쯤이면 내 집도 있고 연금도 나오고 통장에 약간의 돈이 남아있을 것이다. 내 앞으로 남아 있는 모든 것은 내가 일할 당시 벌어들인 돈 중 세금 내고 남은 돈의 모임이다.

퇴직한 뒤에도 살아있는 기간이 길다. 연금이 있지만 충분치 못하고 따라서 얼마나 모아두었는지가 윤택한 노후를 위한 중요한 열쇠다. 충분히 노후를 보내고 생(生)을 하직하면 내게 있던 집, 예금 등이 모두 자식에게 상속된다. 아무것도 없는 자식에 비해 부모에게 일부 받은 자식이 살아가기는 좀 편할 것이다. 집 값이 엄청나게 비싸고 물가도 엄청 높은 수준이며 일부를 제외하면 직장의 안정성도 미지수이다. 우리 아버지 세대가 살기 위해 필요했던 비용보다 우리가 훨씬 많을 것이며, 우리가 필요로 하는 비용보다 우리 자식들이 살아가기 위해 필요한 비용이 훨씬 더 많을 것이다. 그런데 아버지 세대보다 우리가 많은 돈을 벌고 우리에 비해 우리 자식이 훨씬 더 버는 상황인가 생각해 보면 꼭 그렇지만도 않다.

우리 아버님 세대엔 월급을 열심히 모아 몇 년이면 조그마한 집이라도 장만하셨다고 한다. 지금에 비해 주거 환경은 열악했지만 자기 집이라는 즐거움으로 '가꾸며 사셨다'는 이야기를 자주 들었다. 우리 역시 집 장만하는 것이 쉬운 일은 아니었으나 지금처럼 전세 가격이 수억 원에 달하는 상황은 아니었기에 지금보다는 여유 있었다. 실질 소득이 비슷하다고 가정하면 현재를 살아가는 우리 자식들은 집 장만을 위해 엄청나게 어려운 시절을 살고 있다. 따라서 부모에게 조금 물려받아 보탤 수 있다면 매우 큰 축복이 아닐 수 없다.

그런데 부모에게 물려받으면 상속분의 상당부분을 세금으로 납부해야 한다. 나 사는데 별문제 없고 조그마한 건물을 물려받아 1-2억 원의 상속세를 납부하라 하면 상가전세금을 조절하든 상가건물을 담보로 돈을 조금 융통하든 조세부담 하는 데 큰 어려움은 없을 것으로 생각된다. 그런데 전세비용과 꼭 맞게 또는 주택구입비용과 꼭 맞게 맞추어져 있는데 그중 1-2억 원을 세금으로 납부하라 하면 매우 당혹스럽다. 이럴 때면 별생각이 다 떠오를 것이다. 선친께서 '세금 낼 것 다 내고 남은' 돈을 내게 주셨는데 거기에 또 세금이 부과되면 정당한 것이냐는 생각이 지배적이다.

하지만 모든 사람은 공평해야 하니까, 물려받아 편안한 사람과 그렇지 못해 불편한 사람이 같은 대우를 받는다면 그 자체가 공평하지 않은 것이다. 따라서 물려받아 편안한 사람에겐 세금을 부과해야 인생의 출발점이 비슷해진다는 취지이다. 중소기업을 운영하던 아버님이 돌아가셔 아들에게 가업이 상속되면 상속분의 30-40%가 상속세로 부과된다. 회사의 값어치가 100억 원이면 세액이 40억 원에 이를 것이며 다른 일을 하던 자식이 돈이 많이 충분히 세금을 낼 수 있으면 다행이지만 그렇지 않은 경우 회사를 처분할 수밖에 없다. 그렇게라도 공평가치가 지켜져야 하는 것인지 잘 모르겠다.

다행히 가업을 승계하는 경우 조세부담을 하지 않고 그대로 물려받을 수 있다. 그런데 가업승계를 위한 조건이 지나치게 까다롭다. 물려받은 가업을 7년 이상 계속해야 하며 고용된 근로자를 해고하지 않아야 한다. 요즈음 하루가 다르게 변화하는데 전자기기산업을 운영하다 전자부품산업이 유망하다고 판단되면 그 업종으로 변경할 수 있고 반도체가 전망이 좋다고 판단되면 반도체로 변환하는 것이 유리하다. 그런데 상속세를 피하기 위해 물려받은 가업(家業)을 7년 동안 계속해야 하니 눈에 보이는 이익도 놓쳐야 할 경우도 없지 않다. '공평성'이란 명분 때문에 너무 많은 걸 잃는 것 아닌지 걱정된다.

종합부동산세

고소득자에게 많은 조세부담을 요구하며 치솟는 주택 가격 상승을 잠재우기 위해 종합부동산세(이하 종부세)라는 것을 부과하기 시작했다. 종부세는 오래전 노무현 대통령 시절로 거슬러 올라간다. 당시 주택 가격 급등으로 투기가 성행하고 주택 보유자가 불로 소득을 많이 얻으니 이를 회수하고 부동산 투기를 근절하기 위해 일정액을 초과하는 재산(주로 아파트)에 대해 종부세를 부과했다. 과세 대상 재산을 가진 사람이 저항했으며 헌법재판소에 위헌소송을 제기해 결국 일부 위헌판결을 받으며 종부세는 막을 내렸다. 급작스럽고 감정적인 조세 부과가 불러온 결과이며 징세 당국인 정부의 체면이 구겨진 장면 중 하나이다.

한동안 잠잠하다 문재인 정부 들어 다시 고개 들고나온 것이 종부세였다. 노무현 당시 대통령 시절의 복사판이고 다주택자에게 더욱 강화된 모습으로 등장했다. 종부세 세율은 높지 않으나 워낙 상승한 주택가격 때문에 과세표준이 엄청나게 올랐고 따라서 세액 역시 급작스레 상승하였다. 전 국민 중 일부에만 해당되는 세금이고 많이 가진 사람들에게만 부과되는 것이니 '큰 문제없다.'는 것이 당국의 주장이었다. 종부세 부담이 연간 1,000만원을 넘는 사람이 많아지고 아파트 단지에 '월 100만 원의 월세를 거두어 가십니까?'라는 현수막이 걸린 곳도 있다. 이것은 과한 조세에 대한 불만의 표출이며, 수긍하기 어렵다는 심정으로 해석된다.

주택가격이 9억 원을 초과하는 부분에 대해 종부세가 부과된다. 1가구 2주택인 사람의 경우 6억 원을 초과하는 부분에 대해 종부세를 부과한다. 그런데 서울 및 인근지역 아파트가격이 급등하여 종부세 부과 대상자는 큰 폭으로 증가했고, 그 영향 때문인지 2022년 대통령 선거에서 집권당 우세 지역인 서울에서 상대편 정당에게 많은 표가 쏠린 것을 볼 수 있었다. 주택가격 상승은 주택 보유자의 의사와 무관하다. 일부 부동산 투기를 일삼는 세력이 부동산 가격상승에 한 몫했다는데 만약 그렇다면 그들을 처벌할 일이지 왜 아무 죄 없는 주택 보유자에게 세금 폭탄을 던지는지 모르겠다.

주택가격 상승은 문재인 정부의 잘못된 부동산 정책에서 비롯된 것이며 그들 스스로 인정했듯 부동산에 거품이 잔뜩 있어 젊은이들이 이에 현혹되지 말라는 말도 했었다. 그런데 왜 정부 자신이 '거품'이라 말했던 부분에 과세하는지 알다가도 모를 일이다. 전체 인구를 기준으로 종부세를 부담하는 인구 비중이 높지 않으므로 그들에게 표를 잃어도 큰 문제가 없다고 판단한 모양이다. 하지만 고소득자 및 비싼 가격의 주택을 가진 자도 엄연히 대한민국 국민이며 그들이 폭탄과 같은 세금을 떠안아야 할 이유는 없다.

종부세는 지방세인 재산세와 과표(tax base)가 동일하므로 보유 주택에 대해 과세한다. 지방세인 재산세를 먼저 부과한 뒤 종부세를 부과하고 산출된 종부세액에서 이미 납부한 재산세액을 공제하여 실제 납부할 세금이 결정된다. 동일한 원천에 지방정부와 중앙정부가 동시에 과세하는 것도 우습고, 주택 보유에 대한 세금이 가볍다고 느끼면 지방세인 재산세를 강화하면 되지 굳이 중앙 정부가 징수하는 종부세를 새로 만들어 과세할 필요가 있는지 의문이다.

재산을 많이 가진 사람은 그렇지 않은 사람에 비해 조세부담 능력이 많은 것은 사실이다. 그러나 정부의 실정(失政)으로 급등한 부동산 가격을 두고 개인의 조세부담 능력이 상승했다고 평가하는 건 길 가던 꼬마도 웃을 일이다. 납세의 의무는 신성한 것이다. 소득 원천이 없는 정부가 개인에게 조세를 징수해야 하는 건 당연하다. 하지만 마구잡이식으로 과세하고 징수하면 안 될 것이며 정책 당국자라는 사람의 입에서 '세금 폭탄을 맞을 것이다.' '집을 팔아라' 등의 말을 들어야 하는 것이 올바른 사회인지 모르겠다. 가당치 않으면 없애든 고치든 무슨 수를 내는 것이 좋다. 결자해지(結者解之)라 했으니 종부세의 딜레마를 푸는 일은 마땅히 정부의 몫이다.

조세부담의 한계

조세 국가에 살며 조세 부담은 국민의 의무이며 조세를 부담할 수 있는 것도 자랑이라면 자랑일 수 있다. 우리가 납부하는 세금은 여러 종류이다. 우선 소득이 있는 사람은 소득세를 부담한다. 보유 재산이 있으면 재산세를 부담한다. 거기에다 값비싼 재산을 가지고 있으면 종합부동산세라는 묘한 이름의 세금까지 납부해야 한다. 하루하루 셀 수 없이 많은 소비활동을 하는데 소비할 때마다 부가가치세(VAT) 등 소비세를 부담한다.

소득세는 1년 동안의 종합 소득을 기준으로 과세되며 (과세대상)소득의 크기에 따라 다르지만 적게는(1,200만 원 이하) 6%부터 많게는(소득 10억 원 초과) 45%까지의 한계세율이 적용된다. 45%의 세율이 적용되는 사람이 많지 않을 것이나, 하여튼 10억 원을 초과하여 5억 원을 더 벌었다면 그중 절반 가까이 소득세로 납부해야 한다. 많이 벌었으니 많이 내야지 하는 마음으로 조세 부담을 하겠지만 과연 10억 원을 초과하는 소득자가 이를 기꺼이 받아들일까 의문이다. 잘 버는 사람의 경우 10억 원을 버는 것과 11억 원을 버는 것은 큰 차이가 없어 보인다. 그런데 10억 원까지 적용되는 세율 42%도 부담스러운데 10억 원을 초과할 때 45%로 한계세율 자체가 높아지니 자칫 개인의 근로의욕에 부정적 영향을 미칠 수 있음에 유의해야 한다.

수직적 공평을 강조하며 고소득자에게 높은 한계세율이 적용되는 것은 충분히 이해할 수 있다. 하지만 아무리 높은 세율이라도 개인이 참을 수 있는 정도이어야 한다. 조세 저항이 없는 범위 내에서 높은 세율의 적용이 필요하다. 고소득자의 근로의욕, 저축의욕, 투자의욕 등을 훼손하며 많은 세금을 징수한다는 것은 무의미하고 장기적으로 징세 당국인 국가도 손실이다. 한계세율, 특히 최고세율을 선정할 때 다른 나라와 비교를 많이 한다. 참고로 일본과 독일의 소득세 최고세율은 우리와 같은 45%이며, 미국은 37%, OECD 평균은 35.7%이다. 일단 대한민국 소득세 최고 세율은 세계적으로 높은 편에 속한다.

그러나 소득세 최고 세율 선정에서 다른 나라 소득세율은 크게 고려할 필요가 없다. 다른 나라 세율은 그 나라 조세의 역사성과 조세에 대한 국민의 태도를 감안하여 결정된 것이며, 대한민국이 그들과 같은 조세 의식과 역사성을 가진 것이 아니기 때문이다. 국민의 조세에 대한 태도가 긍정적이면 한계세율 인상이 용이하지만 조세에 대해 부정적 태도를 가지면 한계세율 인상은 어려운 일이다. 조세에 대한 긍정적 태도는 국가 의식에서 비롯된다. 국가에 대해 긍정적 의식을 가지면 조세 의식도 긍정적일 것이며 조세 의식이 긍정적이면 조세에 대한 태도 역시 긍정적일 것이기 때문이다. 소득세 최고세율의 결정요인 중 국가 의식, 조세의식이 매우 중요한 이유이다.

문재인 정부 들어 '부자 증세'란 말을 많이 들었다. 과거 부자들의 조세부담이 낮았기 때문에 그들에게 세금을 더 걷는 것이 공평하다는 취지일 것이다. 예나 지금이나 적게 번 사람은 아예 조세부담을 하지 않으며, 조세 부담을 많이 하는 사람은 고소득자이다. 그럼에도 불구하고 부자 증세란 말이 자꾸 나온 이유는 벌어지는 소득 격차의 원인을 부자들의 낮은 조세 부담에서 찾기 때문이다. 최근 근로소득 뿐 아니라 자본소득이 차지하는 비중이 커지면서, 저소득층이나 중산소득층의 경우 자산 소득이 차지하는 비중이 없거나 매우 낮은 반면, 고소득자의 경우 자산 소득 비중이 매우 크기 때문에 갈수록 소득 격차가 커진다는 점에 주목한 것이다.

그러나 소득세 최고세율 인상으로 정부의 조세 수입이 얼마나 증가되었는지 확인해 보아야 한다. 2020년 및 2021년 예상했던 조세 수입을 많이 초과한 것은 개인소득세가 아닌 법인소득세였다. 기업은 사업을 통해 벌어들인 이윤 중 일부를 주주에게 배당하고 나머지 일부는 사내유보하며 기업의 투자재원으로 활용한다. 그런데 이윤 중 세금으로 납부하는 부분이 많아지면 배당이나 사내유보가 줄어들 것이며 따라서 배당받는 개인의 투자의욕, 기업의 투자재원 부족에 따른 투자부진 등이 수반될 수 있다. 정부가 많은 세금을 징수하고 수직적 공평을 달성했으니 '성공'이라 평하기에는 꺼림칙한 부분이다.

조세 수입은 영속성이 있어야 하고 조세가 개인의 의욕에 부정적 영향을 미치면 바람직하지 않다. 적게 거두고 정부도 아껴 쓰고 나라 전체의 돈이 정부 등 공공부문보다 민간부문에서 효율적으로 사용될 수 있는 방법이 좋을 것이다. 그래야만 민간의 소득이나 수익이 계속될 것이며, 정부 역시 지속적으로 조세 수입을 용이하게 확보할 수 있을 것이다. 국가 의식과 세율의 관계, 개인의 의욕과 세율의 관계가 함께 고려될 때 적절한 최고세율이 도출될 수 있다.

탈세: 이론과 현실

돈을 벌고도 벌지 않았다며 소득 신고에서 누락시키면 탈세이다. 합법적으로 가능한 범위 내에서 조세부담을 회피하면 절세(tax avoidance)라 하는데 고의적으로 소득을 누락시키면 이는 탈세(tax evasion)이다. 탈세는 불법적이라는 점에서 조세 회피, 즉 절세와 비교된다. 이 세상에 기꺼이 세금을 납부하고 싶은 사람은 없다. 자신의 주머니에서 돈이 나가기 때문이다. 그러나 납세는 국민의 의무이며, 대한민국이 있기에 그 안에서 돈을 벌 수 있었으니 국민 된 도리로 부담하는 것이 마땅하다는 생각이다. 그런데 생각보다 많은 사람이 불법적 조세 포탈을 감행하고 있으니 여간 큰 문제가 아닐 수 없다.

어떤 경제학자는 탈세 모형을 만들어 탈세감소 방안에 대해 논의하기도 한다. 소득 미신고에 따른 한계편익과 한계비용이 일치할 때 최적 미신고 소득 규모를 구할 수 있다는 것이 핵심이다. 한계편익은 한계세율과 일치한다. 소득을 신고하면 세율의 크기만큼 조세 부담을 해야 하는데, 신고하지 않고 누락시키면 그만큼 적게 내므로 편익이라는 것이다. 한계비용은 발각확률과 범칙금에 의존한다. 소득을 신고하지 않아도 발각되지 않으면 그에게 벌칙을 가할 수 없으니 일단 발각되어야 비용이 발생한다. 발각 이후 범칙금이 부과되면 최종적 비용이 결정된다. 그렇다면 탈세방지를 위해 한계세율은 낮추는 것이 좋고 발각확률과 범칙금은 높을수록 좋다. 발각확율이 높아지려면 세무조사를 빈번하게 해야 한다. 그리고 정부가 필요한 조세 수입이 정해져 있으니 세율을 낮추려면 그만큼 과세베이스가 커져야 하는데 쉽게 가능한 일은 아니다.

탈세 관련 모형에서 탈세의 심리적 비용이 반영된 것은 아니다. 심리적 비용도 비용이므로 심리적 비용이 반영되면 탈세 규모는 감소할 수 있다. 기본적 양심, 국가와 조세에 대한 개인의 생각과 태도 등이 영향을 미칠 것이다. 급여 소득자의 경우 소득 누락은 거의 불가능하다. 그런데 사업 소득자의 경우 불가능한 것은 아니다. 과거에 비해 신용카드 사용의 확대로 누락 가능 소득이 많은 것은 아닐지라도 현금을 이용하는 고객이 전혀 없는 것은 아니므로 미신고가능성을 배제할 수 없다. '신용카드 대신 현금으로 결제하면 1,000원을 깍아 드립니다.'라고 적힌 글을 본 일도 있다. 카드 결제가 아닌 경우 누락이 가능하기에 그런 방법이 사용되는 것이다. 그리고 송금을 하는 계좌도 본인이 아닌 다른 가족 명의의 계좌인 경우 매출 누락이 가능하다.

신용카드로 사용한 경우라도 용감하게 누락시키는 경우도 없지 않은 모양이다. '걸리면 다 토해내면 되지. 그 대신 안 걸리면 적게 내고 기는 것이지!' 하는 마음이다. 적게 내니 자신은 좋지만, 이런 사람이 많을수록 정부가 확보하는 조세 수입은 감소하게 되고 지출 예산 금액이 있으니 거기에 맞게 징수해야 하는데 정부 입장에서 곤란하기 마련이다. 만약 다른 곳에서 징수하기 곤란한 경우 이런저런 명목으로 더 거두어야 하므로 누군가 탈세를 하면 그의 동료, 즉 다른 납세자들이 공동으로 부담하는 셈이다. 미신고로 돈을 빼먹은 사람은 아무개인데 그가 누락시킨 세금은 다른 사람의 주머니에서 빠져 나가기에 문제가 된다.

어떤 외국인 학자의 지하경제 규모 추계에 따르면 대한민국은 GDP 대비 지하경제 규모가 20%인 것으로 추정되었다. 2021년 현재 우리나라의 국내총생산(GDP)이 약 1조 1,800억$이다. 우리 돈으로 환산하면 약 2,500조 원이다. 양성화되지 않은 소득 규모가 2,500조 원의 20%인 500조 원이나 되는 셈이다. 이 중 20%를 조세로 징수한다면 추가 징수 규모가 100조 원이며 우리나라 총 조세수입이 450조 원가량이니 엄청나게 많은 금액이다. 년간 100조 원 가까이 추가 징수가 가능하면 정부 지출에 여유가 많아지며 따라서 예산도 탄력적으로 운영할 수 있다. 국민에게 가렴주구(苛斂誅求) 하는 것이 정부의 모습이면 안 된다. 하지만 의도적으로 소득을 누락시킨 사람들에게는 자비를 베풀 필요가 없다. 거두어야 한다. 그리고 소득 미신고는 개인의 신세를 망칠 만큼 엄청난 일이라는 점을 상기시키는 것도 좋은 방법일 것이다.

공평한 소득분배

분배의 논리

자본주의 사회의 가장 큰 단점이 빈부격차가 심하다는 점이다. 세월이 갈수록 격차는 더욱 벌어지며 정부의 갖은 노력에도 불구하고 부자와 가난한 자의 거리가 가까워지지 않는다. 생산요소로 노동, 자본, 토지가 있고 생산요소 투입의 대가가 곧 소득이다. 노동의 대가는 임금, 자본의 대가는 이자, 그리고 토지의 대가는 지대라 한다. 노동투입의 대가는 대학 졸업 이후 사회에 진출하는 그 순간부터 많은 격차가 있다. 대졸 초임으로 연봉 6,000만 원 가까이 받는 근로자가 있는 반면 최저임금을 약간 상회하는 연봉 2,500만 원가량의 근로자도 있다.

소득 격차가 발생하는 원인은 다양하다. 그러나 교과서적으로 지적할 수 있는 원인은 노동생산성의 차이이다. 갑(甲)이란 사람을 투입하여 생산물 가치 5,000만 원이 발생한다면 그에게 5,000만 원 가까이 급여를 줄 수 있다. 을(乙)이란 근로자를 투입하여 생산물 가치 3,000만 원 증가를 기대한다면 그에게 3,000만 원 이상의 급여를 지급하기는 곤란하다. 생산성이 높은 자는 많은 소득을 얻고 생산성이 낮은 근로자의 소득은 낮다는 것이다. 듣기엔 그럴듯하다. 하지만 은행에서 대졸자를 채용할 때 그의 노동생산성을 근거로 연봉을 책정하는 것 아니며 임용고시에 합격해 교사로 발령받은 사람 역시 생산성에 따라 급여가 정해지는 것 아니다. 대기업에 취업하는 사람의 생산성은 처음부터 높고 중소기업에 취업하는 사람의 생산성은 처음부터 낮아 그들의 격차가 발생한다고 결론짓기 어렵다.

급여 및 기타 모든 것을 포함하여 바라본 결과적 소득분배 격차도 마찬가지이다. 상위의 사람은 생산성이 높은 사람이며 하위에 있는 사람은 생산성이 낮아 그렇다고 말할 수 없다. 부모에게 많은 재산을 물려받아 넉넉한 사람도 있고 분양받은 아파트의 가격이 급등하여 많은 재산을 보유한 사람도 있다. 주식에 밝아 주식 투자로 많은 돈을 번 사람이 있고 땅을 보는 혜안이 있어 가격상승의 소지가 있는 땅을 보유하여 부자로 변신하는 사람도 있다. 각인각색이듯 돈을 버는 이유도 가지가지이며 소득 격차의 원인 또한 여러 가지이다. 그러므로 교과서적 소득 격차의 원인에만 집착하면 올바른 판단이 어렵다.

소득 격차를 바라보는 시각도 다양하다. 평등주의자로 불리는 일군의 학자들은 소득 격차가 크면 사회 후생이 낮다고 판단해 높고 낮음의 격차를 줄여야 한다는 입장이다. 자유주의로 불리는 사람들은 정당한 방법으로 돈을 벌어 발생된 격차라면 부자의 몫과 가난한 사람의 몫 모두 정당하다는 입장이다. 정당하게 벌어 많이 가지게 되었다면 많은 소득이 정당한 대가이며 그렇지 못한 사람 역시 적은 소득이 그의 정당한 몫이라는 것이다. 한쪽은 소득 격차를 곱지 않게 바라보는 것이며 다른 한쪽은 정당한 게임의 결과 발생된 격차라면 그대로 인정해야 한다는 입장이다. 어느 쪽의 말이 옳다고 손들어 주기도 여간 어려운 일이 아니다.

자본주의의 특징이 무엇일까? 어려서 배운 자본주의의 특징은 영리추구, 자유경쟁, 사유재산 보장 등 세 가지였다. 모든 사람이 시장에서 자유롭게 경쟁하여 저마다 영리추구에 몰두하고 그 과실로 받은 몫을 사유재산으로 쌓아가는 것이다. 그렇다면 자본주의는 태생적으로 분배 격차가 발생할 수밖에 없다. 자유롭게 경쟁하면 골을 많이 넣은 메시(Messi)가 많은 골을 기록하지 못한 다른 선수에 비해 많이 가지게 된다. 그렇게 번 돈으로 메시는 7개의 호텔을 가진 부자가되었다. 문제는 자유롭게 경쟁할 수 있는 '룰이 제대로 작동하는가?'이다. 헤비급과 플라이급을 링에 올려 자유롭게 치고받으라 하면 올바른 경쟁은 아니다.

올바르게 경쟁할 수 있는 그라운드를 만들어 주는 것, 여기에 정부의 필요성이 있다. 이것만 확실하다면 경쟁의 결과 영리추구의 결과 분배 몫이 달라지는것은 자본주의의 생리이다. 소득분배 격차에 대해 걱정할 필요가 없다. 소득분배 격차가 없다면 오히려 걱정거리이다. 소득분배의 격차가 발생하는 것은 당연한 것이며, 일단 내가 게임의 승자가 되기 위해 열심히 노력하는 것이 개개인의지향점이 되어야 한다.

개발독재와 부정부패

이젠 먼 옛날 사람인데, 박정희 대통령이 집권하던당시를 개발독재 시대라 한다. 국민을 절대 빈곤이란 수렁에서 건지고자 '경제개발 5개년 계획'을 시작한 것이 1962년이니 지금부터 60년 전이다. 1차 및 2차5개년 계획은 무사히 지났고 실제 절대적 빈곤에서 벗어났고 소위 '보릿고개'라는 쫄쫄 굶어야 하는 시간도 사라지게 만든 게 사실이다.

그런데 문제는 3차 경제개발 5개년 계획이 시행되던 시절이다. 경공업에서 부가가치가 높은 중화학 공업으로 전환하며 철강, 자동차, 정유, 기계, 전자 등 중

화학공업의 운영주체는 대기업이고 부족한 재원은 정부가 몰아주는 행동이 관행처럼 되었다. 대기업과 중소기업의 격차는 말도 못하게 커지고 일감을 몰아주고 돈이 될 만한 일거리를 내 지인 또는 내 가족 앞으로 빼돌리고 금융기관의 대출을 이용하여 토지를 매입해 차익을 노리는 투기 행위가 성행했다. 정부 보호 아래에 있는 대기업과 그 종사자들은 탄탄대로를 걸었고 권력과 밀착된 금융기관은 '타의 반 자의 반' 정상적 운영 대신 권력의 뒷배들과 조율하며 실적과 무관한 비정상적 성장을 계속했다.

급여를 많이 받는 대기업 직원이 탄생했고, 저축을 많이 해 빨리 집을 구입하는 근로자가 나왔고, 권력을 휘두를 자리에 누군가 앉아 있으면 그 사람을 이용해 갖은 이권에 개입하는 사람도 등장했다. 지역 개발에 관한 정보를 알아 개발 이전에 미리 그 지역 주변의 토지를 매입하고 개발이 시작되면 많이 오른 가격으로 땅을 되팔아 엄청난 차익을 얻는 사람이 많았다. 많은 현금을 보유하면서 시장 상인을 상대로 '일수놀이'라는 이름의 사채를 운영해 고리(高利)의 수익을 얻는 자본가들도 적지 않았다.

대기업의 임직원, 해외 파견 근로자들, 권력과 밀착된 계층, 투기 세력들이 평범한 근로자는 상상도 못할 금액을 보유하게 되고 정부는 이에 뒷짐을 지고 있어 이런 계층은 우리 사회의 부자로 토착화 되었다. 여기저기 많은 정보를 이용해 토지를 매입하고 건물을 짓고 비싼 값에 되팔고, 그럴듯한 지역의 대지를 구입해 집을 짓고 또 되팔고 하며 엄청난 차익을 가져갔다. 당시 사고 되팔아 얻는 이득, 즉 양도차익이 얼마나 많았으면 1977년 양도소득세라는 세금이 생겼을까?

무자격자에게 대출해 주고 대출 금액의 일정 비율을 커미션으로 받는 것, 세금 탈루를 눈감아 주는 대신 뇌물성 촌지를 받는 것, 담임 선생님께 촌지를 드리는 것, 건설 관련 서류를 빨리빨리 처리해 주는 대가로 급행료를 지불하는 것, 군(軍)에 가야할 자식을 병역 면제로 만들어 뇌물 주고받는 것, 미처 빼지 못하고 군(軍)에 간 친구들 좋은(?) 자리로 오게 하려고 촌지를 지불하는 것 등 모든 것이 관행이었다. 돈을 주어야 하는 사람은 소득의 감소나 돈을 받는 사람은 엄청난 소득증가 원천이었다. 이런 형태로도 소득 격차가 발생했다.

오래전, 내가 아는 공무원은 13평짜리 아파트에 살았다. 남이 보면 수수하게 사는 것처럼 보였다. 그러나 그는 당시 2층 고급 주택의 실소유주였다. 남의 눈에는 13평 아파트에 거주하는 것처럼 했지만 사실은 그렇지 않았다. 나 같은 사람도 이런 사람을 알았으니 유유상종(類類相從)이라 했거늘 그런 자리에 있던 사람들끼리는 더 많이 알았을 것이며 이런 부류의 사람은 무척 많았을 것이다. 정상적인 급여 생활자들은 앞에 열거한 사람의 소비수준을 따라갈 수 없었고 저축도 할 수 없는 상황이었으며, 당시 급하게 올라갔던 주택 가격을 감당하기도 벅찼다. 부정한 돈이든 정상적인 돈이든 돈을 쥘 수 있는 사람들은 일찍이 주택을 마련하고 살았지만 그렇지 못한 사람들은 지금 외곽을 빙빙 도는 불쌍한 사람과 마찬가지였다.

애초 소득 격차의 결정적 원인은 부정부패라 생각된다. 부정부패 세력에 편입되면 고소득의 가능성이 높았고 부정부패와 멀리 있으면 저소득으로 편입될 가능성이 농후했다는 말이다. 자신의 급여를 알뜰하게 저축해 고소득층으로 편입된 사람도 없는 것은 아니다. 하지만 개발독재 시대에 주류에 편승하는 계층은 쉽게 돈을 벌었다. 주류에 편승한다는 것은 권력 또는 비리의 집합체에 포함된다는 의미이다. 대한민국의 경우 다른 나라와 달리 부자가 존경받지 못하는 가장 큰 이유가 여기에 있을 것으로 생각된다.

소득 재분배 노력

각 생산요소에게 분배된 소득의 크기는 천차만별이다. 근로자 자격으로 임금을 받는 사람도 임금격차는 엄청나다. 빈익빈 부익부가 가속화되는 것이 자본주의 생리이며 특히 우리나라의 경우 정당하지 못한 방법으로 부를 축적해 상위 소득자의 반열에 오른 사람이 많아 정부가 손을 놓고 있으면 큰 문제가 아닐 수 없다. 소득분배의 격차를 해소하기 위해 정부가 개입할 수 있는 근거이며, 마땅히 그리해야 할 책임이 정부에게 있다.

정부가 재분배를 위해 사용하는 정책은 소득세에서 초과 누진세율 적용, 불로소득인 상속과 증여에 대해 높은 세율 적용, 사치성 소비재에 높은 상품세율을 적용하는 것이다. 또한 정부는 일정수준의 소득에 미달하는 가구(家口)를 기초생활 수급대상자로 선정하여 그들에게 매월 일정액의 보조금을 지급한다. 요약하면 우리나라는 조세 정책과 정부지출 정책을 통해 소득 분배의 격차를 조정하고 있다.

초과 누진세율이 적용되면 낮은 소득에는 6%를 세금으로 징수하고 가장 높은 소득에는 45%의 세율을 적용하니 세후 가처분소득은 세금 부과 이전에 비해 평등한 상태가 된다. 상속이나 증여에 조세가 부과되어도 마찬가지이다. 아버지에게 5억 원을 받은 친구가 이 중 1억 원을 세금으로 부담하면 4억 원만 그 친구의 소득으로 결정되기 때문이다. 사치성 소비재의 경우도 주로 고소득자들이 소비한다고 간주하여 높은 세율을 적용하는 것이다. 따라서 조세부담 역시 고소득자에게 많이 귀착될 것으로 예상된다. 그렇다면 세금 부과 이전과 세금 부과 이후 소득 격차에는 변화가 있고 그 변화는 긍정적 변화일 것이다. 기초생활 수급제도도 마찬가지, 고소득자와 무관하고 저소득 가구에게만 지급하므로 지급 이후 불평등의 격차는 좁아질 것이다.

그러나 조세 정책과 정부지출 정책이 최근에 도입된 것이 아니라 아주 오래전부터 존재하던 것이다. 물론 세율이나 보조금액 등 세부적으로 조금씩 변하기는 하였으나 골격은 처음이나 지금이나 대동소이하다. 지니계수, 십분위 분배율 등 여러 지표로 소득분배 상태를 측정하여 발표하는데 시간이 지날수록 소득분배 격차가 줄어들고 있다는 증거는 없다. 정부 개입이 매우 효과적인 방법으로 진행된다고 장담할 수 없다는 것이다.

기초생활 수급대상자가 되면 매월 130-140만원의 보조금이 지급된다. 만약 이 돈이 없다면 길거리로 나 앉아야 하지만 보조금 덕분에 입에 풀칠은 할 수 있다. 그렇다고 분배격차가 좁아진 것은 아니다. 소득세도 마찬가지일 듯하다. 45%의 세율을 적용받는 사람은 연간소득이 10억 원을 초과하는 계층이다. 10억 원을 초과하여 11억 원을 벌어 10억 원을 초과하는 1억 원 중 45%를 세금으로 부담해도 그는 5,500만 원의 추가 소득을 실현할 수 있다. 웬만한 근로자의 1년 연봉이다. 그러하니 없는 것보다야 낫지만 각종 재분배정책이 분배격차의 해소에 큰 도움이 되리라는 생각은 없다.

분배 격차를 위해 고소득자의 소득을 세금으로 몰수하려는 것 역시 개인의 자유를 심각하게 침해하는 것이다. 따라서 소득 재분배 정책에 대한 발상의 전환이 필요하다는 생각이다. 초과 누진세율을 적용하여 고소득자에게 높은 한계세율을 적용하되 고소득자의 근로의욕을 손상시키면 안 되니 소득세 한계세율의 인하를 청하고 싶다. 가구 소득이 생계비에 못 미친다면 무조건 최소한의 생활이 가능하도록 정부가 보조금을 지급하는 것이 옳다. 지표상의 분배 격차가 중요한 것은 아니다. 누구나 최소한의 생활 이상의 생활을 할 수 있으면 정부는 제 몫을 다한 것이다. 돈을 벌어야 하는 고소득자들은 돈을 많이 벌도록 장려해야 한다. 그래야만 그들로부터 조세 수입을 확보해 보조금 재원을 마련할 수 있기 때문이다.

가진 사람의 소득 중 많은 것을 떼어 지표상 소득 격차를 줄이는 방법보다, 설사 지표상 분배격차는 더 벌어져도 기본소득으로든 보조금으로든 없는 사람에게 확실하게 돈을 주어 그들이 최소한의 생활을 유지하도록 만드는 것이 바람직하다.

마음의 분배격차

자본주의 사회에서 분배 격차가 발생하는 것은 당연하다. 정부의 노력에도 불구하고 원하는 만큼 격차가 줄어들 가능성은 없다. 정부는 때로 '보여주기식' 조세 정책을 사용하기도 한다. 종합 부동산세가 좋은 예이다. 노무현 대통령 당시 대통령 정책수석의 발언이 지금도 귀에 생생하다. 종합부동산세 납세대상자는 '전 국민의 2%에 불과하니 아무 문제가 없다.'는 내용이었다. 나머지 98%와 무관하니 태풍처럼 조세 부담을 요구해도 별문제 없다는 것이다. 이와 같은 정부의 사고방식은 국민의 납세의무를 모독하는 것이며 가진 자가 들었다면 기를 쓰고 세금을 피하려 할 것이라 생각된다. 세상에 조세 부담 즐거워할 사람은 아무도 없고 국민 된 도리로 부담하는 것이다. 따라서 정부는 고마운 마음으로 국민의 혈세를 받아 관리해야 하고 한 푼도 허투루 쓰는 일이 없어야 한다.

대부분의 근로자는 자신의 소득 중 일부로 조세 부담하고 빠듯하게 살아간다. 그런데 일부 스포츠 스타의 연봉 계약 소식, 프로 무대의 FA가 되어 이루어지는 계약 소식 등을 접하며 깜짝 놀란다. 아무개는 주급이 5억 원이다, 아무개의 연봉이 15억 원이다, 어떤 선수가 FA 자격을 얻어 6년 총 150억 원에 계약했다 등등의 이야기를 접하게 된다. 잘하고 능력 있는 사람들이라 아무리 비싼 돈을 주더라도 앞다투어 데려가려 하니, 당연히 몸값은 천정부지일 것이다. 그러나 그들의 높은 소득에 대해 시기하는 사람은 없다. 나는 연봉 몇천만 원에 불과한데 아무개 스타는 수입 억 원이라 삶에 의욕이 없다는 생각 역시 없다. 따라서 이런 형태의 소득 격차는 우리를 힘들고 속상하게 만들지 않는다.

그런데 다른 경우도 있다. 우리 식구는 모두 주야로 열심히 일하며 살아가고 있는데 옆집 식구들은 아무도 정상적인 직업을 가진 사람이 없다. 그럼에도 1인당 한 대의 승용차, 그것도 고급 승용차가 있고 늘 해외여행을 다니며 평상시에도 즐겨 외식을 하며 살아간다. 직장을 다녀도 이런저런 지출을 하고, 식구들과 번듯한 식당에서 외식하려면 벼르고 해야 하는데 늘 그런 생활을 하는 옆집을 이상한 눈으로 바라보게 되었다. 그의 직업은 '브로커'라는 것이다. 주식시장에서 주식을 매매하며 사는 사람이라 생각했는데 누구에게 무엇을 소개하며 수수료를 받는 사람이라고 들었다. 그를 볼 때마다 내 처지가 안타깝고 시간이 지날수록 슬프고 분한 생각까지 들었다. 그리고 세상이 참 불공평하다는 생각이 들었다. 매사 모든 의욕을 잃어버릴 만큼 힘들었다. 뛰어난 능력이 있는 것도 아니고 열심히 일하는 것도 아닌데 나보다 훨씬 잘 벌고 잘 사는 사람들이 있다는 것, 참 힘든 일이며 이때 느끼는 심리적 소득 격차는 실제 소득격차보다 훨씬 컸다.

당장 고소득자와 저소득자의 격차를 줄이려는 노력, 어찌 보면 무의미하다. 경기가 침체되어 저소득자의 소득은 이러나저러나 그대로인데 고소득자의 소득이 확 줄어들면 소득격차는 작아진다. 정부가 나서 고소득자에게 강제로 더 나아가 징벌적 조세를 부과해 고소득자의 가처분소득이 확 줄어도 소득격차는 작아진다. 그런데 저소득자에게 실질적 혜택이 없는 한 소득 격차의 해소가 갖는 실질적 의미는 없다. 그렇다면 함께 사는 사회에서 마음에 닿는 소득격차의 해소방안이 무엇인가 찾아보아야 한다.

우선 잘사는 사람은 왜 나보다 잘사는지 분명하게 이해할 수 있어야 한다. 유산이 많아서, 능력이 앞서서, 자금운용을 잘해서, 운이 좋아 경쟁률이 높은 아파트에 당첨되어서 등등 모두 이해할 수 있다. 그러나 권력자 아무개를 알아 이권을 받아서, 돈을 벌고도 신고하지 않는 탈세를 해서, 관세청에 끈이 닿아 밀수를 해서, 부당한 자릿세나 사용료를 징수해서 잘산다면 이는 용납하기 어렵다.

정부가 할 일은 최저생계비에 못 미치는 가정을 우선 살펴 최소한의 생계 가능한 보조금을 지급하는 것, 불법적이며 비정상적인 소득 원천을 차단하는 것, 소득의 원천을 모두 파악하여 소득탈루를 방지하는 것, 의욕을 상실하지 않는 수준의 한계세율을 정하는 것, 납득 가능한 세목을 설치하는 것 등이다. 이렇게 된다면 굳이 공정을 말하지 않아도 사회는 공정으로 갈 것이다.

지식인

지식인을 생각한다

　　　　　　　지식인이란 무엇인가? 옛날 어른들이 하던 말인데 지금 꺼내려니 새삼스럽다. 과거 공부한 사람이 없던 시절, 많이 배운 사람을 지식인이라 하였다. 동네에 대학교를 졸업한 사람이 있으면 모든 것을 그분께 여쭈어 결정했던 기억이 난다. '만물박사'라 표현하는 것이 옳을지 모르겠다.

　세월이 지나 고등학교는 물론 대학교에 진학하는 비율이 늘어갔다. 새로 생기는 대학교도 해가 갈수록 많아졌다. 그러다 보니 이제는 대학진학율이 85%(2022년 현재)라 전 세계에서 대학진학률이 가장 높은 나라가 되었다. 대학교를 졸업하고 대학원에 진학하는 학생도 많아지고 석사학위 취득 이후 계속 박사학위를 취득하기 위해 공부하는 사람도 부지기수(不知其數)이다. 국내는 물론 해외로 나아가 박사학위취득을 위해 열을 올리고 있다.

　예를 들어 미국의 대학교 학생 중 자국민을 제외하고 가장 많은 비중을 차지하는 나라가 1위 중국 그리고 2위가 대한민국이라고 한다. 대한민국 인구가 중국 인구의 1/30도 안되는 점을 감안하면 얼마나 많은 유학생이 있는지 짐작할 수 있다. 그러다 보니 많이 배운 사람을 지식인이라 한다면 대한민국엔 지식인이 넘쳐난다고 할 수 있다.

지식인은 교양 있고 지식인은 판단력이 우수하고 지식인은 점잖은 사람으로 알고 있다. 그렇다면 대한민국은 교양인으로 넘치고 모든 국민이 판단력이 뛰어나 문제가 없어야 하며 대부분 점잖은 사람들이니 보행위반 등 경범죄(輕犯罪)는 없어야 옳다. 하지만 날이 갈수록 이런 문제들이 줄어드는 것이 아니라 점차 확대일로에 있어 걱정이다. 그렇다면 지식의 양이 사람 됨됨이와 관련 있는 것은 아니며 지식인의 증가가 사회진보 내지 사회성숙도와 그 맥을 같이하는 것 역시 아닌 셈이다.

지식인의 수가 늘어나는데 왜 사회가 진보한다는 느낌이 없는 것일까? 우리가 표본으로 삼고 닮고 싶어 하는 지식인은 왜 없는 것인가? 대학교 안에서도 존경하는 교수님의 모습은 어떤 것이며 학생이 닮아가고 싶은 교수님은 없는가? 전에는 잘 알지도 못하면서 '아무개 선생님' 하면 '우리 모두의 스승이고 존경받는 분이다.'라는 얘기를 많이 했다. 지금은 그런 분을 찾기 어렵다. 얼마 전 돌아가신 이어령 선생을 시대의 지식인이라며 특집으로 다루어 방송하는 것을 보았다. 하지만 그 분 생전에 이 시대의 석학이며 우리 시대의 지식인이라는 그 분께 답을 구하는 모습은 찾을 수 없었다.

사회는 복잡하고 혼란스러워지는데 구심점(求心點)이 될 만한 사람은 나타나지 않는 것이다. 정말 없는 것일까? 아니면 우리가 마음에 두지 않는 것일까? 우선 첫째, 세상이 변했다. 모든 사람이 알만큼은 다 안다. 그러하니 남의 말에 귀 기울이는 모습이 거의 없다. 가르치며 교정하려는 말이면 더더욱 그렇다. 둘째, 도를 넘는 지식인이 넘쳐나기 때문이다. 어느 분야에서 명성을 얻으면 그 분야에서 활동하며 최고의 학자로 또는 최고의 사람으로 있어야 한다. 그러나 한 분야에서 명성을 얻으면 그것을 교두보 삼아 다른 분야에까지 들어와 전문가가 되려한다. 나아가 자신의 생각을 보편화시켜 주입하려한다. 그러다 보니 언제부터인가 지식인은 염치없이 여기저기 얼굴을 내미는, 날 때 들 때 모르고 무분별한 행동을 하는 사람으로 낙인 찍히지 않았나 생각된다. 오래전 사르트르(Sartre)가 '지식인의 변명'에서 언급했던 이야기이다.

세상이 많이 변했고 사람들 생각도 많이 달라졌으니 지식인도 변해야 한다. 한 사람이 알고있는 지식의 양은 그 사람이 아무리 뛰어날지라도 '새 털' 만큼에 불과하다. 새 털 만큼의 지식으로 누구 앞에서 젠체한다는 것은 정말 우스운 일이다. 따라서 지식인이라면 앞에 나서지 말아야 한다. 조용히 자신의 일에 몰두하고 있어야 한다. 주변 사람이 보기에 모범적인 삶을 살고 누군가 배우고 싶다는 생각이 들면 그에게 접근할 것이다. 그때 자신의 생각을 주입하려들지 말고 다른 사람의 생각을 듣고 자신도 몰랐던 사실을 깨닫고 이를 기반으로 새로운 아이디어를 제공하면 금상첨화(錦上添花)가 아닐까 싶다. 자신과 자신의 일을 생각하기에도 바쁜 사람이 남의 일에 간섭할 겨를이 없어야 정상 아닐까?

교수의 위상

어릴 때 교수님 또는 선생님이면 나이에 상관없이 동네의 어른이셨다. 배우지 못한 사람이 많아 한자(漢字)도 제대로 모르고 관(官)에 제출하는 서류를 작성할 때에도 교수님께 여쭙고 하는 경우가 많았다. 당시 교수님은 오랫동안 책을 가까이 하셔 매사 적절한 예를 들어 설명해 주시고 사람이 살아가는 방향에 대해서도 일가견(一家見)이 있으셨다. 예를 들어 경제학 교수님이 경제학에만 밝은 것이 아니라 모든 면에 우리보다 나았던 것으로 생각된다. 그러하니 매사 그분께 여쭈어 의사결정하곤 했었다.

1980년 제5공화국이 들어서며 대학가에도 변화의 바람이 불었다. 입학정원제 대신 졸업정원제로 바뀌면서 대학 신입생이 대폭 늘었다. 그리고 대학설립인가도 허가주의에서 준칙주의로 바뀌며 정부에서 요구하는 조건만 구비하면 누구든 대학설립이 가능했다. 전국 각지에 우후죽순(雨後竹筍)처럼 대학이 들어섰고 대학 들어가기는 그만큼 수월해졌다. 문제는 학생들을 가르칠 건물공간과 교수가 부족했다. 당시 대학원에 다녔던 선배를 보면 지방대학의 경우 석사학위만 있으면 전임교원으로 갔고 조금 시간이 지나서도 박사학위과정에 입학만 되면 지방대학에는 쉽게 자리를 잡았던 것으로 기억된다.

시원치 않은 건물 제대로 정비되지 않은 강의실에서 학문적으로나 인격적으로 크게 성숙치 않은 교수들로부터 많은 지식을 전달받았다. 지금과 달리 교수가 되면 정년(停年)이 보장되어 본인이 크게 노력하지 않아도 만 65세까지 백묵을 잡는 게 어렵지 않았다. 따라서 대강대강 하는 교수들이 많았다. 학생들이 입에서도 말이 나오고 돌기 시작한다. 아무개 교수가 어쩌고 저쩌고, 다른 아무개 교수는 제대로 알지도 못하는 것을 떠들고 있고, 또 다른 교수는 말솜씨나 품행이 형편없다는 지적도 많았다. 시나브로 젊은 학생들에게 교수님의 모습은 여느 직장인과 다를 바 없었다. 존경의 마음이 하나둘 사라지고 만 것이다.

크고 작은 대학의 설립이 줄을 잇고 급기야 2022년 현재 전문대학교 포함 대학교의 수는 무려 407개(국립 43개, 공립 8개, 사립 356개)에 달하고 있다. 해당 대학에 재직하는 교수의 숫자도 엄청나다. 지금은 대학에 전임 교원으로 자리 잡는 것이 하늘의 별따기 만큼 힘들지만 80년대 이후 수월하게 자리 잡았던 분들이 매우 많아 보통 사람의 입에 오르내리는 교수는 학구적이며 진지하고 타의 모범이 되는 그런 모습은 아닌 듯하다. 늘 집에서 놀면서 공부는 하지 않는다. 제 이익에만 관심이 있지 제자들의 앞날에 대해 걱정은 하지 않는다. 학생의 성장에 도움을 줄 수 있는 거시적 안목을 키워줄 생각은 없고 단순히 자신이 알고 있는 지식만 주입하려 한다. 등등. 세간의 평이 그리 좋은 것은 아니었다.

물론 특정 분야의 세계적 석학으로 거론되는 분들도 없는 것 아니다. 하지만 미꾸라지 한 마리가 물을 흐리듯 좋지 않은 모습으로 비추어진 분들이 많아 싸잡아 나쁜 평을 듣는 것이라 생각하고 싶다. 아무튼 오늘날 교수님은 인격적으로 훌륭하고 매사 우리보다 우월하시며 부족한 우리를 위해 조언을 해주실 수 있는 그런 분은 아니다. 직업이 대학생을 가르치는 사람이고 그들에게 배워 학점을 받고 졸업하면 그만인 것이다. 스승과 제자의 관계로 이어지는 경우도 갈수록 줄어들고 대학 문을 나선 뒤 뇌리 속에 남아있는 교수님의 기억도 많지 않다는 후문이다.

세상이 변하며 가르치는 직업보다 더 나은 직업이 많이 출현하여 그런 부분도 있을 것이다. 하지만 세간의 나쁜 평가는 어찌 보면 자업자득(自業自得)인 셈이다. 따라서 교수님 스스로 벗어나고자 노력하셔야 한다. 철저하게 강의준비하고 관련 서적을 탐독하시어 숲과 나무를 동시에 헤아리시고 학생들 앞길을 위해 건강한 마인드를 가질 수 있도록 지도하셔야 한다. 그리고 남는 시간이 있다면 지역사회를 위해 봉사하는 모습도 보이시면 좋겠다. 교수님께서 일주일에 6-9시간 강의시간에만 학교에 나가시고 나머지 시간은 집 또는 학교 이외의 곳에서 시간을 보내신다는 불만도 없지 않다. 여하튼 교수님이 학교, 학생 및 다른 사회와 일체 단절된 모습으로 지낸다면 우리 모두의 불행이 아닐 수 없다.

교수님은 왜 작아지는가?

세상이 시끄러울 때 큰 울림을 주셨던 분들이 교수님이시다. 고인이 되신 박정희 대통령이 독재를 획책할 때 가장 먼저 대자보를 붙인 분들이 교수님이시다. 시국(時局) 관련하여 뜻있는 교수 여러분이 공동으로 성명을 내면 세간의 관심거리였다. 하나하나 틀린 부분 없이 뜨거운 목소리로 우리들 가슴을 시원하게 뚫어 주셨다. 1980년 이후 독재정권의 칼날 앞에서도 감옥에 가는 것조차 불사하며 민주화를 외친 분들이 교수님이셨다. 그러나 최근에는 세상의 일이 시끄러울 때 교수님의 등장을 뵙기 어렵다. 설사 있다고 해도 세상 사람의 관심을 받지 못하고 있다.

교수에 임용되면 정년이 보장되고 대충 생활해도 월급 받고 살아가는 데 별 지장이 없으니 안이한 생각으로 임하는 분들이 많았다. 이에 모든 대학들이 앞다투어 교수업적평가를 하기에 이르렀다. 학교마다 조금씩 차이는 있으나 논문, 학생지도, 강의평가 등으로 구분하여 교수님도 평가의 대상이 된 것이다. 주로 젊은 층 교수들이 해당되었다. 유명 해외학술지에 논문이 실리지 않으면 승진을 막는 학교도 있고, 해외 그리고 대부분의 대학에서 국내 유명 학술지 아니면 연구실적으로 인정조차 않으니 몇 안 되는 학술지에 논문을 실으려고 갖은 노력을 다하고 있다. 학생들에게 강의하는 시간 이외에는 연구실적을 위해 동분서주해야만 했다.

세상이 시끄러워도 '내 코가 석자'이니 모르쇠로 일관한다. 불의가 판을 쳐도 마찬가지이다. 논문과 강의평가의 점수관리, 저서집필관리 등에 몰입하며 결과물을 만드는 데 여념이 없다. 따라서 세상을 깊게 생각하지 않는다. 위정자의 나쁜 행태에 대해 일언반구 하지 않는다. 대학교 교육의 문제점에 대해 일절 관심을 갖지 않는다. 교수가 그런 일(연구)에 몰입하는 것이 사회적으로 이득일까 생각해본다. 교수는 일차적으로 자신의 전공분야에 권위자가 되어야 한다. 따라서 저술과 논문작성이 중요하다는 점은 두말할 나위가 없다.

하지만 다음이 문제이다. 저술과 논문작성 때문에 아무 것도 듣지도 보지도 않는다면 여간 큰 문제가 아닐 수 없다. 바른 말을 하는 계층 중 하나가 사라진 셈이기 때문이다. 학생도 바른 말 하는 집단의 하나인데 그들 역시 취업 등 자신의 앞가림에 정신이 없어 시국 관련하여 어떠한 성명을 낸다는 것은 그야말로 '옛일'이다. 세상이 교수님들을 작아지게 만든 것인지 아니면 교수님들 스스로 작아진 것인지 분명치 않지만 세상을 향해 호령하던 그들의 모습이 온데간데없는 것은 사실이다. 학생들에게도 자산의 일 이외 세상의 일은 관심 밖이니 세상을 향한 대학가의 소리는 일체 없는 셈이다.

교수님들도 다양하다. 이성은 뒤로한 채 가슴속 혈기로 말만 뜨거운 분이 있고 꼼꼼하게 비교한 뒤 자신이 검토한 것만 차분하게 말씀하시는 분도 계시고, 아예 세상일을 등지고 나만의 삶을 즐기는 바람직하지 못한 모습도 있다. 학생들에게도 무관심하며 공부도 열심히 하지 않고 강의기법을 바꾸어 학생들에게 좀 더 쉽게 다가가려는 노력조차 하지 않는 교수님들도 많다. 최근 코로나 때문에 빚어진 일이지만 비대면강의가 성하게 되며 교수의 존재이유에 대해 궁금해 하는 경우가 많다. 대학의 존재이유에 대한 궁금증도 있다.

그러므로 교수님들이 예전과 같지 않은 이유 역시 여러 가지이다. 우선 세상이 그들을 초라하게 만들었다. 너 역시 평가의 대상이니 '떠들지 말고 네 일이나 하라!'며 요구하고 나섰기 때문이다. 강의평가, 연구평가 등이 여기에 해당된다. 기준에 미달하면 여러 가지 불리한 점이 많으므로 노력해야한다. 다음으로 그들 스스로 세상 위에 우뚝 서려 노력하지 않은 점이다. 연구활동도 게을리 하고 강의도 게을리 하고 사람의 모든 면에서 타인의 모범이 될 만한 그릇이 못되었기에 존경은 멀리 건너간 것이다. 교수는 하나의 직업에 불과하고 학생들을 가르치며 월급을 받아가는 직장인에 불과한 모습이 되었다. 이제, 교수님들도 세상 탓만 하지 말고 깊은 성찰(省察)이 필요한 시점이다.

교수의 역할

　　　　　　　　　과거의 교수와 달리 요즘 교수는 자신의 눈앞에 있는 난관을 극복하기에 급급하다. 자신의 강의를 듣는 학생들로부터 좋은 평가를 받아야 하고, 학술지에 논문을 제출하여 승진하는 데 지장이 없어야 하고, 기타 사회공헌활동에 관한 평가기준을 충족하기 위해 여기저기 기웃거려야 하기 때문이다.

　'내가 곧 법이다.'라는 기세로 세상을 향해 거침없이 말을 던지던 모습은 사라졌다. 학생들 앞에서 민주화의 필요성, 개헌의 필요성, 정치적 부조리, 대한민국이 나아가야 할 길 등에 관해 소신을 피력하던 힘 있는 모습은 기대하기 어려울 것으로 생각된다. 어떤 사회이든 지도자가 필요하다. 특히 정신적 지도자가 필요함은 물론이다. 마음이 외롭고 공허할 때 기댈 수 있는 그런 '큰 나무'가 필요하다. 그런데 날이 갈수록 그런 분을 찾기 어려우니 힘들 때 걸터앉아 쉴 수 있는 그늘이 없다. 그러하니 날이 뜨거우면 모두 '난리법석'이다. 안타깝지만 교수님들께 우리의 쉼터, 우리의 그늘이 되어주십사 부탁하기엔 어려움이 많아 보인다.

　아무리 작아지더라도 교수님들은 학생들 앞에서 그들을 이끌어야 한다. 지식을 전달하는 것도 물론 중요하다. 올바른 자세에 대한 가르침도 중요하다. 무엇보다 중요한 것은 세상을 보는 바른 눈을 가질 수 있도록 교육하는 것이다. 큰 틀에서 생각하게 만들고 거시적 안목으로 자신의 세상을 살아갈 수 있는 밑거름을 심어주어야 한다. 전공이 경제학이니 경제학 교과서에 나오는 내용을 달달 외우게 만들고 시험을 치르고 높은 점수를 받은 학생에게 칭찬을, 점수가 낮은 학생에겐 꾸지람을 주는 것으론 부족하다고 생각된다. 교과서에 있는 내용을 기반으로 경제의 움직임을 바라보게 만들고, 처음엔 서툴겠지만, 논리적으로 자신의 생각을 다듬어 다른 사람 앞에서 조리있게 말하는 기술도 선생님의 가르침이 필요한 부분이다.

학생들이 거시적 안목으로 자신의 생각을 이야기할 때 잘못된 부분이나 보완할 부분이 있으면 지적해 주어야 할 의무가 교수님께 있다면, 교수님 역시 부단히 노력해야만 가능한 일이다. 대한민국의 돌아가는 모습, 대한민국 밖의 세상 돌아가는 모습, 나아가 정치 사회 문화 등 모든 부분에 일가견이 있어야 올바른 눈을 가질 수 있다. 교수님들이 한눈을 팔 사이가 없어야 할 이유이다. 경제학 지식은 학원에서도 배울 수 있다. 요즘 같은 세상엔 인터넷 강의를 통해 꼼짝 않고 방에 앉아서도 얼마든지 배울 수 있다. 학교에 나아가 배울 수 있는 것이 학원강사에게 듣고 배우고 인터넷 강의로 배울 수 있는 게 고작이라면 대학교의 존재의미는 무색해질 수밖에 없다.

모든 과목에서 기본적인 내용은 주입식으로 강의해야 한다는 데 동의한다. 문제는 다음이다. 과제를 부여하고 과제에 대한 평가를 할 때 정말 생각하여 고민하며 과제를 작성했는지 살필 수 있어야 한다. 자주는 아니더라도 몇 명씩 그룹을 지어 토론하며 자신의 생각을 조리있게 말하는 부분도 점검했으면 한다. 아는 것도 중요하지만 알고 있는 것을 남 앞에 표현하는 것도 중요하다. 내 머릿속에 담아두는 것도 중요하지만 내 머릿속에 담긴 내용을 적절하게 믹스하여 다른 사람이 이해할 수 있도록 설명하는 능력도 중요하기 때문이다.

과제를 꼼꼼하게 읽어야 학생 개개인에게 적절한 조언이 가능하다. 교수님들이 시간을 많이 투하하셔야 한다. 토론하며 학생의 문제점을 살피는 것도 보통 정성으론 부족한 일이다. 잘못했다고 핀잔만 주는 교육은 아무 쓸모없는 것이다. 누구 하나 소중하지 않은 사람이 없으니 하나하나 자신의 장점을 살릴 수 있도록 잘 키워주어야 한다. 이 시대, 교수님이 하셔야 할 일이고 세상이 교수님들께 부여한 의무라 생각된다. 여기에 얼마나 부응하는가에 따라 대학교의 존재이유는 달리 평가될 것이다. 많은 젊은이가 '대학에 다닐 이유가 있을까?' 생각하기 시작하면 문을 닫아야 하는 대학은 많아지고 교수님들은 아무짝에 쓸모없는 사람으로 전락하고 말 것이다. 세상을 바꾸어 보려 호령하는 대신 내 학교 안의 학생들에게 정성을 다해 그들을 올바른 '사람'으로 만드는 일에 매진해야 한다. 곰곰이 생각해야 할 부분이다.

교수의 한계

나는 경제학을 가르치는 사람이다. 경제학은 미국식 주류경제학, 마르크스류 정치경제학, 오스트리아 학파의 자유주의 경제학, 제도주의 경제학 등 다양한 분석방법이 있다. 나는 학교에 다니며 미국식 주류경제학을 교육받았고 학부시절 마르크스 경제학을 한 학기 배웠다. 마르크스 경제학인 줄 모르고 경제원론(II)라 되어있기에 신청했는데 마르크스 경제원론이라는 것이다. 모르고 엉겁결에 들은 셈인데 그것이 처음이자 마지막으로 주류경제학 이외의 경제학을 배웠던 경험이다.

과거 각종 공직(公職) 시험과목에 경제학 또는 경제원론이 필수과목으로 선정되었다. 대학에도 경제원론이 각 단과대학마다 개설되어 있었고 경제학을 가르치는 시설학원도 많았으며 따라서 경제원론 교과서는 베스트셀러의 반열에 들 정도이었다. 그런데 참 신기했던 것이 저자는 다른데 교재의 목차 및 분량은 너무도 유사하다는 점이다. 우리 대학이든 다른 대학이든 강의할 때에 특별하게 강의준비를 않아도 아무 부담이 없는 것이 목차가 대동소이하기 때문이다. 설사 내가 좀 관심있는 분야에 신경을 쓰고 많은 시간을 배분하고 싶어도 각종시험에 응시하는 학생들의 눈빛이 금방 달라진다. 교과서, 그것도 천편일률적인 교과서 이외의 것을 강의하면 마치 놀고 있는 것처럼 핀잔 섞인 눈빛을 던진다.

그래프가 많고 때론 수식을 풀어 최적화의 문제를 다루어야 하기도 하고 말로 설명해야 할 부분도 있고, 하지만 이런 공부가 모든 사람에게 최대의 효용, 최대의 이윤을 가져다줄 수 있는 '올바른 길인가?'라는 회의적인 생각이 들었다. 경제활동을 하는데 균형이 어디에 있을까? 수학적으로 미분하여 구한 최적 해(解)에 대해 현실적 의미를 부여할 수 있을까? 게다가 경제활동은 사람이 마음이 중요한 역할을 할 것 같은데 심리(心理)는 온데간데없다. 경제는 사회와 불가분의 관계에 있을 터인데 사회적 여건 등은 '모두 주어져 있다.'고 가정하고 접근한다. 그런데 내게는 내가 생각하는 문제들을 버리거나 택할 때 어떤 변화가 발생할지 정확하게 접근할 능력이 없었다.

시간이 많이 지나 남의 책이 아니라 내가 직접 저술한 책으로 강의할 수준이 되었다. 그동안 문제가 있었던 부분, 좀 더 쉽게 설명할 수 있는 부분, 내용을 조금 더 담아두어야 할 부분들을 체크해 두었기에 남과 다른 모습의 책을 만들 것으로 기대했다. 그런데 책이 완성된 순간 부끄러운 마음뿐이었다. 내가 저술한 책이 다른 교과서와 대동소이할 뿐 아니라 내가 고민했던 모든 것들이 다른 저자들의 책에서 녹아있다는 점이다. 게다가 내가 저술한 책도 다른 교과서와 목차 하나 다르지 않게 전개된다는 점이다. 결국 나는 의문만 가졌고 그 의문을 해결하는 데에는 실패한 사람이다. 남과 동일함을 인지하지 못한 채 하나 다를 바 없으면서 나만 다르다고 생각했던 것이다.

그렇다면 발전의 시각에서 보면 아무런 진전이 없는 셈이다. 어제와 오늘 또 나와 같은 저자가 나온다면 같은 모습의 책 한 권만 더 나올 뿐 세상에 대한 기여는 없기 때문이다. 주류경제학만 경제학이라고 생각했고 주류경제학만 중요하다고 생각했던 것으로 알았다. 그러나 나는 마르크스 경제학이 무엇인지 몰랐고 알려고 하지도 않았다. 자유주의 경제학이 있음에도 그것이 무언가 알려고 하지도 않았고 알지도 못했다. 전체 중 일부만 아는 아주 기묘한 모습의 경제학자인 셈이다.

　나만 그런 사람이기 바란다. 공부하는 젊은이들은 하나만 알면 안 된다. 이것저것 다 알고 난 뒤 주류경제학이 더 좋고 옳다고 생각되면 그때 거기에 매진하면 된다. 아무 것도 모르고 빙산의 일각만 알면서 모든 것을 다 아는 것처럼 살았다. 혼자만 알고 지냈으면 다행인데 어린 학생들에게도 일부만 가르친 셈이다. 내가 아는 것만 중요하다고 생각하며 말하는 사람처럼 어리석은 사람이 어디 있겠는가? 생각할수록 고개를 들 수 없다. 다시 한번 모두에게 부끄러울 뿐이다.

다시 태어난다면

　　　　　　　　　잠시 살았다고 생각되는데 어느덧 60이 훌쩍 넘어 정년을 앞두고 있다. 우선 미국 경제학을 즐겨 익히고 그것이 전부인 양 학생에게 가르친 것이 후회된다. 미국 경제학이 틀렸다는 의미가 아니라 다른 것도 있는데 내가 잘 몰랐기에 소개조차 못 했다는 게 가르치는 사람 입장에서 도리가 아닌 듯하다. 오른쪽에 있는 것은 무엇이고 왼쪽엔 무엇이 있고 위에는 무엇이 있으며 아래에는 무엇이 있는지 가르친 다음 어느 것이 옳은지 학생들 스스로 평가하게 하는 것이 옳은 방법이었다.

　고등학교 수학시간에 배운 미분을 하여 답이 맞으면 환호하고 잘 모르면 선후배에게 물어 수학적 접근방법을 배웠다. 최적의 해를 찾는 것, 그것이 전부인 것으로 생각했다. 대학원(석사과정)에 다닐 무렵 계량경제학이란 것이 있어 학부생도 들어야 하고 대학원생에게는 필수적인 과목이 되었다. 계량경제학을 알아야 경제학을 올바로 이해하는 것이며 계량경제학을 통해 미래의 모든 것에 대해 정확히 예측할 수 있는 방법도 배웠다. 예측능력이 떨어지면 변수조작을 통해 예측능력을 증가시키면 그것이 올바른 방법이었다. 경제현상이란 사람의 일이고 사회 전반과 관련되어 변화하는 것인데 독립변수 두어 개를 두고 그것이 모든 것을 결정하는 듯 설명하는 것이 믿음이 가지 않았다.

'이것을 왜 배웁니까?' 묻고 싶은 적이 한두 번이 아니었다. 다만 거기에서 벗어나 다른 돌파구가 있다는 것을 스스로 몰랐기에 '이게 뭐지?' 하며 따라가는 수밖에 없었다. '이게 아닌데 이게 아닌데' 하면서 수십 년이 흘렀고 내가 만든 책은 온통 '이게 뭐지?' 했던 미국 경제학의 반복에 불과하니 내 머릿속 모든 것도 그것을 벗어나기 힘들었다. 내 머리는 외세에 의해 만들어진 굴레뿐이며 '그것이 옳은가?' 늘 의심하면서 그것을 돌파할 수 있는 능력이 내게는 없었다. 진부한 표현, 진부한 이론, 세상과 동떨어진 설명, 학생들을 유인할 아무런 명분도 없는 내용으로 가득한 책을 저서(著書)라 내밀었고 당당하게 강의했다.

다시 태어난다면 좀 더 체계적으로 공부해보고 싶다. 사회학, 철학, 정치학, 법학 등 주변 사회과학을 공부하고 경제학을 접하고 싶다. 경제학을 공부하며 역사책은 늘 함께 가고 싶다. 사회를 아우르고 지나간 날들의 사실(史實)에 대해 이해하며 오늘의 현실을 충분히 설명하는 것이 학자의 도리가 아닌가 생각된다. 남의 논문과 남의 이론으로 머릿속을 채우고 그들의 표현방식이 우리의 모든 것인 양 잘못 이해된 뇌구조를 바꾸고 싶다.

인간에 대해 좀 더 알고 싶다. 심리학, 철학, 윤리학 등이 필요한 이유가 아닌가 생각된다. 과거에는 경제학을 독립과학으로 보지 않고 정치경제학이라 하여 경제, 사회 그리고 윤리에 대해 동시에 언급했다. 사회학자에게 필요한 사회학, 윤리학자에게 필요한 윤리학 지식이 필요한 것은 물론 아니다. 하지만 모든 사람은 동질적이다. 모든 변수는 고정되어 있다. 환경은 변화하지 않는다. 등의 가정을 하고 만들어낸 이론이 갖는 한계를 피부로 느끼고 있다. '정말 필요한 것은 무엇일까?' 생각해보면 모든 이론이나 설명의 중심에 사람(인간)이 있어야 한다는 점이다. 그런데 경제학 교과서에 있는 사람은 경제인(經濟人, economic man)이다. 예정조화적 합리성을 지닌 합리적 경제행위의 주체가 곧 인간이다. 감정은 어디로 갔고, 충동은 어디에 있으며, 그 흔한 군중심리는 어디로 갔단 말인가?

차가운 냉동실에서 만들어진 인간이라면 늘 합리적 선택을 하며 합리적 행동을 위해 노력하는지 모르겠다. 하지만 우리가 함께 사는 인간은 감정에 민감하게 반응하며 주변의 행동에 역시 민감하게 반응하며 확실하지 않은 무엇에 불안해하기도 한다. 그리고 시장 역시 조화롭게 움직이는 것은 아니다. 어떻게 완전한 정보를 가질 수 있으며 수요와 공급이 균형을 이루는 상태에서 가격이 결정된다는 말인가? 독립과학으로 경제학이란 말은 마샬(Marshall, A.)로부터 비롯된 것이다. 인간사회와 유리(流離)되고 모든 윤리와 독립적인 사회과학이 경제학일까? 다시 태어난다면 처음부터 꼼꼼하게 짚어보고 싶다.

올바른 교육

진정한 교육

얼마 전 KBS의 인간극장이란 프로그램을 시청할 기회가 있었다. 한 사람 또는 가족의 생애나 삶을 드라마처럼 엮어 4-5일 연속으로 방영하는 프로그램이다. 젊은 플룻 연주자와 바이올린 연주자 부부가 아이들 셋과 함께 가파도에 정착하여 살아가는 이야기를 담았다. 플루트를 연주하는 남편은 41세, 바이올린 연주자인 아내는 33세, 큰 아이가 8세 가량이며 2-3살 터울로 세 남매가 있으니 모두 다섯 식구가 살고 있었다.

이들이 가파도에 살아야 할 이유는 없다. 가파도가 고향도 아니고 부모의 직장이 가파도인 것도 아니며 새로운 사업을 시작하려는 곳 역시 가파도가 아니기 때문이다. 프로그램 전체를 완벽하게 시청한 것이 아니라 어떤 연유로 그리 들어왔는지 모르겠으나 서울 생활, 도시 생활 등 빈틈없는 생활이 싫었고 그런 빡빡한 삶이 과연 인간의 최종 목적인가에 대해 심각하게 고민한 것으로 보인다. 아이들에게 자연을 접하게 만들고 내 삶이 남에 의해 꾸려지는 것이 아니라 내가 삶의 주체로 살아간다는 느낌이 중요했던 모양이다. 그러다 보니 가파도에

왔고 파도 소리에서 음악적 영감을 얻고 내 가까이 있는 가족이 소중하다는 느낌을 강하게 받는 모양이다.

가파도는 대한민국 거의 최남단에 위치한 섬이다. 제주 본 섬에서 배를 타고 더 달려야 가파도가 나오며 해안선 길이가 4.2Km에 불과하고 인구래야 고작 407명인 작은 섬이다. 우리나라 최남단의 마라도보다는 본섬 제주도에 조금 가깝다. 그곳 주민들의 생업(生業)은 아마도 어업일 것이다. 농토가 넓지 않으니 자급자족하는 수준에 만족할 것이며 바다로 나아가 고기를 잡는 일이 그들의 생업 아닐까 싶다. 초등학교는 있는데 학생 수가 얼마 되지 않고 상급학교인 중학교나 고등학교는 보이지 않고 젊은 또래를 찾을 수 없는 상황이다.

대한민국에서 음악을 전공했다면 가정도 부유했을 것인데 멀리 가파도에 찾아온 그들의 삶이 퍽 궁금했다. 남편은 누추한 집을 얻어 하나씩 수리하며 살아가고 있었고 아내 역시 그곳 생활에 순응하며 늘 밝은 모습이다. 인상 깊었던 것은 아이들의 모습인데 그들 얼굴에 그림자가 하나 없었다. 무지개를 보면 무지개에 몰입하고 학교 친구들과 지낼 때는 그들에게 몰입하고 아빠와 스킨쉽을 할 때는 아빠에게 최선을 다하며 엄마와 대화 할 때는 나름 심각하게 자신의 의견을 피력하려 노력한다.

연주자가 연주 생활을 포기한다면 상실감이 매우 클 것이다. 그럼에도 불구하고 가파도에 있다는 것은 연주자로서 포기된 삶 이상의 편익이 있기 때문일 것이다. 남편은 음악인 세포가 살아있어 동네에서 음악하는 분과 함께 진지한 대화를 나누며 "가파도만의 음악을 만들고 싶다."라는 의견을 피력하셨다. 아내의 음악적 소견은 듣지 못했는데 이곳에서 가족에 몰입하며 남편이 소중하다는 것, 아이들이 건강하게 자라는 것이 소중하다는 것, 멀리 계신 부모님이 그동안 고마웠다는 것을 진심으로 느꼈다고 하신다.

쪼그려 앉아도 비좁은 공간에 가스레인지를 두고 그곳에서 조리하면서 해맑은 웃음을 잃지 않는 아내 모습을 보며 그들에게 행복이 가득하다는 걸 알았다.

남을 의식하지 않고 남을 위해 시간을 낭비하지 않고 내 감정을 숨기며 누구에 겐가 보여주려는 액션이 없는 것만으로도 피로감이 확 줄어들 것이다. 음악이 무언지 모르나 아이들 학교에서 그들은 플루트 피아노를 연주했고 같이 연주 활 동하던 분과의 끈도 놓치지 않고 가끔은 음악인으로 자신을 표출할 기회도 갖는 다.

　학교에서 돌아오자 바로 학원으로 뛰어가고 밥을 먹는 둥 마는 둥 하면서 한 학원 마치고 다른 학원으로 뛰어가는 것이 도시 아이들 모습이다. 가파도 삶의 모습은 달랐다. 학교에서 친구와 충분히 놀고 하고 싶은 이야기 충분히 하고 집 에 돌아와 엄마와 또 충분한 이야기를 나누고 아빠와 함께 바다에 나가 여러 가 지 체험을 하는 것이 이들의 교육이다. 아름다운 저녁놀을 본 아빠가 조리하던 아내를 불러 '너무 아름답다'라며 함께 보자 하는 모습이 압권이었다. 부동산이 문제가 아니며 자동차가 중요한 것이 아니며 부의 크기가 중요한 것 역시 아니 다. 사람으로 주체적 삶을 살아가는 것이 가장 중요하다.

대학과 전공

　　　　　　까마득히 먼 얘기이나 고등학교에 다닐 때 전공에 대해 심각하게 고민하고 부모님과 상의했던 기억이 난다. 당시엔 구직난(求職難) 이 아닌 구인난(求人難) 시대였으니 서울에 있는 대학교에 진학하여 공부하고 졸 업하면 취업에 아무 지장이 없던 시절이라 어느 대학교에 진학하는지도 중요했 지만 무엇을 전공할 것인가에 신경을 많이 썼다. 전공 과목 결정에 있어 많지 않 은 지식을 동원하여 이야기를 나누고 대학에 있는 학과가 주로 무엇을 공부하는지 선배들께 묻기도 했다.

예비고사라는 시험이 있어 전 과목에 체력장까지 총 340점 만점을 기준으로 서울에 있는 대학교에 지원하려면 200점 남짓 받아야 했다. 기준 점수를 통과한 사람들만 대학 응시원서를 작성할 수 있었으니 지금처럼 경쟁률이 높지는 않았다. 이제는 없지만 대학에서 출제한 본고사를 치렀으며 본고사 내용은 대학마다 조금 달랐으나 국어, 영어, 수학을 기본으로 하고 문과는 사회과목, 이과는 과학과목을 추가로 치르게 했다. 따라서 평상시 내 성적(실력)을 알고 있다면 무리하게 지원하지도 않았고 그리 할 수도 없었다. 하루 종일 3-4과목의 주관식 문제를 풀고 답을 적어야 하는데 요행을 기대하기 어려웠기 때문이다. 예비고사와 본고사를 치른 뒤 합격하면 그 대학의 학생이 되어 4년간 대학생활을 했다.

인문 사회계열의 경우 법학과, 경제학과, 경영학과의 인기가 높았고 이과는 의예과 및 공학계열의 인기가 많았다. 대학 졸업 이후 회사에서 채용할 때에 전공 능력시험을 치르는데 응시대상을 상경계열 및 법정계열 졸업생으로 제한하다보니 인문계 학과의 졸업생들은 시험도 치르지 못한 경우도 있었다. 따라서 인기학과의 졸업생들이 그렇지 않은 학과에 비해 기업의 선호가 높고 취업기회도 많았으니 자연스레 학교 보다 학과를 중심으로 선택하는 경우가 많았다.

그런데 시간이 흘러 회사의 채용 공고를 보면 대학 졸업만 중요하고 전공이 무엇인가는 중요하지 않았다. 이런 트렌드는 대학 입시에도 그대로 반영되어 학과별로 점수가 다른 것이 아니라 세칭 유명대학의 순서대로 입학성적이 줄을 서게 되었다. 전공이 중요한 것이 아니라 대학이 중요한 것으로 바뀌었고 입학한 학과가 자신의 적성과 어울리는지 생각하지 않고 입학한다. 게다가 부전공 및 복수 전공이 가능해 가장 낮은 학과에 입학에 가장 높은 학과를 부전공하든 아니면 1년 더 다니며 복수 전공하는 것이 등급이 낮은 대학의 원하는 학과에 진학하는 것보다 효과적인 방법이었다. 그러다 보니 전공이 무엇인가는 뒷전이고 어느 대학교를 졸업했는지가 더 중요한 것이 되었고 학생이나 학부모의 마음도 다르지 않았다.

상경계열을 가고 싶었으나 인문대학에 진학한 경우 자신의 전공과목은 최소로 수강하고 소위 인기학과의 중요 과목은 반드시 수강하려다 보니 경영학과, 경제학과 교과목은 수강신청 자체가 힘들고 인문대학의 전공 교과목 강의실은 소수의 학생으로 썰렁하다는 것이다. 4년 내내 이런 상황이 계속된다면 특정 학과에 입학하는 것도 무의미하고 자신의 전공학과 역시 아무런 의미가 없다. 원하는 학과에서 강의를 들을 수 있고 일부 교과목만 수강하면 부전공으로 인정받아 유리한 조건으로 입사지원서를 쓸 수 있는 현실이니 너도 나도 그런 방식을 택하게 된다.

고등학교 시절 진학 지도를 할 때에도 개인의 적성을 고려할 필요가 없고 어떤 학과에 진학할지 고민할 필요도 없다. 점수 가능한 곳으로 지원하고 강의는 인기학과에 들러리 서 들으면 되며 졸업장 역시 전공과 부전공으로 구분되어 받게 되니 어찌 보면 삶이 수월한 것이다.

그런데 4년 동안 자신의 적성에 맞는 문학을 공부하다 어느 회사 영업 사원을 하면 다른 전공자들에 뒤떨어지란 보장이 있을까, 4년 내내 경영학과에서 공인회계사 시험을 보기 위해 열심히 공부했으나 불합격하여 어느 학교 교사로 부임하면 자질이 부족할까, 독일 문학에 관심이 많아 헤세(Hesse, H.)나 괴테(Goethe, J.W.)를 열심히 읽고 연구하며 지냈는데 형편이 여의치 않아 대학원 진학이 곤란해 일반 회사에 취업하면 능력이 뒤처질까 말이다. 내가 무엇을 좋아하는지 스스로 아는 것, 내가 좋아하는 것에 매진해 보는 것, 최선을 다하고 이루지 못했을 때 아쉽지만 차선의 방법을 선택하는 것이 올바른 인생 행로이며 공부 아닌가 생각된다. 점수에 맞춰 내 인생을 결정하는 것은 결코 바람직스럽지 않아 보인다.

학교교육과 인적자본

     고등학교 졸업하고 직장에 들어온 사람과 대학교를 졸업하고 직장에 들어온 사람의 급여는 동일하지 않다. 대학에 다니는 동안 그만큼 지식으로 무장되고 여러 기능도 더할 것으로 판단하여 급여를 더 주는 것이다. 공부한 기간을 개인의 인적 자본 축적의 기간으로 간주하는 셈이다. 그런데 시간이 지나면서 대학교의 수가 많아지니 고졸자보다 대학 졸업자가 훨씬 많아졌다. 고등학교 졸업 이후 대학에 진학하는 비율이 85%로 세계에서 가장 높은 진학률이란 말도 있다.

  많은 사람이 몰려나오고 회사에 들어갈 자리는 많지 않으니 직업을 갖기란 점점 어려워졌다. 세간의 말도 달라져 '대학 졸업했다고 뭐 나은 것도 없네' 혹은 '대학원을 졸업했다고 특별한 것도 없네' 등등, 공부한 기간을 인정하려는 풍토가 예전과 같지 않았다. 박사 학위를 받으면 바로 부장 대우를 하던 회사에서 이젠 과장 대우 받기도 힘들고 석사학위를 받으면 2년 경력직에 응시할 수 있었는데 그것 역시 과거의 한 장면으로 사라지고 말았다. 공부를 오래 한 사람이 특정 분야에 탁월한 기술이나 지식을 갖고 앞서 간다는 것이 분명했다면 이런 상황이 오지 않았을 것이다. 따라서 학교와 산업 현장에는 많은 차이가 있고 학교의 공부 또는 교육 과정이 산업 현장에 필요한 것이 아니라는 반증이기도 하다.

  학위보다 자격증이 더 우대받는 세상이 되었다. 세무회계과나 경영학과를 졸업한 사람보다 세무사 또는 공인회계사 자격이 있는 사람, 공과 대학을 우수한 성적으로 졸업한 사람보다 기사 자격증이 있는 사람을 더 우대한다. 세무사 자격이 있으면 바로 고객을 응대하고 세무관청에 신고할 때에도 공신력을 인정받을 수 있으나 회계학 분야의 석사 학위나 박사 학위 증서를 가지고 공신력을 인정받는 것은 아니기 때문이다. 대학교를 다니며 전공 과목에 대해 고민하고 토론하는 시간보다 자격증을 취득하기 위해 시간을 보내는 것이 더 효과적이다. 그런데 (전체) 대학에서 모 자격증 시험이 3월 말에 있어 3월 한 달 동안 강의가 제대로 진행되지 않는다는 이유로 관에 요청하여 시험 일자를 방학 기간으로 조정하기도 했다. 시험 일자 조정도 중요하지만 학과 공부에 대한 학생들과 세상의 시각이 어떠한지 생각했으면 좋겠다.

세상에서는 원칙, 철학, 역사가 중요한 것이 아니라 세상에 필요한 기능을 요구한다. 대학교 교수들은 원칙을 중요시한다. 그런데 교수님 말씀 잘 듣고 노력한 사람이 세상에 나가 대우받는 인재가 되는 것이 아니다. 여기에 모순이 있다. 교육 기간이 그 사람의 기능 또는 창의성 또는 능력을 함양하는 기간으로 인정받지 못하고 있다. 그럼에도 불구하고 대학교는 세상의 소리에 문을 닫고 있다. 이공계 학과의 경우 산업의 소리가 비교적 빨리 전달된다. 그럼에도 불구하고 대학교에서 배우는 지식이 현장지식에 몇 년 뒤진다고 한다. 하지만 몇 년 전의 기술을 습득해 오더라도 진화된 부분을 따라가면 금방 적응할 수 있다. 인문 사회계열의 경우 특별한 기술이라는 것이 없다. 총무, 기획, 영업 등의 업무를 위해 행정학을 더 알거나 경제학을 더 알아야 할 필요가 없다. 그러니 변호사, 법무사, 공인회계사, 세무사 등의 자격증이 더더욱 필요한 세상이다.

대학에 다니며 전공 과목을 열심히 공부하고 고민하고 문제를 해결하려고 노력하는 것이 무의미하지 않다. 하지만 세상의 룰(rule)에 따르면 이런 노력과 고민에 대한 성과가 없다. 공부라는 것이 세상에서 의미를 가지려면 대학교만 변화할 것이 아니라 대학교와 산업 현장의 협의가 필요하고 원칙과 철학이 큰 비중을 차지하지 않는다면 대학교의 구조 개혁이 빠르게 진행되는 것이 바람직하다. 인문학, 경제학, 법학 등을 공부하는 학과의 수는 과감하게 줄이고 나머지는 산업 현장의 수요에 맞추어 조정할 필요가 있다. 그리고 우후죽순처럼 생겨난 수많은 대학이 사회적 필요성을 갖지 못한다면 과감하게 정리하거나 대학 스스로 정리하도록 만드는 것이 좋을 듯하다. 이제는 간판을 따기 위해 많은 돈과 시간을 들일 필요가 없다. 무슨 일을 하든 열심히 일해서 벌고, 가족들과 함께 행복하게 지내는 것이 기본적 삶이다. 어느 대학을 나와 무엇을 공부했는지가 중요한 것이 아니라 세상에서 필요한 사람을 만드는 것이 더욱 중요하다. 어떤 공부가 필요한지 먼저 공부했으면 좋겠다.

적성과 직업

　　　　　　하고 싶은 일을 하며 사는 사람보다 행복한 사람은 없을 것이다. 직업이란 소득의 원천인 동시에 본인의 노동 본능을 충족하는 수단이다. 기계를 좋아하는 사람이 기계 설계, 기계 조립, 기계 수리 등의 일을 한다면 피로도가 덜 것이며 과수(果樹)를 좋아하는 사람이 과수원을 만들어 일하면 흘리는 땀방울마다 보람도 함께 묻어나지 않을까 싶다. 그런데 아무리 찾아도 자신이 원하는 일이 없어 할 수 없이 기계 조립 회사에 들어갔다면 기계란 그저 무거운 쇳덩이에 불과하고 늘 시계만 쳐다보며 지루하게 하루하루를 보내야 한다. 과일이나 과수에 아무 관심이 없는 사람이 일자리가 없어 과수원에 찾아들었다면 그 또한 마찬가지이다. 농약 살포나 과수나무 전지 등의 작업을 할 때 얼굴이 찡그려지고 하루가 며칠처럼 느껴질 수 있다.

　중학교를 졸업할 때 생활기록부에 보면 선생님께서 내 특성이나 성향에 대해 기록한 부분을 발견할 수 있다. 나도 모르는 나를 보는 시간이다. 고등학교 생활기록부에는 온통 성적 이야기뿐이다. 무엇을 고민하는지 앞으로 무얼하면 좋은지에 대해선 일언반구도 없고 성적이 오른다 내린다 충분하다 잘한다 등등의 말만 기록되어 있다. 그러하니 대학교에 입학할 때 나의 인생, 나의 미래가 고려된

선택이란 없다. 의사의 꿈이 있어 의과대학에 진학한 친구, 군인의 꿈이 있어 사관학교에 진학한 친구, 경찰의 꿈이 있어 경찰 대학교에 진학한 친구 등이 그나마 자신의 적성을 찾아 미래를 두드려보는 입장이다.

학교에 다니며 내가 어떤 분야에 관심이 있고 무엇을 좋아하는지 스스로 판단할 수 있다면 최선이다. 그런데 획일적인 학교 교육을 통해 내가 관심을 가지고 나가야할 분야가 바로 '여기다'라고 단정하기란 참 힘들다. 위에서 지켜보는 선생님, 인생 경험이 있는 부모님께서 조언자로 역할을 해야 한다. 하지만 현실은 오로지 성적에만 눈이 가있다. 선생님도 학생의 성적만, 부모님도 자식의 성적만 바라본다. 아이의 적성은 관심 대상이 아니다. 대학교를 졸업하고 사회에 진출할 때에도 내 적성, 내 취향을 맞추기란 불가능하다. 교직에 일관된 생각이 있어 중등교사 또는 대학교 교단으로 진출하는 사람은 그나마 다행이다. 그런데 내 적성이 영업에 있는지 기획에 있는지 연구에 있는지 나 자신을 되돌아보고 확인할 길이 없다. 내가 취업한 곳에서 영업을 요구하면 영업을 해야 하고 수출입 업무를 요구하면 그것을 전문으로 해야 한다. 바쁜 가운데 보람을 찾고 새로운 세상의 맛을 느끼며 살 수 있다면 다행이지만 남과 대면하여 이야기하는 일이 천성적으로 버거운 사람에게 영업이란 결코 녹록치 않은 길이다.

내가 어느 분야에 적성을 갖는지 알려면 어려서부터 많은 경험을 하는 것이 중요하다. 어린 마음에 세상을 담아 들려주는 선생님의 지혜도 간절하게 필요하다. 무엇보다 중요한 것은 내 자식의 성장 과정을 보며 이 아이가 무엇을 하면 좋을지 냉철하게 바라보는 부모의 역할이다. 그런데 우리 교육은 개별적으로 한 아이의 적성을 고려할 시간이 거의 없다. 아주 어린 시절부터 남들이 가는 학원을 가야하고 남과 함께 과외를 받아야 하고 성적이 떨어지면 혼나고 성적이 오르면 칭찬을 받고 살아간다. 내가 하고 싶은 일에 대해 생각해볼 겨를도 없다. 그렇다면 냉정하게 나를 관찰할 사람은 선생님인데, 선생님도 많은 경험이 있는 것이 아닌지라 학생의 장래나 먼 미래에 대한 이야기는 없고 '성적'만 이야기할 뿐이다.

책상에 앉아 공부하는 것이 고역인 친구들도 대학교까지 다닌다. 인수 분해도 모르는 사람이 공학계열의 전문대학을 졸업하는 경우도 있다. 더하기 빼기 등셈에는 일절 무관심한 사람이 세무회계 관련 학과를 졸업하는 경우도 없지 않다. 남의 말이나 남의 글에 관심이 없는 사람이 불문학과 또는 독문학과를 졸업하는 사람도 있다. 편지 한 장 제대로 쓸 능력이 없는 사람 중 국문학과 졸업생이 있는 실정이다. 전공과 적성, 개인과 적성, 개인과 전공 등 모든 분야에서 불일치와 부조화의 극치인 셈이다. 공부가 싫어도 대학교는 졸업해야 사람 구실을 한다는 부모님의 잘못된 믿음, 조금만 더 노력하면 난관을 극복할 수 있다는 막연한 기대, 하지 않아 그렇지 조금만 관심을 가지면 우뚝 설 수 있다는 근거 없는 믿음 등이 모여 이런 불행을 만드는 것 아닐까 생각된다.

모든 사람이 자신의 적성을 찾아 그 길로 가기란 불가능하다. 하지만 모든 사람이 자신의 적성을 생각지 않고 눈뜬장님처럼 어딘지도 모르며 걸어갈 필요는 없다. 공부에 무관심하고 재능없는 사람에게 대학교를 졸업해야 한다는 생각은 접었으면 좋겠다. 문과 적성인 학생에게 '가면 다 한다!'라며 이과계열로 등 떠미는 일은 없어야 한다. 최소한 본인이 흥미를 가지고 할 수 있는 일을 하면 좋겠다. 흥이 있어야 생각도 많아지고 생각이 많아야 아이디어가 샘솟고 아이디어가 있어야 발전이 있을 것이기 때문이다. 한 개인의 장래 나아가 대한민국 전체의 행복을 위해서도 무척 중요한 일이다.

학교의 설립과 운영

　　　　　　　　　자신의 사재(私財)를 털어 학교를 세운다는 것은 정말 대단한 일이다. 학교 부지, 건물, 교직원 등 법적 요건을 맞추기 위해 엄청난 비용이 들고, 학교 운영을 통해 거의 수익을 기대할 수 없는 상황이므로 학교에 투입한 돈은 대한민국 교육을 위해 헌납하는 것과 유사하기 때문이다. 물론 설립자가 학교장 또는 이사회의 장으로 책임 있는 자리에 오를 수 있고 자신의 가족 중 일부가 학교에서 일할 수 있으니 온전한 헌납과 조금 다르긴 하다. 여하튼 자신을 위해 마음껏 사용할 수 있는 돈을 학교를 위해 사용하는 것이므로 대단한 결심 없이 할 수 있는 일이 아니다. 주위 사람으로부터 찬사와 존경을 한 몸에 받는 것도 지당한 일이다.

　그런데 주변에 학교를 설립한 사람들에 대한 평가가 긍정적인 것만은 아니다. 일부 설립자들의 전횡이 가장 큰 이유이다. 각종 비리를 안고 있는 대학교의 문제점을 TV 등의 뉴스로 수차례 방영했으므로 새로울 것은 없다. 내용의 대강은 가족이 학교 요직에 있으며 갖은 횡포를 부리는 경우, 본인이 학교장으로 있으며 학교 자금을 유용 또는 횡령하는 경우, 본인과 가까운 지인을 학교장 자리에 앉히고 학교 돈과 자리를 자신의 임의대로 처리하는 경우, 자격이 없는 사람을 부당하게 교직원으로 채용하는 경우 등이다. 문제는 바라보는 시각의 차이에 있다. 주변의 시선에 따르면 설립자 및 그 측근의 행위가 범죄적 소지를 안고 있다 생각하고, 설립자 등은 자신이 설립한 학교는 자신의 소유물이 자신이 마음대로 해도 된다고 생각한다.

　학교 교직원을 내가 좋은 마음으로 만든 학교에서 내 뜻을 펼치기 위해 수고하는 사람이라 생각한다면 갈등이 훨씬 적을 것이다. 하지만 나 때문에 일자리를 얻었고 따라서 내가 지시하는 대로 움직여야 한다는 마음을 가지면 갈등이

첨예화될 수밖에 없다. 과거 미국 선교사들이 설립한 대형대학교의 경우 아무 갈등이 없다. 설립한 선교사 집안에서 해당 학교의 운영에 대해 '콩 놔라 팥 놔라!' 이야기하는 일도 일체 없는 것으로 안다. 따라서 구성원들이 중지(衆志)를 모아 좋은 방향으로 나갈 수 있도록 노력해 지금의 명문대학교로 발돋움할 수 있었을 것이다. 미국에 있는 선교사의 자식이 내 아버지가 만든 학교이니 '내 친척을 채용해 달라.', '내게 일정액의 돈을 달라' 등의 무리한 요구를 했다면 오늘날 사학의 명문으로 자리 잡기 어려웠을 것이다. 모 대학교에 가면 미국에 있는 설립자의 집안에서 매년 100만 달러의 후원금을 보내며 적은 글, '많이 드리지 못해 죄송합니다.'를 게시하고 있다. 참 아름다운 이야기이다.

학교 교직원도 사람인지라 이기심이 앞선다. 아생연후살타(我生然後殺他)라는 말이 있지 않은가? 내가 살아야 남에게 공격할 수 있단 말이니 교직원의 이기심을 이런 정도의 애교로 보아주어도 학교발전에 큰 무리는 없을 줄 안다. 더 큰 도약을 위해 교직원의 성원이 절실하게 필요하고 설립자의 뜻을 펼치려면 교직원의 뒷받침이 절대적으로 필요하기 때문이다. 학교설립에 대해 감사하는 마음과 내 뜻을 펼치게 도와주는 교직원에게 감사하는 마음이 서로 합쳐지면 하늘 높이 오를 수 있을 것이다. 교직원에게 가는 돈 한 푼에는 인색하고 남에게는 넉넉하게 베푸는 사람도 없지 않은 모양이다. 사소한 불만의 시작이라 생각된다.

한편 학교 설립자 자신의 의사에 반대하는 사람에게 부당한 인사 조치를 취해 안 좋은 말이 나오는 경우도 많다. 대부분의 학교에 만들어진 교수협의회, 교직원노조 등이 이를 문제 삼아 지루한 법정투쟁을 한다. 학교는 시끄럽고 교수와 직원들도 자신의 일에 최선을 다하려 하지만 애정이 그전과 같지 않다. 이런 문제는 고스란히 학생에게 전가된다. 강의가 부실해지고 성의가 이전만 못하고 학생이나 학교에 대한 애정이 식어가니 전반적으로 '부실' 그 자체의 연속이 된다.

이런 뿌리에서 올바른 교육을 기대한다는 것 자체가 무리이다. 재정이 건전해야 미래를 설계할 수 있고 밝은 미래를 설계할 때 현재에 대한 만족도 커지는 법이다. 교직원과 설립자 측의 갈등이 계속되며 학령인구 감소로 신입생 모집의 우려가 높아지는 상황에서 건강한 교육을 기대하기란 어렵다. 어떤 형태이든 결단이 필요한 시점이라 생각된다.

수학능력과 교육

대학 강단에서 백묵을 잡은 지 벌써 40년이 다 되어간다. 떨림과 자부심으로 시작했던 일이기에 후회는 없다. 어려서부터 하고 싶었던 일이라 더더욱 즐거운 마음으로 임할 수 있었다. 학생들에게 새로운 삶과 지식을 전해주는 일은 언제나 즐거운 작업이었다. 교과서에 있는 내용을 쉽게 풀어 설명하는 것은 누구나 할 수 있는 일이다. 하지만 아이들 가슴에 나를 묻는 일은 쉽지 않았다. 내가 부족하다는 느낌도 많이 받았고 학생들이 마음의 준비가 안 되어 있다는 느낌도 있었다. 결국 나에 대한 신뢰가 문제였고 학생들이 믿는가 그렇지 않은가의 문제는 전적으로 내 책임이고 따라서 스스로 성숙해 익어가는 것이 최선이었다.

학업 성적이 좋은 아이들이 입학하는 대학교와 그렇지 않은 대학교의 차이가 얼마나 클까 궁금했다. 강의하는 전반부에는 내가 일했던 학교나 외부 강의 때 만났던 학생들이 상당히 우수한 학생들이었다. 따라서 교과서에 있는 내용을 전달하고 그것을 이해하는 데 아무 문제가 없었다. 빨리빨리 더 많이 불어넣는 것이 내 임무일 만큼 소화하는 속도가 빨랐다. 학생들 이해의 정도는 질문을 받아보면 금방 알 수 있다. 크게 어렵지 않은 부분에 대해서는 내가 강의했던 분야에 대해 완벽하게 이해하는 수준이었다. 보람 있는 시간이었고 조만간 학생들이 사회에 진출해 이런저런 모습의 사회인으로 다가올 때 기쁨이란 이루 말할 수 없이 컸다.

40세가 넘어 새로운 대학에서 생활하기 시작했다. 일부 우수한 학생도 있었지만 전반적으로 중위권 또는 중위권을 살짝 웃도는 수준의 학생이 대부분이었다. 대학 설립자의 의지도 강하고 나 또한 강의에 빠지거나 대강대강 강의하는 일 없었고, 학생들이 원하는 시험에 소홀하지 않도록 준비해 가르쳤다. 성과는 생각보다 대단히 컸다. 공인회계사 시험에 1년 6개월 만에 합격하는 학생도 있었고 불과 1년여 만에 세무사 시험에 합격해 나가는 친구도 있었다. 대개의 경우 짧게는 3년 길게는 5년의 공부 과정을 거친 후 자신이 원하는 길로 접어들었다.

애초 수학 능력이 부족할 것이라 생각했는데 '하면 된다'는 마음이 생겼다. 처음에는 책을 제대로 소화하지 못하고 강의 내용에 대해 우왕좌왕하던 학생들이 스스로 가지런하게 정리하는 모습을 보고 "연습이 제대로 안 되어 초기에 힘들었구나! 조금만 지나면 스스로 깨우치는구나!" 하는 생각을 갖게 되었다. 다음부터는 학생의 학업 소화 속도에 대해 걱정하지 않았다. 예상대로 고등학생 시절 소홀했던 친구들의 공부 시간이 조금 더 길었을 뿐, 종점에서 같은 결과를 얻는 모습을 보았다. 제대로 공부해 상위권 성적을 거둔 학생이 공부해 빨리 사회에 진출하는 모습도 큰 보람이었지만 '과연 될까?'라고 생각했던 조금은 부족해 보이는 학생들이 역경을 헤치고 소기의 성과를 달성하는 모습에 눈물 나도록 고마웠다. 지금도 그 감동은 말로 설명할 수 없다.

같은 곳에서 가르치는데 변화가 생겼다. 학교 사정상 중위권 학생이 입학하는 것이 아니라 거의 최하위권 학생이 입학하는 모습을 보게 되었다. 학령인구 감소의 탓도 있지만 학자금 대출제한을 받게 된 것이 큰 영향을 미친 것으로 생각된다. 그러나 가르치는 부분에 대해서는 같은 생각이었다. 하면 되고 조금 늦어도 스스로 제 길을 찾는다는 믿음이 있었다. 그런데 강의시간에 꾸벅꾸벅 조는 학생도 많고 이해는 못하지만 스스로 알려고 발버둥치는 모습을 찾아보기 어려웠다. 연구실로 불러 면담을 해보아도 '열심히 한다' 또는 '앞으로 열심히 하겠다'는 말 뿐 다른 이야기가 없었다. 주변에 대한 이야기도 없고 자신의 고민에 대해 이야기하지도 않고 자신의 문제점에 대해 조언을 구하는 모습도 없었다. 매사 드러내기 싫고 남과 어울리기도 싫고 선생님과 어려운 자리에서 대화하는 것 자체에 별 관심이 없었다.

남과 대화를 하든 강의실에서 공부를 하든 당장 성과가 좋지 않아도 '할 수 있다'는 자신감이 중요한데 일정 수준 이하의 학생들은 학교 생활을 위한 기본적 자신감이 결여되어 있었다. 몇 년을 지켜보며 내 스스로 내린 결론이다. 이들이 학교 생활을 한다는 것은 '사회적 낭비'이다. 자신이 잘할 수 있는 다른 길을 찾는 것이 훨씬 좋을 것이란 생각이 든다. 공부와 관련해 매사 자신이 없고 따라서 주눅 든 상태로 지내는데 인생 행로에서 그렇게 절어 있을 필요가 없다. 스스로 날개를 펼 수 있는 다른 기능이 얼마나 많은데 그렇게 시간을 보내는가? 다른 것을 찾아 날아가는 것이 본인과 사회 모두에게 이득일 것이다. 대학을 다니는 것은 최소한의 수학 능력이 담보될 때 그 의미를 갖는다.

문화강국

문화 예술 강국

　　　　　　얼마 전 배우 송강호가 칸 영화제 남우주연상을, 박
찬욱 감독이 감독상을 각각 받았다. 대한민국인이 세계적인 영화제에서 두 몫을
거머쥔 것은 아마 처음일 듯하다. 영화에 문외한(門外漢)이라 무엇이 좋은 영화인
지 어떤 구성이 바람직한지에 대해 아는 바 없지만 우리나라 사람이 최고의 자
리에 올랐다는 사실에 기쁨을 금할 수 없다.

　　오래된 이야기인데 '한류'라는 말이 유행하였다. 1990년대 말 중화권에서 가
수 H.O.T.가 엄청난 인기를 누렸고, 2002년에 방영된 배용준 주연의 연속극 〈겨
울연가〉가 일본에서 선풍적 인기를 끌며 일본 한류의 시작이 되었다. 드라마 속
배경이 된 지역에는 관광객이 엄청나게 들어왔던 기억이 있다. 일본에서는 지금
도 '욘사마'라는 이름으로 배용준의 인기가 엄청난 것으로 알고 있다.

　　영화 〈기생충〉이 많은 화제를 뿌리며 상을 받았고 뒤이어 〈미나리〉라는 영화
도 여우 조연상이지만 오스카상을 받는 기염을 토했다. 이쯤 되면 한국 영화는
세계적 반열에 들어선 것으로 보아도 되지 않을까? 지금은 고인이 되신 배우 강

수연이 1987년 베니스영화제, 1988년 낭트영화제, 1989년 모스크바 영화제에서 여우주연상을 받았으니 영화인의 우수성은 이미 인증된 셈이다. 한국어가 공용어가 아니다 보니 어려움이 있었고 배급 등 마케팅능력이 할리우드에 모자라 그렇지 '실력'이란 면에서는 손색이 없었다. 임권택 감독도 이미 2002년 칸 영화제에서 감독상을 받았고 20년 세월이 지난 다음 박찬욱 감독이 수상의 영광을 이어갔다. 가수 싸이의 노래 〈강남스타일〉이 전 세계를 휩쓸었던 시절도 있었다. 2-3년 전부터는 그룹 BTS가 빌보드 챠트 상위권에 이름을 올리며 발표하는 앨범마다 상당한 주목을 받았다.

클래식도 예외는 아니었다. 아주 오래전 정명화 정경화 정명훈 삼남매가 세계적 음악가 반열에 올랐는데 오랜 시간이 지나며 조성진이라는 피아니스트가 2015년 쇼팽 콩쿠르에서 1위를 차지하며 연주가로 명성을 높이고 있으며 2022년에도 임윤찬이라는 젊은 피아니스트가 미국의 반 클라이번 콩쿠르에서 1위를 했으며 2022년 상반기에 개최된 25개의 국제 음악 콩쿠르에서 한국인 입상자가 무려 37명이나 되었다고 하니 문화강국이라 불러도 어색할 일이 없다. 뛰어난 재능을 가진 한국인들이 세계를 무대로 기염을 토하고 있고 이제는 장기적으로 이를 유지하는 방법에 대해 연구해야 할 만큼 성장했다.

그러나 관객 쪽으로 고개를 돌리면 이야기가 조금 달라진다. 문화강국에 사는 우리 국민들이 문화를 접하는 태도에 있어 과연 문화강국의 시민이라 자부할 수 있는지 생각해보자. 각종 노래경연에 참가하는 인원은 무척 많다고 들었다. 트로트를 중심으로 이루어진 경연에는 수십만 명이 신청해 경쟁률이 엄청났다는 후문이다. 그리고 클래식을 전공한 사람이 벌이는 경연에도 세계 각지에서 공부하는 한국의 젊은이들이 참석해 자웅을 겨루었다. 그런데 경연에 참가하는 사람과 감상하는 사람 사이에 충분한 교감이 이루어지는지 궁금하다. 특히 클래식의 경우 피아니스트의 공연을 관람한 사람이 얼마나 될까? 성악가가 노래하는 공연에 직접 관람한 사람이 얼마나 될까? 관람했어도 초대권을 받아서 갔지 스스로 표를 구입해 가지는 않았을 것이다. 따라서 클래식의 경우 '그들만의 측제'가 아닌가 우려된다. 피아노, 현악, 성악 등은 일단 경제적 뒷받침이 없으면 시작도 못하고 학교에 다니며 기본적인 감상의 방법조차 배운 일이 없으니 제대로 즐기기란 여간 어려운 일이 아니다. 지금이라도 국민과 함께 호흡할 방법을 찾아야 하고 그렇게 되어야 저변이 확대되고 많은 에너지를 얻을 수 있을 것이다.

　시(詩)를 읽고 고민해 보지 않은 사람이 시에서 감흥을 얻기란 불가능하며, 국내외 가곡(歌曲)에 대해 전혀 모르는 사람이 성악가의 노래를 듣고 즐길 수는 없을 것이다. 직접 공연장에 가보지 않고 연극, 오페라, 뮤지컬 등이 주는 감동을 느끼는 것 역시 불가능하다. 알려고 노력하는 국민이 필요하고 알아야만 같은 눈높이에서 모든 공연을 즐길 수 있고 함께 호흡할 수 있다. 연기자, 연주자, 영화감독의 약진도 중요하나 무엇보다 절실한 것이 국민 눈높이의 상향 아닐까 생각된다. 문화강국 시민으로 부끄럽지 않게 스스로 닦고 조이는 시간이 필요하다.

음악과 삶

　　　　　음악하면 대중가요, 클래식, 국악이 떠오른다. 악기를 가지고 연주하는 부분도 있고 노래로 표현되는 경우도 있다. 초등학교 시절 선생님께서 풍금을 치며 동요를 가르쳐 주셨다. 중학교에 와서 음악의 역사도 배우고 모차르트나 바하 같은 세계적인 작곡가들의 교향곡도 잠시 들을 수 있었다. 고등학교에 올라오니 대학 입시가 급한지라 음악 시간이 거의 쉬는 시간이었다. 가끔 선생님께서 피아노를 치며 알려주시기도 했는데 레코드판(LP)을 틀어주고 음악 감상을 하는 시간을 가졌다. 정확한 내용 설명도 없이 아무개의 교향곡이니 듣고 참조하라는 것이 선생님 말씀의 전부였다.

대학에 와서는 미국과 유럽의 팝송을 접할 수 있었다. 시끄럽기도 하지만 무언가 매력적인 부분도 있어 잘 알지도 못하면서 따라 부르려 노력했던 기억이 있다. 그룹 아바(ABBA)의 노래를 들으려 음악다방에 들러 원하는 곡을 신청해 듣기도 했었다. 주변에 성악하는 분, 기악하는 분이 없어 한 번도 그런 자리에 초대된 일은 없었다. 내 부모님은 나보다 더 모르시니 부모님과 갈 수도 없었다. 대학 졸업할 무렵 친구 누님께서 피아노 독주회를 하셔 좁은 음악 홀에 앉아 알지도 못하는 곡과 선율에 지루했던 기억이 전부였다.

대학을 졸업하고 어른이 되니 자연 발라드 등 대중가요에 귀가 열리고 좋아하는 가수도 생겼고 CD를 사서 듣기도 했다. 그러면서 가곡을 부르는 성악가의 노래도 좋아 그들의 CD도 많이 구입해 들었다. 그런데 체계적으로 공부를 하지 않아서인가 들을 때 알아도 잠시 시간이 흐르면 또 처음 듣는 이야기 같고 귀에 익숙한데도 누구의 교향곡인지 금방 알아채지 못했고 지금도 마찬가지이다. 자동차를 타고 가며 이런저런 음악을 들으려 하는데 그것도 쉽지 않고 누구의 어떤 곡인지조차 자꾸 잊는 바람에 흥미도 점차 줄고 있어 안타깝다.

그런데 혼자 있을 때 조용한 음악이 흐르면 내 마음이 편안해진다. 머리가 산란할 때 피아노 소리를 들으면 기분이 좋아진다. 조용한 연구실에서 조금은 날카로운 기타 연주를 들으면 마음이 편안하다. 밤이 되어 주변이 깜깜할 때 트럼펫이나 색소폰 소리를 들으면 황홀한 느낌이다. 잔잔한 발라드 음악을 들어도 기분 좋고 노랫말에 인생이 묻어나는 대중가요를 들어도 마찬가지이다. 함께 박수치며 따라 부르고 싶은 심정이다. 음악이 이런 것 아닌가 싶다. 나 혼자 있는 것보다 함께 있으면 더 좋은 것 말이다.

이제 욕심이 있다면 조성진 피아니스트가 연주하는 곡이 라흐마니노프 몇 번 곡인지 베르디 오페라 속의 노랫말이 나와도 우리말로 무엇인지 어느 시대를 배경으로 하는지 알았으면 좋겠다. 발라드와 트로트의 구분 기준이 무언지 알고 싶다. 그리고 장구의 음, 징의 울림, 거문고와 가야금의 선율도 이해하고 싶다. 짧은 시간이지만 함께 할 무언가를 고를 때 같이 했으면 하는 마음이기 때문이다. 내가 왜 아는 것이 없을까 생각해 보니 한 번도 제대로 배운 일이 없었다. 일주일에 한 시간밖에 배정되지 않은 음악 시간에 선생님 한 분이 60-70명 학생을 지도하려니 가르칠만한 여유도 없었을 터, 방법은 혼자 열심히 익혔어야 했는데 듣기만 하려 했던 내가 잘못이다.

알아야 잘 들리고 느껴야 감동을 받는 것이니 우선은 잘 알아야 한다. 국민적으로 음악을 가르칠 수 있는 기회가 있으면 좋겠다. 음악과 함께 하는 세상이 나쁠 까닭은 없다. 학교에서 시간 내기 어렵다면 각종 평생 교육기관, 구청이나 시청의 평생 학습관 등에서 이런 시간을 많이 가지면 좋겠다. 들려주고 설명하고 악기의 배열이나 조합 등에 대해 설명해 주면 그렇지 않은 경우에 비해 훨씬 부드럽게 접할 수 있을 것이다. 그리고 서양의 음악만 음악은 아니지 않을까? 우리 고유의 음악, 창이나 악극도 소개하고 많이 들려주면 좋겠다. 국악을 하면 다른 음악을 할 때 많은 도움이 될 것이다. 아름다움을 표현하는 것이 음악의 궁극적 목적이라면 동서양에 차이가 있을 이유가 없기 때문이다.

미술과 인생

학창 시절 일주일에 한 시간가량 미술 시간이 있었다. 초등학생 시절엔 수수깡으로 사람 얼굴을 만들고 중학생 때에는 도화지에 그레파스, 파스텔 그리고 그림 물감으로 그림을 그렸다. 인상파, 야수파 등에 대한 설명도 들었던 기억이 있다. 고등학교에 올라와서는 오직 관심이 대학 입시이므로 미술시간이 어떻게 지난 지도 모를 정도로 기억에 없다. 선생님께서 정물을 그리라 하셨는데 시간이 40여 분뿐이므로 완성하기 힘들었고 나머지는 집에 가 그려오라고 숙제를 내주셨다. 내 경우 여동생이 그림을 잘 그려 숙제는 늘 여동생의 차지이었다. 나에게 미술은 이런 것이었다.

시내를 걷다 보면 조각도 있고 각종 조형물도 있고 벽화도 있다. 거리에 꼭 어울리는 것도 있지만 보기에 흉물스러운 것도 없지 않았다. 여행을 갈 때도 박물관에 들러보면 각종 그림, 도자기, 청동작품이 즐비하게 있다. 얼마 전 친구들과 과천의 서울 대공원에 갔다가 시간이 남아 미술관에 들렀는데 한국미술 50년을 회고하는 자리로 매우 의미 있는 전시라고 하였다. 그런데 아는 것이 아무 것도 없으니 '흰 것은 도화지요 검은 것은 먹'인 모양으로 눈만 돌리다 왔다. 전시된 수많은 작품이 내게 아무것도 아니었다.

불과 며칠 전 고등학교 친구가 고흐(Gogh)의 작품 사진을 보내왔다. 석양을 등지고 강아지와 함께 길을 걷는 나그네의 모습도 있었고 바닷가를 배경으로 꽃밭에 누워있는 젊은이도 있었다. 고흐는 네델란드 출신의 후기 인상주의 화가라고 하는데 인상주의가 무엇인지, 전기와 후기의 구분 기준은 무엇인지 알고 싶은데 당장은 알 길이 없다. 비록 사진으로 접했으나 그의 그림을 보면 내 마음속에서 불이 타오르는 느낌이다. 그렇다면 미술은 나에게 최선을 다한 것이다. 그런데 나는 미술(작품)에게 무엇을 하였을까? 절망적이지만 내가 한 것은 아무것도 없다.

지금이라도 한국화, 서양화, 중국화 등에 대해 체계적인 교육의 장이 있으면 좋겠다. 누구든 여유가 생기고 다른 곳을 바라볼 만한 여유가 있으면 음악이나 미술에 눈이 가기 마련이다. 예술과 함께 하려면 내 눈의 높이가 어느 수준에 가 있어야 한다. 늘 하는 원망이지만 학창 시절 선생님께서 '조금만 더 자세하게 설명해 주셨다면' 하는 아쉬움이 있다. 그리고 미술 시간은 일주일에 왜 한 시간밖에 안 되는지 모르겠다. 최소한 무엇을 그리려면 50분 가지곤 부족하지 않을까? 인상주의에 대해 공부하려 해도 50분으론 턱없이 모자라지 않을까? 인수분해, 미분, 적분 등은 중요하고 미술은 중요하지 않다는 의미일까? 별생각이 다 든다.

우리 삶을 풍요롭게 하는 것은 영어, 수학이 아니라 친구처럼 지낼 수 있는 미술이나 음악이다. 내 삶을 살찌게 만드는 것이 물리나 화학일 수는 없다. 최근 인문학(人文學)이 기세등등하게 차오르는 이유가 무엇일까? 인간의 삶을 빛나게 만들 수 있는 소재이기 때문이다. 인문학의 구성은 문학, 사학 그리고 철학이다. 그런데 인문학의 근본을 바탕으로 예술이 싹트는 것이므로 미술이나 음악이 인문학과 다를 바 없다. 중세 모든 문학작품은 종교이다. 중세 모든 그림은 종교이다. 중세 모든 철학은 종교(신학)이다. 한국화도 양반의 그림과 평민의 그림을 비교하면 그들의 사상적 배경에 차이가 있음을 확연히 느낄 수 있다. 따라서 인문학은 미술과 음악으로 연장되어야 한다.

미술이란 공간 및 시각의 미를 표현하는 예술이며 그림, 조각, 건축, 공예, 서예 등을 포괄한다. 미술적 안목이 있다면 누구의 글씨 아무개의 그림 아무개의 조각 등에 관심을 가질 수 있고 하나의 그림, 조각, 글씨를 통해 당시 세상과 소통할 수 있는 것이다. '아는 것이 힘'이란 말이 생각난다. 선생님께서는 공부 열심히 하라며 그 말씀을 전해주셨다. 아는 것이 단지 대학 입시를 위한 지식을 의미하는 것은 아닐 것이다. 유학 가려고 치르는 영어 시험을 위해 그런 말이 있는 것도 아닐 것이다. 우리 삶의 긴 여정에 나와 함께 걸어가야 할 많은 것이 있는데 그들을 두루 아는 것이 진정한 힘이라는 의미 아닐까? 자그마한 그림 속에 작가의 생각과 철학과 삶이 녹아있을 것인데, 아무것도 없는 듯 그냥 지나치는 우리가 아니었으면 한다.

영화와 삶

미술이나 음악에 비해 대중이 접하기 쉬운 분야가 영화라 생각된다. 미술관은 일부러 찾아가야 하고 음악회를 보려면 음악홀에 가야한다. 미술관이나 음악회의 경우 입장료도 상당히 비싼 편이고 미리 예약하지 않으면 자리 잡는 것도 수월하지 않다. 반면 영화는 곳곳에 영화관이 많고 영화관마다 상영관이 여럿 있어 많이 기다리지 않고 큰 비용 없이 즐길 수 있다.

무엇보다 사전 지식 없이 즐길 수 있다는 것이 큰 장점이다. 특히 중국영화(무술영화)는 결론은 대강 알 수 있고 중간중간 멋진 격투 장면이 등장하니 시원하기도 하고 기분 전환하기에 그만이었다. 오래전 이소룡, 최근에는 성룡이 주연한 영화를 보았던 기억이 있다. 심각한 메시지가 있는 무거운 영화도 보았지만 머릿속에 오래 남는 장면이나 대사는 하나도 없다. 아마 영화에 대한 내 소양이 부족해 그럴 것으로 판단한다. 친구들 중 감명 깊었던 영화 속 장면이나 대사에 대해 이야기하는 사람이 있는데, 나도 보았던 영화임에도 '그런 장면이 있었나?' 생각할 정도이다. 어떤 영화에서 "배우 오드리 헵번의 마지막 대사가 기가 막힌다."라는 말을 들으면 나도 분명히 그 영화를 보았는데 나는 무얼 본 것인가 자괴감이 들기도 한다.

영화 중에 등장하는 OST도 마찬가지, 아무리 들어도 그 음악이 그 음악 같고 특정 배우가 특정 대사를 할 때 배경음악으로 흘러나온 멜로디가 너무 감미롭다는 이야기를 들으면 눈물이 날 정도이다. 화면의 지나감에만 눈이 가고 다른 것들을 종합적으로 파악하는 능력이 부족하기 때문이다. 영화를 종합예술이라 하니 예술에 대한 기본적 소양이 없는 내가 그것들을 종합적으로 묶어놓은 것을 이해할 수 없는 것은 당연한 일이다. 시간 여유 있을 때 무엇을 하는가 물으면 아마 많은 사람이 '영화보는 것'이라 대답할 것이다. 그만큼 영화는 대중 안에 와 있고 휴가의 일부가 된 셈이다.

어렸을 때 동네 어귀에 있는 극장에서 때가 지난 영화 2개를 한꺼번에 보여주었다. 시작시간도 없이 아무 때나 입장하고 내가 들어가 보기 시작한 부분이 다시 나오면 그때 자리에서 일어서면 되었다. 따라서 아무 때나 사람들이 들락거리고 시도 때도 없이 일어나는 사람이 많으니 집중하기엔 불가능했다. 아무런 재미를 느낄 수 없었다. 대학에 들어와 좋은(?) 극장을 가니 시작 시간도 있고 영화 상영 중에는 일절 일어서거나 들어오는 사람 없고 끝나는 시간에 모두 일어나 나가는 것이었다. 영화를 감상할 수 있는 분위기이었다. 젊은 시절 잠시 영화에 관심을 갖고 영화관을 찾았던 이유이기도 했다.

내 기준으로 사랑 이야기, 서부활극, 코미디 영화, 종교영화, 사극영화, 무술영화 등으로 구분할 때 종교 영화에 정이 많았고 시간 때우기는 무술 영화가 그만이었다. 지금도 〈십계〉, 〈벤허〉 등 옛날 영화가 많이 생각나고 성경 이야기나 불교 관련 영화에 눈길이 갔다. 흥겹게 보는 것도 좋지만 종교적 메시지를 좋게 받아들이는 편이다. 멜로영화나 전쟁영화 사극 등은 개인적으로 취향이 아니라 거의 보질 않았다. 천만 명 이상의 관객이 들었다는 이순신 장군의 해전을 다룬 영화도 왜 흥미로운지 이해가 가지 않을 정도였으니 내 취향이 독특한 모양이다.

영화는 시나리오가 중요하다고 한다. 드라마로 치자면 극본일 것이다. 촬영기술도 매우 중요한 요소일 것이다. 어느 각도에서 잡느냐에 따라 분위기가 달라지기 때문이다. 음악도 큰 몫을 담당할 것인데 특히 클라이맥스에서 음악의 효과는 극대화된다. 기존의 클래식 음악이나 기타 음악이 사용되는 경우도 있고 영화를 위해 새로 만든 음악도 있는 것으로 안다. OST라 부르는 오리지날 사운드 트랙이 바로 영화 음악이다. 영화에 나오는 음악은 물론 대사, 바람소리, 파도소리 등 효과음까지 함께 삽입되어 있어 감동을 주는 부분이다. 대학 다닐 때 김수철이란 가수가 영화 음악을 많이 작곡했던 것으로 기억된다.

무엇이든 아는 만큼 보이는 것이고 앎의 깊이가 더할수록 재미도 더할 것으로 생각된다. 시나리오, 배우, 촬영, 음악 등에 적극적 관심을 가지면 그저 가볍게 한 편 보는 것과는 다른 느낌일 것이다. 좀 더 성숙한 영화 관람자가 되도록 노력할 필요가 있다.

자연스런 만남

요즘 아이들은 어릴 때 피아노를 배우고 바이올린도 배우며 자기 몸뚱이만 한 첼로를 들고 다니기도 한다. 아이가 어릴 때 서울 위성도시에 살다 교육열이 치열하다는 서울 모 지역으로 이사를 했다. 아이 공부를 위해 이사한 것은 아니었고 나만의 사정이긴 하나 아이의 치료 때문에 병원 가까운 지역을 찾다가 이사하게 된 것이다. 서울 위성도시에 살 때 아이들에게 피아노와 첼로를 가르쳤다. 학창시절, 공부 잘하는 것은 부럽지 않은데 내가 못해서 그런지 음악 하는 아이들에 대한 부러움이 컸다. 나는 못했지만 내 아이에게는 그런 걸 전공시키고 싶었고 음악인으로 성장했으면 하는 마음도 있었다.

과거엔 학교에서 행사가 있으면 우리 아이들이 연주자 또는 반주자 단골이었다. 첼로하는 학생이 없으니 잘하든 못하든 우리 아이가 나갔고 그런 걸 지켜보며 잠시 흐뭇해 하기도 했다. 서울로 이사한 이후 비슷한 행사가 있어 첼로를 들고 학교에 갔던 아이가 시무룩한 모습으로 돌아왔다. 이유를 물으니 자기 반에 첼로하는 아이가 11명이나 되어 선생님께서 우리 아이에게 다음에 하라고 하셨다는 것이다. 선생님 입장에서 보면 갓 전학 와 검증되지 않은 학생이니 지목하기 어려워 그러셨을 것으로 생각된다.

여하튼 전교에 한두 명인 첼로 연주자가 서울의 경우 한 반에서 십수 명이나 있다니, 우리 아이에게 안 된 일이나 참 다행스럽게 생각했다. 극히 일부만 음악을 접하며 사는 줄 알았는데 학생의 30% 가까이 악기를 다루며 학교를 다니고 있다는 부분에 기쁜 마음도 있었다. 잘은 모르지만 첼로를 연주하고 피아노를 알면 어디서든 흘러나오는 음악소리에 귀 기울이며, 그 음악이 아무개의 음악이고 연주자가 누구이고 작곡은 누가했다는 것을 잘 알 것이다. 알면 즐길 수 있는 것이 편안하게 즐기며 살아갈 수 있을 것이다.

음악이나 미술을 익힐 때 비싼 과외 비용을 지불하는 대신 학교에서 방과 후 수업으로 체육, 음악, 미술 등에 많은 시간을 할애했으면 하는 바람이다. 국어 성적이 좋으면 인생이 풍요로울까, 영어나 수학 성적이 좋으면 인생이 풍요로울까? 어떤 과목의 성적이 좋든 수험과 직결된 공부에만 매달린 사람은 가슴이 메말라 있을 것으로 생각된다. 머릿속도 아주 단순하고 화(火)가 많이 차 있을 것이다. 성적의 오르고 내림에 따라 심리적 우울감도 동반될 것이며, 성적이 올라가면 올라간 대로 내려가면 내려간 대로 안 해도 되는 걱정을 안고 살아야 하기 때문이다. 그 중간에 음악이나 미술 또는 체육에 자신의 몸과 마음을 던지고 쉴 수 있는 공간이 있다면 학창 시절의 삶이 더더욱 넉넉하고 풍요롭지 않을까, 나아가 평생의 친구를 하나 만드는 것과 같지 않을까 생각해 본다.

나이가 드니 막연하게 해보고 싶고 즐기고 싶었던 것을 해볼 수 있는 여유와 기회가 생겼다. 책, 음악, 미술, 운동(체육) 등에 시간을 할애할 수 있다. 어른이 되어 모차르트를 만나니 좋기는 한데 그와 친해지기가 참 힘들다. 미술관으로 달려가 고흐(Gogh, V.)나 고갱(Gauguin, P.)도 어렵지 않게 만날 수 있지만 그들과 교감하기는 퍽 어렵다. 박진감 넘치는 아이스하키나 미식축구도 보는 것으로 신날 뿐 그 이상은 없다. 아마도 어릴 때 이들에 대한 기본 소양을 갖추지 못해 그럴 것이다. 무용, 발레, 오페라 등등 대한민국에도 없는 것이 없다. 하지만 그들과 가까이 지내지는 못한다. 어려서 피아노, 기타 악기, 미술, 발레 등의 교습을 받았던 친구들은 기본지식을 갖고 있으니 한 걸음 나아가고 즐기는 것이 힘들지 않을 것이다. 하지만 그럴 기회를 갖지 못했던 보통의 아이들에게 음악과 미술은 하나의 사치로 생각되었다.

곰곰 생각하니 초등학교나 중학교 시절 여유 시간이 많이 있었는데, 일찍 마치고 집으로 돌려보낸 학교가 야속하게 생각된다. 해 질 무렵까지 우리를 교실에 두고 이런저런 것들을 가르쳤다면 세상이 더 아름답지 않았을까 하는 아쉬움 때문이다. 음악 시간이나 미술 시간도 일주일에 한두 시간이 아니라 5-6시간 정도 배정해 직접 듣고 자기 손으로 그리고 배우면서 사회인으로 저변을 쌓아가는 것이 올바른 교육 아닐까 생각해 본다. 부모 극성에서 시작된 연주자 보다 자기 스스로 거기에 빠져들어 몸에서 자연스런 연주가 나오는 사람이 더 바람직하지 않을까 싶다.

가질 것 버릴 것

결혼식

사랑하는 남녀가 만나 가정을 이루려 할 때 지인들 모두 모인 자리에서 공표하고 시작한다. 그 선포가 결혼식이다. 둘이 동거하다 결혼하는 경우도 있고 아이까지 낳고 늦게 결혼하는 사람도 있지만, 결혼하고 아이를 낳는 게 보통이다. 결혼식을 앞두고 제일 먼저 준비해야 하는 것이 사회자와 주례선생님이었다. 사회는 가장 친한 친구에게 부탁하는 것이고 주례는 나를 가르친 선생님 혹은 직장의 상사에게 요청했다.

결혼식은 좋은 날이기도 하지만 여식(女息)을 둔 가정에서는 남의 집으로 딸을 보내는 것이므로 눈물을 보이며 서운한 마음을 비치기도 했다. 신부 역시 부모님께 인사할 때 눈물을 흘리지 않는 경우가 거의 없었던 것으로 생각된다. 인사받는 부모님도 남의 집으로 보낸다는 서운함과 함께 딸을 안으며 눈물을 보이신다.

오래전 어떤 제자의 결혼식이 생각난다. 신부가 대만사람이라 신부 집안사람들은 한국으로 여행 오는 것처럼 비행기에 몸을 싣고 결혼식장으로 왔다. 주례사를 하려는데 좌측으로 신부 집안의 사람들이 보였다. 이야기 도중 내 이야기가 무슨 말인지 알아들을 수 있는 사람은 없었을 것인데 누가 먼저랄 것 없이 울음이 시작되었고 이내 울음바다가 되었다. 주례를 하며 그리 민망했던 적은 없었다. 간신히 진정시키고 주례사를 마감했던 기억이 난다.

어쨌든 주례선생님이 누구인가는 중요한 일이었고 주례선생님의 말씀도 경청해야 할 내용이었다. 먼저 살아본 결혼 선배로 유익한 말씀을 해주시기 때문이다. 때론 모두가 숙연하게 듣기도 하고 경우에 따라선 웃음과 박수를 함께하며 들을 때도 있었다. 신랑과 신부 집안의 어른도 앞다투어 주례선생께 인사를 했다. 신혼여행 이후 신랑 신부가 주례선생을 찾아 인사하는 것이 예의였고, 평생 왕래하며 지낼 만큼 가까운 사이로 발전하는 경우도 많다.

이제는 많이 바뀌었다. 사회자는 더러 있는데 주례선생님은 거의 없다. 결혼식 당일 누구도 숙연한 모습이 아니다. 며칠 전 서울 강남 모처에서 지인의 딸 결혼식이 있어 참석했다. 주례는 없었다. 신부와 신랑의 어머님이 손을 잡고 입장해 화촉점화를 했다. 여기까지는 눈에 익은 광경이었다. 다음으로 신랑과 신부의 아버님이 함께 입장해 이미 단상에 있던 어머님과 함께 서 마주 보며 인사하고 하객을 향해 인사하고 착석했다. 신랑 입장이 다음이다. 신랑은 환한 모습으로 주변에 인사하며 천천히 그리고 여유 있는 표정으로 들어왔다. 신부 입장이 백미(白眉)이었다. 하얀 드레스를 입고 혼자 입장한다. 환한 웃음으로 이편저편 바라보며 손짓까지 하며, 영화제에서 여우주연상 받은 배우가 단상에 오르듯 기쁨에 찬 표정으로 입장하는 것이었다. 이런 광경은 처음이었다. 그러나 진심으로 박수가 나왔고 나도 신부만큼 기쁜 마음으로 결혼식에 빠져들었다.

친구들 축가 역시 공연이었다. 반듯하게 차려입은 아름다운 친구들이 축하의 노래를 들려주고 갖은 율동과 함께 축하메시지를 보내며 들어갔다. 뒤이어 부모님의 인사가 있고 하객의 힘찬 박수와 함께 신랑 신부가 퇴장하며 결혼식은 마무리 되었다. 식장에 가득 장식되었던 꽃은 작은 다발로 묶어 하객의 손에 건네

졌고 꽃을 받은 하객들은 즐거운 표정을 하며 식당으로 향했다. '세상이 많이 변했구나!'를 절감하며 하루를 마무리했다. 내 입장에선 파격이었으나 지금도 웃고 손 흔들며 입장하던 신부의 모습이 눈에 선하다.

하기야 시집가니 내 부모와 이별하는 것이며 따라서 슬픔과 고마움의 눈물을 흘려야 할 이유가 없다. 가까이 살며 시댁보다 더 자주 친정을 찾는 것이 요즈음이다. 눈물을 흘릴 이유가 하나도 없다. 부모님 입장도 마찬가지 아닐까 싶다. 아들 가진 부모는 딸 하나 더 얻는다는 마음으로 며느리를 받으면 되고, 딸 가진 부모 역시 아들 하나 공짜로 얻는다 생각하면 너무도 즐거운 날이다.

옛 방식과 이별할 때 아쉬움이 함께하는 경우도 많다. 하지만 허례와 허식을 버리고 나름대로 새 모습을 찾는 것은 좋다는 생각이다. 판에 박힌 예식, 찍어내는 것 같은 예식 보다 자신의 축제를 만들어 가는 모습은 정말 아름다웠다. 시간이 흘러 거창한 음식대접까지 사라지면 더욱 좋겠다. 남의 혼인잔치에 내가 음식을 거창하게 얻어먹어야 할 이유는 없을 듯하다. 따뜻한 차 한 잔과 떡 한 조각이면 족하지 않을까? 아무것도 없더라도 활짝 웃는 신부의 모습 하나면 충분하다.

옷차림

외출할 일 있을 때, 어머님께 '그렇게 가면 예의가 아니네!'라는 말을 많이 들었다. 결혼식에 갈 때 정장을 하지 않으면 나무랐다. 장례식장에 갈 때 밝은 옷을 입으면 야단하셨다. 햇볕이 뜨거워 모자를 쓰고 나가면 혀를 차며 무어라 하셨다. 반바지를 입고 나서면 '어딜 그 차림으로 가냐!'

며 혼을 내기도 하셨다. 편안한 바지에 운동화를 신고 나서면 구두로 갈아 신고 가라며 소리치기도 하셨다. 검은 구두 신을 때 밝은 색 양말을 신어도 나무랐다.

상황에 맞는 옷차림이 없는 것은 아니다. 노벨상을 받으러 단상에 올라가는 분이 반바지 차림이면 이상할 것이다. 타석에 들어서는 야구선수가 정장을 하고 배트를 들고 있어도 이상하다. 집에서 엄마가 요란한 드레스 차림으로 설거지를 한다면 그것도 이상해 보인다. 남의 눈에 '이건 아닌데'라는 생각이 들기 때문이다. 유시민 작가께서 처음 국회의원에 당선되었을 때 와이셔츠에 타이를 맨 모습 대신 흰색 라운드 티셔츠에 양복 상의만 걸치고 인사하러 나왔던 기억이 있다. 내가 보아도 심히 추하게 느껴질 정도였으니 동료의원들 눈에는 독버섯처럼 보였을 것이다.

그러나 공식처럼 정해진 복장을 강요당하는 것도 고역(苦役)이라 생각된다. 직장에 출근할 때 하늘이 두 쪽 나도 넥타이를 하고 가야 했다. 장례식장에 갈 때는 검은색 정장에 반드시 검은색 넥타이를 하고 다녔다. 결혼식장에 갈 때도 정장에 넥타이를 하지 않으면 실례인 것처럼 배웠다. 사업하는 친구의 경우 여기저기 아는 사람이 많으니 장례식장에 갈 일도 많았다. 부고(訃告)를 들을 때 집으로 가 옷을 갈아입고 가기 불편해 자동차 트렁크에 검은색 정장과 검은 넥타이를 넣고 다니는 친구도 있었다. 편안한 복장으로 지방에 있다 올라오는 길에 부고를 접해도 일단 집에 들러 의복을 다시 갖추고 장례식장으로 갔다.

중요한 건 기쁜 일이 있을 때 함께 기쁜 마음으로 있는 것이며 슬픈 일에 함께 슬퍼하면 되는 것이다. 정해진 복장을 해야만 슬픔과 기쁨이 함께 하는 것은 아니지 않을까? 나만의 생각이 아닌 듯하다. 이제는 많이 바뀌어 장례식장에 가도 검은색 옷을 입은 사람만 즐비하게 있지는 않다. 청바지 입고 앉아있는 사람, 밝은 옷으로 앉아있는 사람, 심지어는 등산 마치고 하산 길에 부고를 들어 등산복 차림으로 오는 사람도 있다. 장례식장에선 상주(喪主)와 함께 슬픔을 나누면 되는 것이다. 옷이 중요하다고 생각지 않는다.

결혼식장에서도 마찬가지이다. 넥타이를 매고 온 사람보다 그렇지 않은 사람이 더 많다. 누가 보아도 무거운 정장보다 편안한 차림으로 오는 사람이 훨씬 많다. 결혼식에 참석하는 것은 축하하는 것이 목적이므로 옷이 우선은 아닐 듯하다. 결혼식과 장례식에서 천편일률적 옷차림이 사라지는 것은 무척 반길 일이다. 장례식은 그렇지 않지만 결혼식의 경우 '무엇을 입고 갈까?' 고민에 빠진 일도 많았다. 옷이 한정되어 있었고 특히 여름에 정장을 하는 일이 없어 하복(夏服)이 없는 경우가 많았기 때문이다. 깨끗하고 편안하게 입으면 그것으로 충분히 예를 갖추는 것 아닐까 싶다.

학생을 가르치는 것이 직업이라 편안한 복장으로 출근하면 부모님께서 나무라셨다. 강단에 서는 사람이 '어디 그런 차림으로 가는가?'라며 야단을 많이 하셨다. 넥타이 골라 매는 것도 힘들었고 만원 전철에서 땀을 뻘뻘 흘리면 와이셔츠가 땀에 흠뻑 젖어, 정작 강의실에 들어갈 때 단정하지 않은 경우도 많았다. 지금은 정장을 강요하는 사람이 거의 없다. 젊은 교수가 청바지 차림으로 강의실에 가더라도 그것을 이상하게 바라보지 않는다. 강의실 역시 깨끗하고 편하게 입고 가면 될 것이다. 중요한 것은 학생을 사랑하고 아끼는 마음으로 열성을 다해 강의하면 할 도리를 다하는 것이기 때문이다.

왜 그런지 까닭도 모르면서 판에 박힌 듯 따라 했던 많은 것들과 이별하는 것이 좋겠다. 그중 하나가 옷 입는 것 아닐까 생각된다. 중요한 것은 옷이 아니라 마음이다. 껍데기가 중요한 것이 아니라 마음이 중요하기 때문이다. 이젠 상황에 맞는 '지나친' 옷차림에 대해 운운하는 일이 없으면 좋겠다.

하늘로 가는 길

　　　　　사람은 누구나 조금 살다 하늘로 가야 한다는 것, 세상에 던져진 유일한 확신이다. 차이가 있다면 조금 빨리 가거나 조금 늦게 가는 것일 뿐 예외는 없다. 하늘로 갈 때 많은 사람의 슬픔 속에 속세와 이별한다. 보고픈 가족들과 마지막 인사를 하고 세상에서 익숙했던 많은 것들과 헤어져야 한다. 개인적으로 가슴 아픈 일이지만 담담하게 받아들여야 할 어려운 일이기도 하다.

　일단 숨이 멈추면 2-3일 영안실에서 있으며 가족들에게 여러 손님과 인사할 기회를 준다. 그리고 영영 이별한다. 과거에는 매장(埋葬)이 많아 영구차를 타고 노제를 지내고 마지막 장지에 가 이런저런 의식을 거친 뒤 하늘로 갈 준비를 했다. 최근에는 매장보다 화장이 많아 어디에선가 차가운 몸을 불에 맡겨야 한다. 일생의 몸뚱이를 한 줌 재로 만든 뒤 조그만 사진만 남기고 영영 이별한다.

　내 경우 조부와 조모 그리고 부모님 모두 화장을 하여 자식의 입장에 서면 편안하게 하늘로 보냈다. 특히 내 부모님은 천주교인이셨는데 천주교에서 운영하는 대학에 시신을 기증한다는 어려운 서약을 하신 뒤 세상을 뜨셨다. 따라서 화장도 우리 손이 아닌 학교의 도움을 받아 진행되었다. 대학교에서 연구용 또는 교육용으로 부모님의 시신을 사용한 뒤 화장을 하고 특정 묘역에 모시는 일까지 해주셨다.

　당시 너무 아쉽게 보냈다는 서운함이 많았다. 그런데 시간이 지날수록 어려운 결정을 하신 부모님께 감사드리고 기회가 된다면 나도 부모님처럼 시신 기증 절차를 통해 마지막 봉사를 하고 갔으면 좋겠다. 게다가 내 자식이 조금이라도 편할 수 있다면 더없이 기쁜 일이 아닐까 생각된다. 만약 부모님께서 시신 기증이란 어려운 서약을 하지 않으셨다면 나도 다른 사람처럼 조금은 복잡한 절차를 거친 후 이별해야 했다.

염(殮)이란 절차가 있어 가족들 모인 자리에서 몸을 정갈하게 씻고 수의로 갈아입히고 몸을 단단히 고정해 묶고 미리 구입한 관에 자리하도록 한다. 집안마다 차이는 있지만 크게 울며 곡(哭)을 하기도 하고 찬송가를 부르며 이별하는 모습도 보았다. 화장할 때 적지 않은 비용을 지불하지만 화장장에서 일방적으로 결정한 시간에 맞추어야 하므로 3일장이 4일장 또는 5일장으로 늘어지는 경우도 보았다. 화장하고 남은 것은 유골함에 넣고 유골함을 모시는 곳에 모셔야 한다. 유골함을 모시는 납골당에 자리를 잡으려 해도 1인당 수백만 원의 비용이 필요하다. 부모님 모두 모시려면 거의 1,000만 원 가까운 돈이 필요한 셈이다.

언젠가 천상병 시인의 시에, 하늘나라로 가는데도 여비가 필요하다는 구절이 기억난다. 우리 사는 세상에선 정말 하늘로 가기 위한 여비가 필요하며 그것도 적지 않은 돈이 필요하다. 개개인의 소득이 천차만별이므로 일천만 원이란 금액이 아무렇지 않은 사람도 있지만, 서민 입장에서 볼 때 결코 적은 돈은 아니다. 내 부모님을 보내는데 필요한 돈을 아깝게 생각하지는 않을 것이다. 그러나 절대적으로 돈이 부족하면 일천만 원도 너무너무 높은 벽처럼 느껴질 수 있으니 이제 이 부분에 변화가 필요하지 않을까 생각된다. 장례식장의 경비도 지나치면 정부가 개입할 필요가 있고 엄청 간소화되었지만 그래도 개선의 여지가 없는지 다시 살폈으면 한다. 종교단체에서 매장공간을 소유하고 또는 납골당을 운영해 비교적 저렴하게 하늘로 가는 경우를 보았다. 그렇다면 정부가 나서 저소득계층에게 동일한 장례서비스를 무료 또는 염가에 제공하는 방법이 없을까 묻고 싶다.

빈소를 마련해 외부손님을 받는 하루 또는 이틀 동안 많은 사람이 오가는 집도 있고, 적지 않은 사람이 들락거리는 것이 보통이다. 십시일반으로 장례비용 정도는 충당할 수 있다는 의미이다. 하지만 마지막 거두는 날까지 집안 식구 이외에 아무도 오지 않는 집도 제법 많다는 사실을 알아야 한다. 아무 준비도 없이 갑자기 하늘로 간 경우라면 더더욱 암담할 것이다.

돌아가신 분의 영정을 두고 식구와 지인이 인사차 방문하는 일은 좋다. 하지만 판에 박힌 식사와 음료 및 술 제공 등은 지양되었으면 한다. 수의(壽衣) 등을 구입할 때에도 염가에 구입할 수 있으면 좋겠다. 화장하는 비용, 납골당 자리를 마련하는 비용도 가볍게 여겨지도록 변했으면 좋겠다. 누구나 빈손으로 왔으니 빈손으로 가는 것이 당연하고, 하늘에 오를 때 누구에게도 부담을 주지 않고 가면 좋겠다. 인생이 축복이면 인생을 마감하는 것 역시 축복이어야 한다. 만약 아니라면 그리 만들도록 노력하는 것이 우리 도리 아닐까?

조의금과 축의금

누구든지 살아가며 좋은 일과 나쁜 일이 있게 마련이다. 좋은 일이든 슬픈 일이든 치러내려면 상당한 규모의 돈이 들어간다. 결혼식 또는 장례식장에 참석하며 빈손으로 오는 사람은 없고 다들 조그만 성의를 표한다. 물론 나도 남의 경조사에 인사를 했으므로 그에 대한 답례인 경우가 많다. 두루 서로 도와가며 살아간다는 의미로 생각하면 나쁜 관습은 아니다. 그런데 인사치레를 위해 지나치게 많은 돈이 들어간다는 점이 문제이다.

대개의 경우 5만 원 또는 10만 원으로 인사하니 문제 될 일은 없어 보인다. 그런데 30만 원, 50만 원 등 받는 사람의 입장에서 부담스러운 금액도 있다. 받았으니 다음에 그 집에 경조사가 있으면 나도 그에 상응하는 인사를 해야 하니 여간 부담스러운 금액이 아니다. 가끔은 수백만 원의 뇌물성 축의금도 있다고 하니 웃지 못할 일이다. 돈을 많이 가진 사람이야 10만 원이든 20만 원이든 문제가 아니지만 보통 가정의 경우 인사해야 할 곳이 많으므로 10만 원씩 부조해도 한 달 5-6곳이면 50-60만 원의 돈이 지출되어야 한다. 급여소득자에게 거의 매월 50-60만 원의 돈이 나가면 부담스럽다.

내 경우도 부모님께서 모두 하늘로 가셨고 큰아이 결혼도 있었으니 주변에 적지 않은 민폐를 끼친 셈이다. 다른 집안의 경조사에 빠지지 않고 참석하는 편이라 일 치르는 데 큰 문제없이 지나갔고 부담스런 금액의 축의금이나 조의금을 받은 기억도 없다. 아주 절친한 친구가 도움을 주기 위해 100만 원 또는 200만 원을 쥐어준 일은 있다. 하지만 여유 있는 친구인지라 내게만 그런 것이 아니라 모임 친구들의 경조사에 모두 그리하는 편이다. 그 친구 집에 기쁜 일 또는 슬픈 일이 있을 때 그가 내게 준 만큼 축의금이나 위로금을 전달하는 것은 아니다. 내형편에 맞게 하는 편이다. 만약 그리 가까운 사이가 아닌데 그 많은 돈을 축의금으로 준다면 당황스러울 것이며 그 집안의 일이 있을 때 기쁜 마음으로 참석하기는 어려울 듯하다. 매우 부담스럽다는 말이다.

결혼과 초상을 치르는 일, 모두 돈이 제법 들어간다. 가족들이 십시일반으로 지원하는 금액이 있으니 친구나 지인들은 참석은 하되 봉투는 가볍게 하여 모두 부담 없이 갔으면 좋겠다. 결혼식장에 가면 뷔페 음식이 제공되며 뷔페 음식의 상차림 비용이 1인당 수만 원 하므로 5만 원을 놓고 오기는 민망하다. 따라서 최소한 10만 원의 부조를 하게 된다. 부부가 함께 가면 좋을 만한 곳이라도 식비가 많으므로 혼자 참석하기도 한다. 예식장에서 결혼식을 하면 음식을 맞추어야 하고 일인 당 5-6만 원의 비용으로 예약한다. 여기에 문제가 있는 것 아닌가? 예식이 점심시간에 있으면 점심식사를 제공하는 것이 옳지만 점심시간이 아닌 경우에도 예외 없이 뷔페 차림이 있다.

예식을 할 때 지역의 학교 강당, 교회, 성당, 사찰 등을 이용하고 동네의 문화회관, 마을회관, 구청이나 시청의 중강당 등이 이용되면 어떨까 생각해본다. 그리고 집에서 정성스럽게 준비한 과일이나 떡 그리고 간단한 차 한 잔으로 뒷풀이를 하는 것이 좋을 듯하다. 수천만 원을 들여 꽃 장식을 하고 1인당 식비가 십여만 원이나 하는 음식으로 하객을 접대하면 참석하는 하객 역시 부담스럽기만 한다. 돈이 많아 신랑신부가 비싼 보석을 주고받는 것은 무어라 할 수 없다. 하지만 예식, 예식 후 식사 등은 간소하게 진행되었으면 좋겠다.

　장례식도 마찬가지이다. 민간에서 운영하는 장례식장을 이용하고 장례식장에서 거의 세트로 모든 것을 판매하니 나만의 간소화가 곤란한 지경이다. 그러니 사회적으로 간소화 방안을 강구하면 좋겠다. 중앙정부나 지방정부 차원에서 화장터에 시신을 보관할 냉동고(冷凍庫)를 마련하고 개인이 저렴한 비용으로 이용할 수 있으면 좋겠다. 장례식장에선 영정만 모시고 간단히 가족과 인사 나누며 고인을 보내는 것이 좋을 것이다. 화려하게 거창하게 보내는 것이 효도는 아니다. 결혼식이나 장례식 모두 우리 예식이니 서양의 풍습에 대해 운운하고 싶지 않다. 우리 것도 그 나름대로 장점이 있기 때문이다. 문제는 '지나침'에 있다. 축의금이나 조의금에 부담을 느끼면 무언가 잘못된 것이다. 식사시간이 지났는데 상을 차려 주는 것도 이상하다. 불필요한 비용 없이 축하하고 인사하고 함께 웃으며 인사 나누는 의식으로 거듭났으면 한다.

도시락

　　　　　　　　　　　내가 중고등학교를 다닐 때 학교급식이란 없었다. 어머니가 싸준 도시락을 들고 학교에 갔다. 점심시간에 친구들과 도시락을 나누어 먹으며 도란도란 이야기도 하며 재미있었다. 물론 점심시간이 되기 전 도시락을 다 먹고 점심시간엔 매점으로 직행하는 친구들도 많았다. 도시락은 추억거리이다. 이젠 모든 학교에서 급식을 실시하고 있어 도시락은 유물이 되었다.

우리나라에 학교급식법이 제정된 것은 1981년이다. 학교급식법은 '학교 급식을 통해 학생의 심신을 건전하게 발달시키고 나아가 국민 식생활개선에 기여하기 위해' 제정한 법이다. 1981년 제정된 법이 실제 시행된 것은 오랜 시간이 지난 이후였다. 의무급식이 시작된 해를 보면 초등학교가 1997년, 고등학교가 2000년, 중학교가 2002년이다. 따라서 모든 학생이 급식으로 점심을 해결하는 것은 2002년 이후의 일이다.

학교급식을 위해서는 영양사, 조리사, 조리종사원, 배식원이 필요하다. 학생들에게 고른 영양을 제공해야 하니 비전문가가 식단을 짤 수는 없다. 영양사가 필요한 이유이며 음식을 조리하는 전문가도 필요하며 이를 나누어주는 배식원도 필요하다. 공식적으로 영양사를 채용한 학교도 있겠지만 대부분 영양을 담당하는 교사가 영양사를 대신하는 것으로 알고 있다. 배식도 학생들이 돌아가며 담당하는 것으로 알고 있다. 길지 않은 점심시간에 모든 학생이 식당에 몰리면 혼잡할 것이므로 학년별로 약간 시차를 두며 식당을 이용한다고 한다. 따라서 점심 먹는 시간이 충분하지는 않은 모양이다.

의무적으로 단체급식을 하려니 적지 않은 예산이 필요하다. 중앙정부 차원에서 편성된 학교급식예산이 있고 지방자치단체도 학교급식 관련 지도 감독해야 하므로 일정한 지원을 하고 있다. 한 끼 학생 1인당 3,800원의 예산이 배정된 것으로 알고 있다. 3,800원 전부가 재료비용에 쓰이는지 모르나 학교급식에 만족하는 학생의 수는 매우 작은 것으로 안다. 식단이 부실하다는 말이 있고 음식 맛이 수준 이하라는 평도 있으며 학년별로 식사하는 시간이 짧아 코로 들어가는지 입으로 들어가는지 모르겠다는 불평도 있다. 학교급식을 해본 일이 없는 내 입장에서 단체급식은 군복무할 때뿐이었다. 직장생활을 하며 식당을 이용하지만 교수식당을 학생의 급식식당과 비교하기엔 무리가 있는 듯하다. 군대에서 했던 단체급식이 심신을 단련하고 국민식생활개선에 도움을 주었다는 생각은 없다.

학교급식 역시 법에서 명시한 것처럼 효과를 거두고 있는지 점검하는 일이 중요하다. 첫째, 학생의 '심신발달에 도움을 주는가?'이다. 영양학적으로 고른 영양소가 제공된다면 몸에는 이로울 것이다. 그런데 급식이 학생의 마음(心)에 미친 영향이 무엇일까 참 궁금하다. 친구들과 둘러앉아 같은 음식을 먹으며 생기는 심리적 이득이 무엇일까 생각해본다. 둘째, 단체급식이 국민식생활개선에 미친 영향을 검토하는 것이다. 급식을 통해 편식하지 않고 고르게 식사하고 있다면 긍정적이다. 하지만 내 눈으로 확인하는 학생의 식생활은 여전히 패스트푸드 위주의 식사이며 빨리 먹고 대충 먹는 것이다. 이제는 초로(初老)가 된 우리 또래 친구들에게 도시락과 점심시간은 아름답게 기억되는 추억의 시간이다. 지금 중고등학교 학생도 시간이 지난 뒤 학교급식이 좋은 추억거리로 남을지 모르겠다.

도시락의 부작용도 많다. 도시락을 싸오는 사람과 못 싸오는 사람, 비싼 반찬을 싸오는 학생과 그렇지 못한 학생 사이의 갈등이다. 부모님이 모두 일하러 가느라 도시락을 준비하지 못한 경우라면 매점을 이용하든 잠시 외출하여 다른 대용품을 구매하면 된다. 그런데 경제적 능력이 없어 준비하지 못한 경우 고스란히 굶는 수밖에 없다. 차별에 민감한 시기가 청소년기인데 그들에게 마음의 상처를 줄 수 없으니 급식이 정답이라 할 수 있다.

그러나 급식도 선택적이면 좋겠다. 도시락을 싸오는 것을 원칙으로 하고 식사는 학교식당에서 한다면 지금의 시설을 그대로 이용할 수 있다. 도시락을 싸오지 못하는 사람은 학교급식을 이용하면 되고, 도시락을 싸오는 학생들에게 돌아갈 예산까지 급식에 사용하면 급식의 질도 훨씬 높아질 것이다. 획일적인 것은 편익보다 비용이 클 것으로 생각되며 심리적 효과는 도시락이 더욱 클 것이다. 도시락에서 엄마의 사랑을 느낄 수 있기 때문이다.

같이 살기

함께 잘 사는 길

경제적으로 풍족해진 결과 먹고사는 일에 애로를 느끼는 사람은 많지 않다. 과거 절대적 빈곤, 즉 끼니를 걱정해야 할 만큼 어려운 사람이 많았던 시절과 비교하면 풍요 그 자체이다. 하지만 빈곤의 상대적 측면을 잊어서는 안 된다. 남과 비교해 내 형편이 못하다고 느끼면, 즉 상대적 빈곤감이 있으면 절대적 빈곤 시절의 빈곤 계층과 유사한 감정을 갖고 살아간다. 그러므로 엄청난 경제적 진보가 있었음에도 소득 재분배는 여전히 중요한 화두(話頭)이다.

많이 가진 사람이 많은 부담을 하는 것이 조세원칙이므로 고소득자의 조세 부담은 가볍지 않다. 개인적으로 소득세와 종합부동산세 부담, 기업하는 분들의 경우 법인소득세 부담이 만만치 않다. 소득세의 경우 최고세율이 45%에 이르니 솔직히 45%의 한계세율에 기꺼이 응하겠다는 개인이 얼마나 될까 싶다. '울며 겨자 먹기' 식으로 피할 수 없으니 부담할 뿐이다. 조세가 경제적 부담을 넘어 심리적 부담까지 요구하는 셈이다. 때로 '정부가 깡패인가?'라는 생각도 저버릴 수 없다.

정부는 혈세를 징수하여 지출할 때 최대한 심혈을 기울여야 할 의무가 있다. 헛되이 지출되는 부분이 있다면 국민은 조세 부담에 더욱 인색할 수밖에 없다. 내가 낸 세금이 어려운 사람의 주머니로 고스란히 들어간다고 느낀다면 즐거운 마음으로 조세 부담에 임할 수 있다. 내가 납부한 세금으로 우리 아이들이 좋은 시설에서 교육받으면 조세 부담에 인색하지 않을 것이다. 하지만 불필요하다고 생각되는 공사에 큰 돈을 지출하고 개최 이유도 불명한 국제 회의에 예산을 지출하며, 적지 않은 혈세가 투입되는데 국회의원의 의정 활동이 불성실하다면 납세자 입장에서 불쾌한 마음 금할 수 없다. 즐거운 마음으로 조세부담을 하고 싶은 생각이 멀리 달아난다.

납세가 국민의 의무이듯 성실하고 정확한 지출은 정부 당국자의 의무이다. 소득을 정확히 신고하지 않는 개인이 처벌받듯 예산을 적확(的確)하게 지출하지 못한 관료들 역시 처벌받아야 한다. 돈이 있으면서 없다고 하는 납세자는 불성실한 납세자이듯 필요성에 대한 충분한 검토 없이 예산을 사용하는 관리들은 불성실한 관료인 셈이다. 납세자인 국민들처럼 지출을 담당하는 정부 관료들도 성실하고 정확하고 적확하게 예산을 사용해야 한다.

여기도 'give and take'의 원리가 적용된다. 국회의원의 의정활동에 감탄하고 관료들 예산지출이 성실하다고 판단될 때, 내가 낸 세금이 제대로 처분된다고 판단할 때 납세자의 조세의식이 긍정적으로 나타나기 때문이다. 환경부 공무원은 오염방출 문제에 최선을 다해야 하고 교육부 공무원은 100년 대계인 교육을 바로 세우는 데 최선을 다해야 한다. 보건복지부 공무원은 코로나 펜데믹의 방지에 그리고 국민연금의 개편에 대해 머리가 터질 만큼 연구에 연구를 거듭해야 한다. 다른 부처도 마찬가지이다. 금년 예산이 100원이었으니 내년 예산도 100원 비슷하게 청구하고, 작년에 했던 일 아무 검토 없이 반복하면 우리 사는 세상 나아질 가능성이 없다. '이런 공공 사업을 왜 하는가?' 담당자에게 물었을 때 '위에서 시켜서 합니다.'라고 대답한다면, 그런 공공 사업이 성과를 거두기는 매우 어려울 것이다.

정치인이 무엇인가? 물으면 "우리 국민을 위해 최선을 다하는 분입니다." 공직자가 누구입니까? 물을 때 "국민의 안녕과 편한 삶을 위해 불철주야 노력하는 분입니다."라고 대답할 수 있는 세상이 와야 한다. 세금을 왜 냅니까? 라고 물을 때 "우리가 내는 것이 당연합니다."라고 말할 수 있어야 한다. 모든 사람이 자기 자리에서 최선을 다할 때 그런 세상이 온다. 자신이 해야 할 일을 하지 않고 남에게 의지해 무임승차하려 든다면 좋은 세상과 점점 멀어진다.

일하는 데 너와 내가 어디 있으며 나만 살고 너만 사는 세상이 아닌 우리 함께 사는 세상인데 나만 또는 너만 생각하면 세상은 늘 그 모양일 것이며, 나아질 가능성이 없다. 언젠가 성당에서 들었던 신부님 말씀이 생각난다. "우리가 감당해야 하고 감당할 수 있는 일을 제대로 감당하지 않았기에 지금 감당할 수 없는 상황에 이른 것으로 생각됩니다." 그렇다! 망치로 머리통을 얻어맞은 느낌이었다.

서로 위하는 것

어려운 사람을 도울 수 있으면 도와주는 것이 옳다. 내가 남에게 베풀 능력이 있다는 건 참으로 소중하기 때문이다. 다수는 아니더라도 가진 사람이 못 가진 사람을 위해 기부를 한다. 기부하는 방법은 여러 가지이고 기부를 주관하는 단체도 많다. 1억 원 이상 기부하면 아너 소사이어티 (Honor Society)의 일원이 된다. 많은 돈을 가진 사람에게도 1억 원이 큰돈으로 여겨지는지 모르겠으나 보통 사람에게는 엄청나게 많은 돈이다. 연봉 1억 원이 넘으면 고소득자로 분류되니 고소득자의 1년 연봉과 같은 금액이므로 실로 엄청나다. 그리고 다른 사람을 위해 써달라고 그리 큰돈을 낸다는 게 보통 일 아님은 물론이다.

얼핏 생각하면 돈이 많은 사람이 남에게 후하고 돈이 적은 사람은 자기 쓸 돈도 없으니 남을 위해 사용하기가 불가능하다. 그런데 현실은 반대인 듯하다. 돈이 많은 사람, 아니 많다고 생각되는 사람이 선뜻 불우한 이웃에게 기꺼이 베푸는 경우는 드물었다. 오히려 형편이 넉넉해 보이지 않는 사람이 예상외로 많은 돈을 희사하는 경우를 더욱 자주 볼 수 있다. 아마도 기부를 하는가 그렇지 않은가는 소득에 의존하는 것이 아니라 전적으로 본인의 마음에 따라 이루어지는 모양이다. 여유 있는 사람이 마음의 여유까지 가지고 주변을 돌아볼 줄 안다면 세상은 좀 더 밝아지지 않았을까 생각해본다.

가까운 지인 중 종업원을 가족처럼 생각하는 사장님이 있다. 사원이 아파서 결근하면 치유될 때까지 안타까운 마음으로 지켜보아 준다. 사원의 집에 무슨 일이 있으면 자기 일인 양 챙겨준다. 그 회사는 분란도 없고 월급이 많든 적든 열심히 일하는 모습을 볼 수 있다. 그런데 급여가 많음에도 불구하고 종업원을 하인(下人) 부리듯 하는 회사에 다니는 사람은 편안한 얼굴이 아니다. 그저 월급 받을 목적으로 회사에 나올 뿐 회사의 미래, 회사의 발전 등에 관심 없다. 똑같이 아침 일찍 나아가 하루 종일 고된 일을 하는데 즐거운 마음으로 내 집 같은 마음으로 일하는 것이 사장님이나 종업원 모두를 위해서 좋은 일이다. 그러므로 사장은 종업원을 가족처럼 종업원은 사장을 어른처럼 생각하며 서로 감싸고 위하는 것이 성공의 지름길 아닌가 생각된다.

학교에서도 마찬가지, 가르치는 것이 교수의 책무이므로 강의시간에 들어가셔 학생이 이해하든 말든 가르침만 제공하면 된다고 생각하는 교수님이 있다. 어떤 학생이 어려운지 어떤 학생이 교수님의 도움을 절실하게 필요로 하는지 등엔 일절 관심이 없다. 그래도 급여를 받아가므로 교수님 소기의 목적은 달성한 셈이다. 그러나 학생의 뒷담화를 생각하면 부끄럽기 짝이 없는 소득이다. 이런 교수에게 존경의 마음을 갖는 학생은 단 한 명도 없기 때문이다. 교수는 학생을 자기 자식 생각하듯 하고 학생은 교수를 부모처럼 생각해야 바람직한 모습이다. 서로가 서로를 위할 때 가르치고 배우면서 함께 성장하는, 그야말로 교학상장(教學相長)의 기회를 가질 수 있다.

부모와 자식, 친구 및 친척 간의 관계에서 서로를 위하며 사랑한다면 세상은 엄청나게 밝아질 것이다. 서로 먼저 베풀려하고 상대방을 아끼는 마음으로 대화하고 상대방을 위하는 마음가짐으로 일처리를 하면 곳곳에 있던 알력(軋轢)이 모두 사라질 것이다. 서로서로 위하는 마음이 모이면 계층 간 소득 재분배를 위해 정부가 적극 나서지 않아도 된다. 종교 단체에서 앞장서 어려운 이들에게 베풀고 개인적으로 기부하고 어려움을 해소하기 위해 얼굴을 맞대면 재원이 남아돌 가능성도 있다. 칼같이 무 자르듯 잣대를 들이대며 '네가 부담해야만 한다.' 말하지 않아도 알아서 부담하는 개인이나 단체가 많을 것이기 때문이다.

'경쟁이 아름답다.' 말하는 것은 신자유주의 물결 덕택이다. 경쟁의 결과 효율성을 유지할 수 있는 것은 지당하다. 그러나 효율적인 것이 구성원에게 행복을 주는 것은 아니다. 가장 효율적으로 배분된 결과 승자가 독식하는(Winner takes all) 세상인데 무슨 행복이 얼마나 있을까 생각해 보자. 승자만 좋은 셈인데 어떤 게임이든 승자는 손으로 꼽을 만큼 적다. 조금 비효율적이라도 남을 바라보며 어려운 이를 인식하며 필요하다면 베풀 줄 아는 세상이 될 때 전체적으로 만족이 더욱 증가하지 않을까 생각된다.

입양의 아름다움

입양(入養, adoption)이란 혈연에 의지하지 않고 사회적이며 법적인 과정을 통해 영구적으로 부모, 자녀의 관계를 형성하는 것이다. 과거, 부모가 아이를 키울 수 없는 상황이 매우 많았다. 주로 전쟁이 이유였다. 전쟁 고아, 전쟁 과부 등의 말을 많이 들었다. 지금도 마찬가지이나 미혼모 사례도 많다. 아버지와 어머니 그리고 아이들이 함께할 때 가정은 온전하다. 따라서 누구라도 없으면 불완전해 보인다. 누구에게든 본인 의지와 무관하게 불완전이 다가올 수 있다. 그런 경우 당사자가 모든 책임을 떠안고 험한 세상을 헤쳐 가는 것이 옳은 것인가 생각해본다.

어머니와 아버지 모두 없고 집안에 돌봐줄 사람이 아무도 없으면 고아원에서 육아를 담당한다. 지금은 보육원이란 이름으로 바뀌었지만 실체가 변한 것은 없다. 버려질 수 있는 아이들을 사회에서 사랑으로 보듬어 주니 고마운 일이다. 하지만 그곳에서 부모의 온기를 느끼며 살아간다는 것은 사치일 것이다. 보육원 선생님께서 아무리 노력해도 부모의 그것과는 다를 것이기 때문이다. 운이 좋다고 해야 할까, 가끔 어떤 집으로 입양되어가는 경우가 있다. 과거 외국으로 입양되는 경우는 매우 많았다고 들었다.

세 남매를 키우고 있는 유명 탤런트 부부도 그들이 낳은 아이는 하나인데 나머지 둘은 입양한 아이들이라고 한다. 얼굴 표정으로 보아 누가 입양아인지 좀체 구분이 어려웠다. 모두 얼굴이 밝았기 때문이다. 자기가 낳은 자식도 키우면서 많은 갈등이 있는 게 현실이다. 눈에 넣어도 아깝지 않은 자식일지라도 미움이 극에 달해 '사라지면 좋겠다.'는 생각을 하기도 한다. 하물며 내가 낳은 자식이 아니니 남의 자식이면 그 마음이 어떨지 짐작이 된다. 그럼에도 불구하고 내 자식과 동일하게 사랑을 베풀고 그들의 앞길을 위해 불철주야 고민하고 노력하는 모습을 보면 성인(聖人)과 다름없다.

아이가 없어 입양하는 경우는 쉽게 이해할 수 있다. 그런데 자신의 아이가 있음에도 입양이라는 어려운 결정을 하는 것은 선뜻 받아들여지지 않는다. 그만큼 대단한 일이라 여겨진다. 내가 자식을 원하는데 더 낳기 어려우니 입양하는 경우, 어떤 이유로든 아이를 만나 내가 책임지고 키우겠다는 다짐으로 시작된다고 한다. 그 아이의 얼굴에서 과거 나와 인연이 있음을 발견하는 것일까 아니면 나도 모르게 그 아이의 얼굴 속으로 몰입되어가는 것일까 잘 모르겠다. 그렇게 시작된 부모 자식의 인연이 아름답게 마무리되는 경우가 많다.

물론 영화 속의 장면 같지만 키우다 보니 장애가 있어 파양하는 경우도 있고 마음이 변해 아이를 구타 등 학대를 거듭하다 아이가 뛰쳐나가는 경우도 있다. 어떤 경우이든 영구적으로 인연을 맺은 이후 벌어지는 일이므로 불행하기는 마찬가지이다. 입양 이후 파양이라면 차라리 입양되지 않는 편이 더 나을지 모르겠다. 하기야 매사 사람 의지대로 되는 것이 아니니 함부로 말하기가 어렵다. 입양하는 시점, 무척 신중하게 결정할 것이다. 아이를 낳는 것과 마찬가지이므로 내가 책임을 다할 수 있는지 고민 끝에 결정하는 것이므로 모든 결정을 존중하고 싶다. 그러나 끝까지 고민할 당시의 마음으로 가지 못하는 부분에 안타까움이 있다.

입양이라는 엄청난 결정에 대해선 감히 더 말을 못하겠다. 그런데 우리가 할 수 있는 일이 있다. 내 아이가 소중한 만큼 다른 집 아이 역시 소중할 터이니 사랑하는 마음으로 대하는 것이다. 아파트 옆집에 살아도 인사 없이 지내는 경우도 많다. 조그만 아이가 문을 열고 나와 눈을 마주쳐도 그냥 고개를 돌린다. 그 아이의 부모도 마찬가지이다. 이웃에 살면서 나와 관계없는 사람이니 모른 척 살아가는 것이 현명하다고 생각하는 모양이다. 그러나 내 아이가 남에게 그런 대접을 받는다 생각하면 섬뜩한 일이다. 사무실에 출근한 내 자식에게 옆 사무실 직원이 못 본 척 지나가면 기분 좋을 부모는 없을 것이다. 어려서부터 훈련이 필요한 부분이다. 이웃을 사랑하는 마음이 겸애(兼愛)의 정신으로 표출될 것이며 나아가 모두 사랑하는 마음 그리고 남의 자식까지도 품을 수 있는 너른 가슴을 만드는 것 아닐까 생각된다. 누구든 저 홀로 살 수 없기 때문이다.

자신의 일과 본분

　　　　　　　　　　함께 잘 살아가려면 내가 맡은 일에 최선을 다해야 한다. 인간은 위대하다고 배웠는데 그럼에도 불구하고 우가 개개인은 사회 유기체 속 작은 부품 하나에 불과하다. 아무리 작아도 하나가 빠지면 굴러가는 소리가 좋을 리 없다. 보이지 않을 만큼 아주 작아도 저마다 자기 역할이 있는 바, 그 역할에 충실해야 하는 이유이다. 모든 사람이 '나 하나 빠진다고 무슨 일이 있을까?' 생각하면 세상이 제대로 굴러가지 못한다.

돈을 많이 버는 사람, 돈을 잘 못 버는 사람, 남에게 존경을 받는 사람, 그렇지 않은 사람, 권세가 당당한 사람과 그렇지 않은 사람, 잘생긴 사람, 평범한 얼굴을 한 사람, 부가가치가 높은 사람, 부가가치가 거의 없는 사람이 하나로 얽혀 살고 있다. 잘난 사람이 잘나지 못한 사람을 인격체 이하로 대하면 잘나지 못한 사람이 저항할 것이다. 잘난 사람이 보면 '그까짓 것' 하며 대수롭지 않게 여길 수 있다. 그러나 저항이 계속되면 제대로 일을 할 수 없다. 시끄럽고 머리도 산란하며 손에 일이 잡히지 않기 때문이다.

지체 높은 사장님이 제대로 일하려면 사장님 동선에 익숙한 운전자가 있어야 편할 것이다. 권좌에 있는 양반도 비서실장이 모든 스케줄을 적절하게 짜두어야 동선에 무리가 없고 일도 원만할 것이다. 실험실을 운영하는 교수도 실험실의 조교 선생이 실험 기자재들을 잘 정비하고 준비해야 무리 없이 실험할 수 있다. 사장이 운전사에게 함부로 하고 장관이 비서실장에서 막 대하며 교수가 실험실 조교에게 막말을 일삼아 그들이 제대로 보좌해주지 않으면 회사가 제대로 굴러가기 어렵고 장관님 일도 엉망이 되고 교수 역시 제대로 실험하기가 어렵다. 사장님이나 장관님 그리고 교수님의 일에 차질이 생기는 것이 아니라 대한민국 전체에 크나큰 손실이 발생하는 것임에 유의해야 한다.

사장님께서 운전자에게 '자네 없이 내가 편하게 다닐 수 있는가!'라고 말씀하시면 모든 것이 원만하다. 실제 그렇게 생각해 주시면 더더욱 좋을 것이다. 장관께서 비서실장에게 '당신 같은 유능한 실장을 만나 내가 행운이오!'라고 말하면 그 부처(部處)의 일에 막힘이 없을 것이다. 교수님께서 실험실 조교께 '조교선생 덕에 내가 연구를 편히 할 수 있어'라고 고마움을 표하면 연구실 분위기가 좋아짐은 물론 연구 성과 역시 나아질 것이다.

우리 삶에 세상이 정한 위와 아래가 있다. 수직적 줄 세우기를 좋아하는 탓에 대학교에도 서열을 주어야 하고 개인의 개성은 무시된 체 좋은 직업 역시 소득순(順)으로 배열해야 속이 시원한 세상이다. 그러다 보니 위에 있는 사람의 인격이 부족하면 큰 실수를 범할 수 있다. 아래의 것은 위의 것만 못하다는 고정 관념에 사로잡혀 대학교이든 사람이든 생각 없이 말하고 대하는 것이 바로 그것이다. 여기에 갈등의 원인이 있다. 아래의 사람은 소위 '목구멍이 포도청'이라 앞에서는 말 못 하나 머릿속으로 '어떻게 하면 위의 것을 갚아먹을 것인가'를 생각한다. 그와 동시에 자기 자식 또는 주변에게 '너는 위의 자리에 앉아야 한다.' '공부 열심히 해라.' '그런 공부 말고 이런 공부를 해 이런 직업을 가져라.' 등등 방향과 좌표가 잘못된 요청을 하고, 아마도 많은 사람이 이런 잘못된 좌표를 따라가다 보니 직업 의식이나 시민 의식 등은 뒷전이다. 인품 없는 판검사, 생명의식이 결여된 의사, 연구 윤리조차 모르는 교수가 양산되는 이유가 여기에 있다.

좋은 세상엔 위와 아래가 없다. 형식적 서열만 있을 뿐이다. 직업을 기준으로 존경받고 무시당하는 일이 없다. 돈벌이를 기준으로 무시당하는 일이 없다. 돈 잘 버는 직업이 좋은 직업이 아니라 자신의 적성에 맞는 일이 좋은 직업이다. 부모는 아이를 사랑으로 돌보며 아이가 자신의 적성을 찾을 수 있도록 도와주면 끝이다. 비 온다고 우산을 들고 뛰어나가고, 학교는 뒷전인 채 학원으로 아이를 돌리고, 원만한 교우 관계보다 이익을 먼저 챙기라 주문하는 것이 요즈음 부모의 모습이다. 그런데 내 자식을 포함하여 어디서 무엇을 하든 위에 있든 아래에 있든 서로 존중하고 아껴주어야 사회적 손실 없이 함께 살 수 있는 좋은 세상이 된다.

지방 공공서비스에 대한 기대

대한민국은 대부분 서울에 집중되어 지방 도시가 자족 기능 없이 서울의 위성에 불과하다. 독자적인 기능을 가진 독립체가 아니라 서울의 부속품처럼 되어있다. 주거지는 인천인데 직장이 서울이라 새벽별 보며 출근했다 밤별 보며 퇴근한다면 인천은 잠자는 곳에 불과하다. 인천 뿐 아니라 부천, 안산, 광명, 일산, 파주, 의정부, 동두천, 양주, 남양주 등 모두 정도의 차이는 있지만 마찬가지 입장이다. 내가 거주하는 곳이 잠자는 곳에 불과하다고 생각되면 주거지에 대한 사랑이 싹틀 수 없을 것이다.

서울을 벗어나 사는 이유는 다양할 것이나 내 주민등록지가 잠자는 장소에 불과하다는 것은 본인에게나 대한민국 전체에 말 못할 아픔이다. 따라서 모두 합심하여 이런 상황을 극복하는 방법을 모색해야 한다. 요즈음은 대부분의 직장에서 주당 근로시간이 일정시간을 초과할 수 없으므로 옛날에 비해 퇴근 시간이 빨라졌고 주말은 온전하게 휴일로 보장된다. 서울 인근에 거주하는 사람들은 휴일에 서울로 쇼핑을 간다. 매일 출퇴근에 지겨울 터인데 쉬는 날마저 서울에 몸을 빼앗기니 안타까운 일이다. 어찌 보면 불행한 일이다.

서울의 주택 가격이나 물가가 다른 도시에 비해 비싸니 조금 떨어진 위성도시로 가면 넉넉한 주거, 좋은 환경에서 지낼 수 있다. 그렇다면 내가 거주하고 있는 도시에 대해 탐색해 보는 것이 좋다. 어디에든 문화 회관이 있고 소규모일지라도 각종 공연이 즐비하고 주말을 이용해 무언가 배울 수 있는 평생 교육시설도 많이 있다. 복잡한 곳으로 나와 쇼핑하는 것보다 기타를 배우든 색소폰을 배우든 수필이나 시(詩)를 배우는 것도 좋을 것이다. 국립 교향악단만 연주회를 하는 것이 아니라 조그마한 도시에도 그 도시를 대표하는 교향악단이 있고 연주회가 수시로 개최되고 있으니 거기에 몰입해 보는 것도 좋다. 내가 사는 동네의 산이나 식물원 등 가볼 만한 곳이 있는지 살펴보고 조용하게 가족과 함께 지내는 것도 의미 있는 휴식으로 여겨진다. 꼭 사람이 너무 많아 미어터질 것 같은 유명 동물원이나 놀이공원에 가야 좋은 것인지 곰곰 생각해 보면 좋겠다.

마을사람과 교감이 가능하면 취미가 같은 몇몇이 모여 책을 읽고 소감을 이야기하며 맥주 한잔하는 것도 좋아 보인다. 동네 테니스 코트나 배드민턴 코트가 있으면 거기에서 운동하며 사람들과 교제하는 것도 나쁘지 않다. 작은 집안에 머물기 싫으면 주먹밥이라도 만들어 주변 공원을 찾아 가족들과 식사하며 담소하는 것도 복잡한 서울로 나와 쇼핑하는 것보다 훨씬 유익할 것이다. 그동안 알게 모르게 지방 정부에서 주민이 쉴 수 있는 공간을 마련하기 위해 많은 노력을 하고 있어 지난 시절에 비하면 공공서비스 수준이 엄청 높아진 상태이다. 따라서 근린공원과 쉼터 등이 매우 쾌적하고 편리하게 제공되고 있다.

미국 유타(Utah)에 있을 때 집 가까이 있는 공원에 가면 운동하는 사람들, 잔디동산에 누워있는 사람들, 공원에 마련된 바비큐 시설에서 친구들과 바비큐 파티하는 사람들, 호수에 있는 오리들에게 먹을 것 던져주며 소일하는 사람들, 여러 종류가 있었다. 이웃에 있는 분들과 이야기해보아도 다운타운에 나가 '쇼핑을 한다.'는 사람은 거의 없었다. 매우 큰 공원에 갖은 시설이 다 있어 하루 종일 시간 보내기에 충분했다. 우리 자치 단체도 참조하면 좋을 듯하다. 동네 사람끼리, 같은 교회에 출석하는 사람끼리, 같은 성당에 출석하는 사람끼리, 같은 절에 다니는 사람들끼리 모여 도란도란 이야기를 나누면 피로도 풀리고 기분 전환도 되지 않을까 생각된다.

지방 공공서비스의 질이 최상위 이어야 할 필요는 없다. 최고급 테니스장이 필요한 것 아니며, 최고급 바비큐 시설이 적합한 것이 아니며 공원 잔디 역시 최고급일 필요는 없다. 오케스트라(독립적 교향악단)를 운영할 여력이 안 되면 다른 방법으로 음악적 목마름을 해소시킬 수 있다. 그림이나 조각도 마찬가지 아닐까 생각해 본다. 지방 자치단체에서 지역 주민들에게 꼭 필요한 것이 무엇인지 꼼꼼히 살펴 그들에게 필요한 것을 적절하게 공급하면, 지역주민이 함께 사는 '사람의 동네'를 만들 수 있을 것이다.

친구

친구와 도시락

지금 이런 이야기를 하면 아무도 믿지 않을 것이다. 어릴 적 도시락을 가지고 학교에 다니던 이야기이다. 넓은 도시락에 밥을 넣고 반찬통에 김치를 넣어주는 것이 고작이었는데 친구들과 함께 먹으면 맛있었다. 그리고 점심시간 이전에 몰래 먹으면 더 맛있는 게 도시락이었다. 반찬이라야 죄다 김치이었으니 몰래 먹어도 선생님께서는 다 아신다. 누구인지는 몰라도 무엇을 먹었는지 얼마나 먹었는지를 말이다. 간혹 계란 후라이나 소시지를 가져오는 친구가 있으면 영웅이었다. 한 젓가락 얻어먹으려고 무진 애를 써야 했다.

중학교에 다닐 때 도시락조차 가지고 오기 힘든 친구가 몇 있었다. 중학교 2학년으로 기억되는데 어머님께 말씀드려 도시락을 두 개씩 가져갔다. 하나는 내 몫이고 다른 하나는 류 모 친구의 것이었다. 그 친구는 미안한 마음 반, 슬픈 마음 반 선뜻 받으려 하지 않았다. 하지만 계속 내 마음을 이야기하고 '네가 함께 먹는 것이 나 또한 좋기에 네 몫까지 챙기는 것'이라 이야기하며 편안하게 점심을 함께 먹을 수 있었다. 반찬은 김치뿐이고 가끔 멸치조림이나 오이지무침

등이 있었다.

중학교를 졸업하고 나는 인문계 고등학교로 진학하여 서울 시내로 나왔고 그 친구도 서울에 있는 유명 공업고등학교로 진학했다. 같은 서울에 있었지만 서로 연락을 못하고 지냈고 한참 세월이 갔다. 누구나 그러하지만 30-40대는 정신없이 지나가니 동창회 등은 꿈도 꾸지 못하고 가끔 결혼식장이나 장례식장에서 동창의 안부를 묻고 헤어지는 것이 보통이다. 함께 도시락을 먹었던 류 모 친구는 내 기억에서 사라졌다.

대학 졸업하고 대학원도 마치고 대학에서 교편을 잡고 바삐 살아가다 초등학교 동창들과 가끔 모임을 했고 등산하는 모임에도 동참하게 되었다. 몇 년이 흘렀을까, 어릴 적 축구선수였던 친구가 '류 모 친구가 네 안부를 묻던데'하는 것이다. 정말 깜짝 놀랐다. 얼마 만에 들어보는 이름인가, 그리고 그 친구는 지금 어찌 되었을까 등등, 갖은 생각이 다 스쳤다. 그리고 또 얼마의 세월이 지난 뒤 우이동에서 시작하는 산행(山行)이 있었는데 그 친구가 나오기로 했다는 것이다. 나도 바삐 달려갔다.

집결지로 정했던 우이동 근처 지하철역에서 출구를 확인하느라 우왕좌왕하고 있는데 누군가 나에게 '영한이 아니냐?'하는 것이다. 놀라 바라보니 류 모 바로 그 친구였다. 서로 얼싸안고 그동안 안부를 묻고 수십 년의 세월을 어찌 말할 수 있으랴만 잠시 지난 세월에 대해 얘기하며 산에 올라 함께 하산했다. 하산하고 뒤풀이 장소에 있는데 자기 집이 창동이나 '잠시 다녀오겠다.'는 말을 남기고 술자리를 떴다. 그냥 가려는 모양이다 생각하고 앉아있는데 한 시간쯤 지나 다시 돌아와 옆에 앉았다.

반가운 마음에 다시 이야기가 시작되었고 눈물 섞인 웃음으로 서로 소주잔을 부딪치며 시간을 보냈다. 집이 멀어 내가 먼저 일어서는데, 그 친구 나를 뒤따라 오더니 선물이라며 무슨 봉투 하나를 내 손에 쥐어 주었고 전철로 이동하려는 나를 붙잡고 택시에 들이 밀더니 5만 원짜리 지폐를 손에 쥐어 주는 것이다. 놀란 내가 '야 너 뭐하는 거야?' 했더니 '영한아 네 빚은 두고두고 갚을 테니 자주 만나기만 했으면 좋겠다.' 하며 나를 택시로 밀어 넣었다. 내 손엔 5만원 지폐와 문화상품권 10만 원이 있었다. 그건 선물이라기 보단 그 친구의 마음이라 생각했다. 나는 '배고픈 친구가 있어 힘들다.' 어머님께 말씀드렸더니 어머님이 도시락 하나 더 싸준 것이다. 그러니 내가 한 일은 가방 속에 도시락을 넣어 온 수고 뿐이었는데 과하게 친구의 마음을 받은 것이다.

그 친구는 고교 졸업 이후 KT를 40년 다녔고 이젠 정년 퇴직하여 쉬고 있다. 집 장만하고 아이들 교육시키고 충분히 노후 대비를 한 것으로 여겨진다. 중학 시절의 나와 그 친구는 아니다. 지금도 전화통에서 자주 만난다. 나지막한 그의 음성이 우리를 옛날로 보내고, 전화를 끊으면 다시 현재가 나타난다. 친구를 어찌 정의하면 좋을까? 지나고 보니 '가슴속에 담담하게 담겨있는 게' 친구이다. 무얼 바라지 않고 서로 주려는 마음만 있다. 그런데 아무리 받아도 기쁘기만 하고 마음의 부담이 없다. 친구니까!

내 것만 소중한 친구

어린 시절 코흘리개 시절을 함께 지냈으면 친하지 않을 수 없다. 모두 순진한 마음으로 다가간다. 지금은 초로의 모습이지만 마음은 10-20대 그대로이다. 소주 한잔을 해도 마음이 편하고 옛날 이야기를 하면 더더욱 빠져들게 마련이다. 그런데 모두 그런 마음이면 정말 좋지만 간혹 그 마음에 상처를 내는 친구가 있다. 코흘리개 시절의 마음에 파고들어 자신의 이익을 챙기려는 친구들이 주인공이다. 생각하면 답답하고 마음이 아프다. 직장에 다니는 친구들과 달리 사업하는 친구, 특히 식당이나 주점 또는 보험 영업하는 친구의 경우 친구들 모임을 자신의 사업에 편입시키려 노력한다. 그렇게 하지 않아도 도움을 줄 수 있으면 친구에게 방향을 돌리는 것이 인지상정인데 말이다.

얼마 전 등산모임에 갔다 하산 후 뒤풀이 장소에서 모두들 분주하게 무얼 작성하는 것을 보았다. 보험 영업하는 친구가 특정 보험에 가입하도록 권유하여 친구들이 동참하는 중이었다. 나는 유사 보험이 있어 '가입하지 않겠노라!' 이야기하고 맥주만 마셨다. 아마 많은 성과를 거두고 돌아간 것으로 알고 있다. 얼마 뒤 등산모임에 그 친구 모습이 보이지 않기에 어찌 되었는가 물었더니 아무개와 조금 트러블이 있었고, 등산에 참여하라 권유해도 시큰둥한 것이 별 반응이 없다는 것이다. 몇 달 등산모임에 오가며 충분한 성과를 올렸고 더 이상 가입할 친구가 없으니 모임 자체의 의미가 없어진 것으로 생각된다. 다른 친구들 모임에도 그런 경우가 있노라 이야기는 많이 들었다. 보험 영업을 염두에 두고 초등학교 동창을 찾아온다는 것도 이해가 안 되고 소기의 목적이 달성되면 '코흘리개 시절은 까맣게 잊혀질까?' 그것도 의문이다.

동창은 아니지만 종교 단체 모임에도 그런 분들이 많다. 맥줏집을 경영하는 모씨의 경우 성당의 모든 모임에 빠지지 않고 참석한다. 모든 모임의 이차 모임은 그가 경영하는 맥줏집에서 이루어진다. 여기도 마찬가지, 그분이 나서지 않아도 같은 값이면 그 집을 방문해 팔아주려는 마음이 있는데 굳이 자신이 나서서 그렇게 유도해야 하는지 의문이다. 친구 중에 쇠고기 갈빗집을 운영하는 친구가 있는데, 이야기할 수 있는 분위기도 아니고 어려운 손님을 모시기에 적합지 않아, 미안하지만 다음에 가겠노라 말한 적이 있는데 '어릴 때부터 알아봤다.'로 시작해 분풀이 겸 갖은 험담을 했다는 얘길 들었다. 친구의 서운한 마음이 이해가 가고 내가 공연한 이야기를 꺼낸 것인가 다시 생각해 보는데, 조용하게 이야기하며 식사하기에는 적절치 않아 사전에 내 상황을 이야기 한다는 의도였지만 아무 말 하지 않은 것만도 못하게 되었다.

먹고사는 일이 시급하고 중요하니 생업과 관련된 이야기는 매우 어렵다. 하지만 친구를 영업의 대상으로 삼는 것은 곤란하다. 친구는 친구이며 친구가 영업집을 찾으면 여느 손님과 마찬가지로 대하되 할 수 있는 서비스에 조금만 신경을 더 써주면 참으로 고마운 일이다. 그 이상도 그 이하도 아니고, 친구 집이라면 가급적 이용하지 않는 것이 더 낫다는 생각도 있다.

얼마 전 시골에 농가(農家)가 있어 그 집을 수리해 살 수 있도록 작업을 계획했다. 건축사 일을 하는 친구에게 내 농가를 보여주고 '이렇게 고쳐 살고 싶다.'는 말을 했고 친구에게 네가 맡아 해주면 좋겠다며 부탁 겸 말을 건넸다. 그런데 그 친구가 말하기를 "너와의 관계가 훼손될까 걱정되니 일을 맡지 않겠다."고 했다. 당시엔 참 서운했다. 그래서 아무 연고도 없는 건축업자에게 맡겨 무난하게 집을 완성했다. 집을 새로 고쳐 짓는 일은 무척 어려운 일이고, 그 기간 중 아무 일 없이 얼굴 편안하게 지내기란 여간 어려운 일이 아니다. 만약 그 친구가 맡아 일을 했다면 내 경우 말을 더 편하게 했을 것이며 그 친구는 더더욱 서운하게 받아들였을 것으로 생각된다. 공사비가 만만치 않았으니 그 친구 입장에서 이윤도 적지 않았을 것인데 그것보다 친구와 의리를 먼저 생각해 주어 고마운 생각이다.

친구는 친구이고 장사는 장사이다. 친구란 내 장사에 보탬이 되는 사람이 아니다. 자연스레 보탬이 된다면 나도 좋고 친구도 좋은 것이다. 그런데 친구를 내 장사의 발판으로 삼으려 한다면 두 손으로 말리고 싶다. 장사해 번 돈으로 친구를 위해 쓰려고 노력하기 바란다. 모두들 그런 마음이라면 세상이 좀 더 환해지지 않을까 싶다. 복잡하고 힘든 세상에 어깨를 기대며 함께 웃고 싶은 친구가 나를 이윤의 대상으로 대한다면 절망이다.

친구의 무게

어린 시절 학교 다니며 선생님께 친구의 소중함에 대해 많이 들었다. '어떤 사람을 알려면 그 사람의 친구를 보면 된다.'라는 말도 있고 '친구는 형제보다 가까운 것이니 좋은 친구 사귀는데 신경을 써야 한다.'라는 말도 들었다. 부모님도 마찬가지이셨다. 내 친구를 집에 데려가면 어머님께서 집안 사람이 찾아온 것보다 더 융숭하게 대접해 주었다. 감사하다고 인사드리면 '아들 친구인데 내 아들이나 마찬가지'라 말씀하시며 친구가 중요하다는 말씀을 곁들이셨다. 나도 그렇게 생각한다. 중고등학교 시절 반에서 무슨 일을 하려면 친구들 도움이 많이 필요하고 체육대회 등의 행사에도 친구들과 함께 하지 않으면 아무 것도 못하니 친구와 관계가 좋은 사람과 그렇지 않은 사람이 확연하게 구분되었던 기억이 난다.

부모님께 할 수 없는 이야기를 친구에게 할 수 있었다. 사귀는 여자에게 할 수 없었던 이야기를 친구에겐 할 수 있었다. 내가 불편하고 어려울 때 친구들이 말이나 행동으로 많은 도움을 주어 위기를 넘긴 일도 있다. 집에 가기 싫을 때 친구 집에 들러 하룻밤 함께 하며 소주잔을 기울이기도 했다. 친척 집에 가 편안하게 이야기할 수는 없었다. 이모님이나 고모님 댁에 가 내 개인적인 일을 이야기하기는 무척 어려웠다. 따라서 집안에 형제들이나 다른 친척들이 많아도 친구가 가지는 공간은 확실하게 존재했다. 대학생이 되고 사회에 진출해 직장 생활을 하면서도 친구 관계는 그래도 유지되는 모습이었다.

그런데 하나 둘 결혼을 하며 상황이 조금 변했다. '골치 아픈 일이 있어 그러니 시간 좀 낼 수 있는가?' 전화하면 맨발로 뛰어오던 친구가 '집사람이 아파서' 또는 '아이가 아파서' '집사람과 약속이 있어' 등등 나보다 더 중요한 사정이 생겼다. 나도 결혼해 가정을 가지며 다른 친구들 역시 나에게 같은 마음을 가졌을 것으로 생각된다. 만나는 횟수도 차차 줄어들고 만나서 함께 있는 시간 역시 서서히 줄어드는 느낌이었다. 조금 더 시간이 지나면서 친구 부모님의 칠순 팔순 잔치 소식을 접하며 물리적으로 만나는 시간은 많아지는데 인사치레만 하고 돌아오는 일도 적지 않았다. 제법 넓은 것으로 생각했던 친구의 공간이 상상외로 작아지고 어떤 부류의 친구는 공간에서 이탈하는 경우도 있었다. 친구보다 가족이 중요하고 아이들이 자라다 보니 친구에게 신경을 쓸 겨를이 없었다.

시간은 자가 혼자 가는 것이 아니라 아버님과 어머님을 하늘로 데리고 올라갔다. 주변 가족의 수가 차차 줄어드는 시기가 있었다. 부모님 빈소에서 가장 애도를 표하는 사람은 친구들이다. 나 또한 친구 부모님 빈소에 가면 어릴 적 어머님이 주시던 밥 생각도 나고 술에 취해 들어가 '술상을 차려 달라!' 조를 때 웃는 낯으로 술상을 내주시던 어머님 모습도 아련했다. 아무리 바빠도 그런 것을 잊지는 못한다. 머리가 커지고 사회적 지위도 조금 높아지고 생활에 여유도 조금 생기면서 다시 옛날로 돌아가는 나를 발견할 수 있었다. 초등학교 동창 산행 모임이 있으면 따라가고 체육대회가 있는 날엔 운동화 끈 동여매고 축구나 족구도 한판 하곤 했다. 고등학교 동기들 모임이나 대학 동기들 모임에도 마찬가지이다. 지나고 보니 40-50대는 내가 내가 아닌 것으로 생각된다. 남이 나를 소유하고 있으니 내가 내가 아니라는 것이다. 그러하니 친구의 공간이 없어진 게 아니라 친구 공간을 누군가 막고 있었던 것이고 다시 공간이 보이면 하루아침에 옛날로 돌아갈 수 있었다.

선생님 말씀이 옳은 것이다. 부모님 말씀이 옳은 것이다. 그리고 내 마음이 끌리는 방향이 틀리지 않은 것이다. 60이 되어도 초등학교 친구는 초등학생의 모습이다. 중학교 친구는 중학생의 모습이다. 고등학교나 대학교 친구도 마찬가지이다. 친구란 이름으로 누군가 나를 생각하는 것만으로도 소중하다. 내가 누군가와 웃고 즐길 수 있는 것도 행복이다. 혼자 지내며 행복을 느끼고 홀로 밥과 술을 하며 피로를 푸는 것이 올바른 것인지 잘 모르겠다. 누군가와 어울릴 때 나를 볼 수 있고 누군가 함께 할 때 힘도 얻고 에너지도 생기는 것 아닐까 싶다. 누구나 마음을 내준 친구들이 여럿 있을 줄 안다. 정말 소중한 사람이다. 내가 손을 들면 손을 맞잡아 줄 사람이며 내가 소리치면 거기에 반향을 줄 사람이 바로 친구이다. 중년의 어려움이 지나면 모든 공간이 다시 펼쳐진다. 친구의 공간이 보이며 그 공간은 무척 넓다. 그리고 내 인생에서 친구의 무게 역시 가볍지 않은 것이다.

나이 들어 친구

막역하게 지낼 수 있어 좋은 친구, 때론 서운한 마음을 가질 때도 있지만 그래도 가장 소중한 자산 중 하나이다. 나이가 조금 들어 여유가 생기면 더더욱 친구의 존재가 힘을 발휘한다. 종교 활동을 하는 경우 같은 교회 다니는 사람, 같은 성장에 다니는 사람, 같은 절에 다니는 사람 등등 다 친구가 되어 만년(晩年)을 재미있게 보낼 수 있다. 같은 종교에 취미까지 같다면 금상첨화이다. 내 경우도 성당에 출석하며 같은 또래의 친구를 만들어 잘 지내고 있고, 여러 분의 선배님을 형님으로 부르며 식사, 음주, 운동을 함께 나누며 재미있게 보내고 있다.

그래도 친구는 어릴 적 친구가 최고라 생각된다. 어른이 되어 사귄 친구는 기본적으로 조심을 해야 하기 때문이다. 초등학교 동창처럼 생각되지 않고, 중고교를 함께 다닌 친구처럼 추억이 많은 것도 아니다. 이야기하는 범위도 한계가 있고 지켜야할 최소한의 예도 늘 갖추어야 하며 신경 쓸 일이 많기 때문이다. 저녁에 출출해 막걸리 한 잔하고 싶을 때 전화할 수 있는 곳, 고민거리가 있어 누구와 이야기하고 싶을 때 거리낌 없이 불러낼 수 있든 사람, 불쑥 찾아 들어 내 집인 양 떠들 수 있는 곳이 있다면 좋다. 아마 친구라면 이 모든 일들이 가능할 것으로 생각된다.

바쁘게 지내야 하는 30대, 40대 그리고 50대 초중반까지도 친구를 찾아 만날 시간적 여유도 없고 아이들이 한참 공부하고 대학에 가고 취업하고 결혼을 하니 친구와 공간을 만드는 것이 쉽지 않았다. 그런데 60대에 접어드니, 직업이 있는 친구도 시간적 여유를 만들 수 있고 직장을 떠난 친구들은 기본적으로 시간이 많으니 만남이 쉽다. 아무리 친구라지만 수십 년 뜸했는데 금방 재미를 느낄 수 있을까 생각했다. 그러나 어색함이 어린 시절로 돌아가는 데에는 불과 몇 분 걸리지 않았다. 친구 별명을 부르며 웃고, 선생님 별명을 부르며 다시 웃고, 수학여행 가서 장난치던 일 떠올리며 한바탕 웃고 나면 수십 년 세월의 갭은 한순간에 사라진다.

이후 만나는 횟수도 잦아지고 만나면 하는 일도 다양해진다. 차 한잔하며, 술 한잔하며, 당구를 치며, 등산을 하며, 볼링을 하며, 골프를 즐기기도 한다. 다리가 불편한 친구가 있으면 그 친구 빼고 등산한 뒤 내려와 막걸릿집으로 그를 불러내어 다시 완전체가 되기도 한다. '나를 두고 등산 갔다'며 삐치는 일도 없고 함께 등산한 사람보다 덜 좋을 일도 없다. 골프하는 친구도 마찬가지, 골프에 관심 있는 친구들끼리 운동을 즐기고 서울로 오면서 이리저리 전화해 시간 맞으면 소주 한잔할 수 있는 곳으로 집결한다. 여기서도 골프를 함께 하지 않아 덜 즐거운 사람은 아무도 없다.

내 마음이 네 마음이고 또 네 마음이 내 마음이니 얼굴엔 웃음만 가득하다. 무슨 이야기를 해도 재미있고 서로 건강을 챙기며 안부를 묻고 함께 지내면 더더욱 건강해질 것으로 생각된다. 장수를 위한 가장 중요한 비결이 '좋은 인간관계'라 했으니 어릴 때 친구와의 우정을 나누는 일은 가장 좋은 인간관계를 위한 비결일 것이다. 친구 집을 왕래하고 가족들과 인사하며 지내는 것도 좋은 일이다.

하지만 집의 안사람에게 수고를 끼치는 것보다 밖에서 외부활동을 하며 만남을 이어가는 것이 더욱 좋을 것으로 생각된다.

친구는 또 다른 나라고 생각 된다. 아무 생각 없이 모여 떠들다 보면 근심도 걱정도 모두 사라진다. 스트레스가 어떻게 생긴 것인지 모르게 된다. 즐거운 마음으로 집에 돌아오니 가정에도 더욱 충실하게 된다. 그런데 친구와 오랜 동안 정을 나누려면 무엇보다 먼저 내가 좋은 사람이 되어야 한다. 친구들이 만나고 싶어 하는 사람이 되어야 한다. 거짓 없이 살고, 세상 돌아가는 것도 알고, 남에게 손 벌리지 않을 만큼은 살아야 하고, 다른 사람을 비난하지 말아야 하며, 늘 편안한 모습으로 살아가야 한다. 그렇게 다짐해 본다. 나이 들어 좋은 친구를 만나는 것도 결코 쉬운 일은 아닌 모양이다.

온고이지신

책임을 회피하는 국가

　　사무사(思毌邪), 문자 그대로 해석하면 '생각에 아무런 사악함이 없다.'는 의미이다. 공자께서 시편의 시(詩) 300수를 읽고난 뒤 생각에 사악함이 없다고 말씀하신 것이다. 골라 쓴 시어(詩語)가 사악할 리 만무하고 사악함이 없는 시어가 사람들 마음에 내려앉을 때 그 감동은 이루 말할 수 없을 만큼 클 것이다. 어른들이 '책을 읽어라' 또는 '시를 읽어라' 하는 이유가 여기에 있을 터, 마음속 사악함을 없애고 본연의 자아를 찾게 되면 제 마음이 가는 방향이 곧 바른 길이 될 수 있기 때문이다.

　우리가 사는 세상은 사무사와 거리가 멀어 보인다. 정치인의 말 속에 국민에 대한 사랑이 결여되어 있고 나라의 앞날을 걱정하는 부분도 없어 보인다. 국정감사나 청문회를 보면 아무개의 꼬투리를 잡아 괴롭히는 것이 일상이고 남의 정당 결점을 속속들이 파헤쳐 곤란에 빠지게 만들어야 대접받는 모습이다. 정치인들, 특히 국회의원의 책무는 국민을 대신해 나라를 걱정하고 국민을 편하게 모실 수 있는 법을 제정하는 곳이다. 그런 일을 하라고 년간 1억 5,280만원의 세비를 지급하고 있고 세비의 원천은 다름 아닌 국민들 세금이다. 구역질 나는 정치 놀음에 국민들 세금이 허비된다고 생각하면 자다가도 벌떡 일어날 판이다.

관료들의 행동도 이해하기 어려운 부분이 많다. 이태원에서 아까운 생명 150이 하늘로 날았다. 아무리 생각해도 어처구니없는 일이고 그 어떤 후진국에서도 이런 참사의 기억이 없다. GDP 세계 10위의 선진국인 대한민국에서 골목길 인파 때문에 100명 훨씬 넘는 젊은이들이 압사했다는 소식은 아무리 생각해도 현실로 다가오질 않는다. 문제는 그 다음이다. 행안부, 경찰, 구청, 소방서 등 관(官)의 입장이 가관이다. 설사 경찰이 배치되었더라도 이 같은 사고는 막을 수 없다, 아무개의 보고를 삭제했다, 관용차가 대기되지 않아 출동이 늦었다 등등. 남의 나라 불구경하는 듯한 답변에 우선 놀랐고 매뉴얼이 없는 사건이라며 둘러대는 부분도 경악을 금할 수 없었다.

인파가 몰리는 곳엔 안전을 위해 경찰을 배치하는 것이 정상적인 조치이다. 윗사람 눈치 볼 일이 아니다. 메뉴얼을 찾을 일도 아니다. 주말인데 누가 일을 하나 하며 미룰 수 있는 것도 아니다. 젊은이들에게 '무슨 할로윈인가!' 탓하지 말고, 어른들이 책임 있는 행동을 한 뒤 꾸짖을 일이다. 이 관청과 저 관청 서로 책임을 떠넘기려는 행동은 어제오늘의 일이 아니다. 누구라도 앞장서 '내가 잘못한 것이니 내가 책임지겠다.'라고 발언하는 사람은 어디에도 없다. 세월호가 뒤집어져도, 멀쩡하던 공사장의 강판이 날아가도, 내리막 경사인 좁은 골목길에서 수많은 젊은이들이 죽어가도 책임지는 사람이 없는 대한민국이라면, 국민들은 무엇 때문에 세금을 내야하며 정부는 무엇이며 나라는 무엇이란 말인가?

얼마 전 일본을 여행하며 불편한 점이 있어 외국인의 입장에서 '이런 점이 불편하다'라고 어느 일본 노인에게 말했더니 '일본국 공무원이 알아서 한다. 우리는 공무원을 믿는다.'라고 말하는 것이다. 아무것도 아닌 것 같아도 대한민국 국민의 경우 누가 질문해 올 때 '대한민국 공무원이 알아서 한다. 그들은 늘 국민을 위해 일하는 사람이다.'라고 답변할 수 있을까 생각해본다. 사무사가 별것인까? 모두 제자리에서 자신의 일을 다 할 때 생각에 사악함이 없어지는 것 아닐까? 국민이 정치인에게 냉소적 눈길을 보내고 관료도 불신 가득한 마음을 안고 바라본다면 입법과 행정이 바로 설 리 없다. 국민이 정치인과 관료를 아무 사악함 없다고 느낄 때 좋은 결론을 얻을 수 있다. 그런 날을 기대해본다.

관계론

기소불욕 물시어인(己所不欲 勿施於人), 논어 위령공편에 나오는 구절이다. 한자어 그대로 풀면 '자기가 하기 싫은 일을 다른 사람에게도 시키지 말라'는 의미이다. 남에게 굽실거리는 것이 싫으면 남이 나에게 굽실거리지 않게 할 것이며, 내가 다른 사람에게 없는 이야기 조잘거리며 아첨하는 것이 싫으면 다른 사람도 내게 그리 못하도록 해야 한다. 입장을 바꾸어 생각하는 것보다 더 바람직한 결과를 낳게 될 것이란 뜻을 이 문장은 간직하고 있다.

'기소불욕 물시어인'의 마음은 공동생활할 때 금과옥조처럼 가져야 할 덕목이라 생각된다. 여럿이 함께 생활하면 남과 부딪히는 일도 많고, 보기 싫은 일도 있고, 귀찮은 부분도 많게 마련이다. 이때 내가 남에게 어찌하는 것이 좋을까 생각해보면 쉽다. 남이 나에게 이런 행동을 하는 게 싫다면 내가 남에게 그런 행동을 하지 않으면 된다. 다른 사람의 생각이 나와 크게 다르지 않을 것이므로 내가 싫은 것은 남도 싫어할 확률이 매우 높다. 따라서 내가 싫은 것을 남에게 강요하지 않는다면, 남이 내게 하는 말 중 듣기 싫은 말을 내가 남에게 하지 않으면 공동생활도 어렵지 않다.

이보다 쉬운 것도 없지만 실제 행동하려면 이보다 더 어려운 일도 없을 것이다. 좋은 것이든 나쁜 것이든 남에게 받은 만큼 되돌려 주고 싶은 것이 인지상정이다. 그런데 똑같이 되돌려 주면 상처가 더욱 커질 뿐 서로 괴로움을 간직하게 될 뿐이다. 누군가 남이 싫어하는 일을 하지 않으면 사태는 그만이다. 가시 있는 말을 하여 상처받은 사람이 상대방에게 고운 말을 하면 상대방이 오히려 머쓱하여 자신의 언행에 대해 반성하게 될 것이다.

북한에서 미사일을 발사할 때 우리도 그와 유사한 군사적 행위를 하면 계속하면 한반도에 긴장감만 더할 뿐이다. 우리가 북한의 미사일 발사와 같은 군사적 도발이 싫으면 우리는 그런 행동을 하지 않으면 된다. 홀로 발사하는 미사일의 행진은 곧 멈추게 될 것이다. 일본이 우리에게 상처 주는 말을 한다고 우리 역시 그들에게 상처를 주기 위해 안간힘을 쓸 때 두 나라 관계는 악화된다. 일본에서 무례한 말로 우리를 자극해도 그들의 그런 행동이 싫다면 우리는 그런 말을 하지 않는 것이 좋다. 점잖은 말로 올바른 자세로 대응하면 무례함을 제공한 일본만 난처한 입장에 서게 된다. 따라서 '기소불욕 물시어인'의 자세는 나와 남의 관계는 물론 나라와 나라의 관계에서도 매우 중요한 가르침이다.

세상이 빠르게 변화하면서 사람의 마음과 생각 역시 급속도로 달라진다. 남에게 무관심하고 내 것만 챙기려는 성향이 강해진다. 남이 나에게 무어라 하든 내 것만 찾아 먹으면 된다는 심정으로 보인다. 핸드폰의 기능이 다양해지니 이런 성향은 더더욱 가속된다. 어디로 이동할 때 남과 대화할 필요도 없고 업무를 할 때에도 화상으로 또는 가상 공간에서 대화를 나누면 그만이며 다른 사람의 입장이나 표정의 변화에 신경 쓸 필요가 없다. 그리고 승자독식의 사회인지라 일등만 살아남고 이등 이하 나머지는 모두 무의미한 존재로 전락하니 나 이외 남에게 눈길을 줄 여유조차 없다. 내가 늘 앞서간다면 나 혼자는 아무 문제가 없다. 하지만 원숭이도 나무에서 떨어지는 법, 내가 늘 남을 앞지른다는 보장은 없다. 주위를 둘러보아야 하는 이유이다. 내가 쳐질 때 나를 버리고 앞만 보고 달려가는 사람이 싫다면 최소한 자신은 그런 사람이 되지 않으려 노력하면 된다. 내가 싫은 것을 남에게 시키지 말라, 세상에 빛을 밝히는 말씀이다. 두고두고 새겨 간직할 말씀이다.

군자불기 (君子不器)

군자는 그릇이 아니다. 군자라면 모습이 정해진 그릇 같은 존재가 되지 말아야 한다는 말씀이다. 유교 가르침을 보면 최고의 경지에 이른, 즉 천인합일(天人合一)의 경지에 이른 사람을 성인(聖人)라고 한다. 공자님 말씀에 "성인은 만나보지 못했는데 군자라도 보았으면 한다."라는 구절이 있다. 따라서 군자는 성인의 경지에 오르지는 못했어도 유교적 덕목을 모두 갖춘 최고의 인격을 구비한 사람으로 생각할 수 있다. 군자란 농사에 능통한 사람, 천문에 능통한 사람, 연장제작에 능통한 사람을 의미하는 것은 아니다. 군자란 특정 분야의 장인(匠人)을 의미하는 것이 아니다. 군자란 모든 것을 아울러 사회 전체의 조화를 고려하고 걱정하고 조율하는 한 차원 높은 사람을 의미한다. 따라서 군자는 특정한 그릇, 즉 농사라는 그릇, 연장제작이라는 그릇, 천문이라는 그릇에 머물면 안 된다는 뜻으로 해석할 수 있다.

오늘날 지식인도 이와 같아야 하지 않을까? 지식인들은 정치학만 아는 사람, 경제학만 아는 사람, 행정학만 아는 사람으로 남으려 한다. 정치학에 경제학이 결여되고, 경제학에 정치가 결여되고, 정치와 경제에 행정이 결여된다. 모두 하나가 되어야 세상이 굴러가는데 굴러가는 동력 중 하나만 나의 전공으로 국한하면 세상을 다 바라볼 수 없다. 따라서 전체를 바라보는 식견을 가진 사람이 필요한 것이다. 그래야 어느 것이 부족한지 어느 부분이 과한지 파악할 수 있고, 부족하거나 과한 부분의 적절한 조절을 통해 앞으로 나가는 길을 찾는 데 도움이 될 수 있다. 올바른 지식인의 모습이다.

직장생활도 비슷할 것이다. 나는 영업만 안다. 나는 기획만 안다. 나는 생산라인만 안다 등등, 이런 형국이라면 영업, 기획, 생산이 합쳐 제대로 굴러가야 회사가 균형 있는 성장이 가능한데 내가 아는 하나만 고집한다면 바른 방향으로 가는지 살펴보기가 무척 어렵다. 영업과 기획 그리고 생산까지 다 아우르는 사람이 필요하다. 바쁜 세상에 하나만 아는 것도 힘든데 다 알다니, 핀잔을 들을 수 있다. 하지만 회사에서 군자(君子)가 되려면 모든 것을 총체적으로 바라볼 줄 아는 사람이어야 한다. 생산라인에 집중한 결과 외국바이어가 왔는데 '나는 모릅니다.'라는 자세로 있으면 제대로 될 리 없다. 영업하는 분야에서 SOS가 날아왔는데 빨리 대처하지 않고 '나는 영업을 모릅니다.'라는 자세를 취하면 그 회사는 망한다.

개인적으로 들어가도 마찬가지의 결론에 도달한다. 내 전공이 전자공학이라 판매는 모릅니다. 내 전공이 경제학이라 마케팅은 모릅니다. 나는 영문학을 전공해 영어 이외 아는 것이 없습니다. 과거에는 통용되는 논리였지만 이젠 그렇지 않다. 내 전공이 전자공학일지라도 입사 후 MBA과정을 수료하며 마케팅이나 생산에도 깊은 조예가 있는 사람이 되어야 한다. 전자공학만큼은 아니더라도 주변의 다른 분야를 한 눈으로 살펴볼 수 있는 혜안(慧眼)이 필요하다는 뜻이다. 전자공학만으로 내 전공을 국한시키면 나는 군자의 모습은 아니다. 경제학과를 졸업해 회사에 들어왔으니 생산이나 인사 조직은 알 필요가 없다고 생각하면 이역시 군자가 아니다. 군자는 전문가이면서 두로 통섭할 수 있는 능력을 갖춘 사람이다.

한 우물을 파, 한 분야라도 제대로 된 그릇이 되어야 살아남는다는 것이 옛날의 좌우명(座右銘)이었다면 지금은 한 분야의 전문가이며 다른 분야까지 통섭 가능한 인재를 필요로 한다. 그러므로 전공, 각종 회사 업무, 외국어 등의 능력을 고루 갖출 때 군자가 될 수 있다. 공부하는 사람들 사이에서도 소위 통섭(統攝)이란 이름으로 학문과 학문의 연계를 도모하고 있다. 경제학에 생물학을 얹어 연구 활동이 진행되고 사회학에 신경 과학을 가미하여 연구를 진행하기도 한다. 한곳에 함몰된 모습보다 큰 그림으로 바라보는 견해가 필요한 세상이기 때문이다.

세상의 모든 사람이 군자가 될 필요는 없다. 하지만 군자가 없으면 세상의 움직임이 원활하지 못하다. 전체를 바라보며 부분을 조율하는 지혜가 절실하게 필요하기 때문이다. 군자는 일정한 틀을 가진 그릇이 아니다. 그러나 자신의 노력에 따라 얼마든지 큰 인간으로 변모할 수 있다.

도덕률과 상생

자본주의사회는 이익(이윤)을 최우선으로 한다. 자본주의 창시자인 애덤 스미스(Smith, A.)가 『국부론』을 쓰기 전 『도덕감정론』이란 책을 저술했다. 그 책에서 동감, 관심, 연민 등을 언급하며 도덕적 기반을 먼저 다지는 것이 중요하다는 점을 강조했다. 따라서 자본주의는 도덕적 토대 위에 이윤 극대를 추구하는 시스템으로 해석되어야 한다. 최소한의 도덕률을 가지고 시장에서 자유롭게 활동해야 정상인 것이다. 공자의 말씀도 그런 모양이다. 견리사의(見利思義)라 하신다. 이익을 보면 의(義)를 먼저 생각하라는 것이다. 의롭지 못한 이익은 취하지 말라는 뜻이다. 말은 쉽지만 결코 만만하지 않을 듯하다.

자신의 이익을 위해 아이들 급식에 사용되는 재료에 부정한 화학 약품을 사용하는 사람이 있다. 유통기한이 지난 음식에 겉표지만 갈아치워 유통기한이 남은 것처럼 위장하는 사람도 있다. 계약서를 위조하여 남의 재산을 가로채는 사람도 있다. 유부남이 총각인 것처럼 속이고 남의 여자 신세를 망치는 사람도 있다. 남의 돈을 빌려가 자기 돈인 것처럼 사용하는 사람도 많이 있다. 여기에서 최소한의 도덕을 찾기란 불가능하다. 그런데 이런 일들이 가끔 있는 것이 아니라 늘 있다는 점이 문제이다. 의로움과 무관한 것들과 함께 살아야 하는 게 우리들 보통의 일상이다.

 부당하게 만들어진 이익은 내 몫이 아니다. 남을 아프게 하고 만든 이익 역시 내가 가지면 안 되는 것이다. 남을 속이고 취한 이득도 사실은 내 몫이 되어서 안 된다. 내가 마땅히 가져야할 것을 취하는 것이 도리이며 내 권력을 사용하여 남의 것을 가로채는 것은 더더구나 아니될 일이다. 국회의원 등 정치권에 있는 분들, 국세청 등 개인의 금전과 직결되는 곳에 근무하는 분들, 경찰이나 검찰 등 개인의 인신 구속과 관련된 분들이 부당한 일과 많이 결부된다. 국회의원이 어떤 법의 입법 과정에서 당사자의 돈을 받는 일, 국세청 관계자가 세금을 누락시키는 조건으로 금품을 수수하고 경찰이나 검찰이 죄가 있음에도 이를 눈감아주는 대가로 무엇을 받는 경우가 많았다. 이익을 앞에 두고 의를 생각했다면 행하지 말았어야 할 일이다. 하지만 이익 앞에 눈이 머는 모양이다.

 개인이든 기업이든 법을 제대로 지키고 올바른 방법으로 돈을 벌고 번 돈 중 일부를 사회를 위해 멋지게 사용하는 것도 도덕률과 관련이 있다. 기업이 설립 과정부터 법을 지키는 것은 당연한 일이다. 공장이 위치한 지역의 사람들을 근로자로 채용하는 것도 지역 사회에 도움을 주는 것이다. 지역 주민의 소득이 증가하면 그 지역은 발전을 거듭할 것이다. 여기서 만들어진 이윤을 다시 그 지역을 위해 사용하면 효과가 더욱 커진다. 초중등학교에 과학 장비를 설치하는 것, 지역 대학에 장학금을 기부하는 것, 지역의 어려운 주민을 위해 생활보조금 또는 장학금을 희사는 것 등등, 기업이 할 수 있는 일은 많다.

 지방의 A시에 위치한 기업이 해당 도시의 인력을 채용하지 않고 모든 근로자는 가까운 도시에서 출퇴근하면 해당 공장의 매연만 그 지역에 돌아올 뿐 아무런 이익이 없다. 이런 형태의 기업이 부지기수이며 이런 기업이라면 사회적 책임을 다하는 것이 아니다. 상생, 협력, 동반 성장 등의 말이 허사인 것이다. 상생과 협력은 그리 멀리 있는 것이 아니다. 주변을 돌아보면 내가 할 수 있는 일이 많다. 기업의 도움이 필요한 곳에 조그마한 도움을 주면 엄청난 모습으로 살아날 수 있는 개인이 많다. 회사는 이익을 도모하는 것이 최우선이다. 그러나 그 기저에 도덕이 자리 잡아야 하고 여기에서 나온 의로움의 판단 기준이 필요하다. 아무리 많은 부(富)나 이익이 있어도 의롭지 못한 일에 나선다면 이는 제대로 된 기업 또는 개인의 모습이 아니다.

어떤 집단이 가장 불필요한가

공자의 제자 자공(子貢)이 공자에게 정치의 요체가 무엇인가 묻자 공자께서 말씀하시기를 '족식(足食) 족병(足兵) 민신지의(民信之矣)'라고 하셨다. 정치는 식량을 풍족하게 하고 군사를 든든하게 유지하고 백성들로 하여금 믿게 만드는 것이라 가르치신 것이다. 요즈음 세상에 배를 곯아 문제가 되는 일은 없을 것이다. 하지만 아주 옛날에는 굶어 죽는 사람이 많았으니 충분한 양식을 거두는 것이 중요한 일임은 물론이다. 그리고 군사를 잘 정비하여 외적의 침입으로부터 나라를 방비하는 것이 중요하다는 부분도 두말할 나위가 없다.

마지막으로 백성이 지도자를 신뢰하는 부분이다. 대한민국의 경우 특히 중요한 일이 아닌가 생각된다. 백성이 특정 정당을 또는 대통령을 신뢰하지 않으면 당정이 힘을 합해 무슨 일을 하더라도 허공에 치이는 메아리일 뿐이다. 우선 먹어야 하고 나라를 지켜야한다. 그리고 지도자와 백성들 사이에 신뢰가 형성되어야 올바른 정치행위를 할 수 있다. 공자님께서 족식(足食), 족병(足兵), 민신지의(民信之矣) 세 가지가 치국삼요(治國三要), 즉 나라를 다스림에 있어 가장 중요한 요소라고 짚으셨던 것이다.

먹을 게 없는 곳에 백성이 존재할 수 없다. 먹을 게 있어도 군사가 없어 늘 다른 나라의 침공을 받아야 한다면 거기에 거주할 사람은 아무도 없다. 먹을 게 있고 군사가 지켜주어도 신뢰할 수 없는 지도자 및 지도층의 얼굴을 쳐다보며 사는 일은 지옥과 같을 것이다. 백성과 신뢰 관계를 유지하는 것, 어려운 일이라 생각할 수 있으나 어찌 보면 매우 쉬운 일이다. 문제는 지도자인데, 지도자가 늘 바르게 이야기하고 늘 나라를 생각하며 늘 백성을 바라보며 살면 된다. 거짓부렁을 늘어놓기 시작하면 끝이 없다.

거짓을 막기 위해 또 다른 거짓을 해야 하고 또 다른 거짓을 막기 위해 없는 일도 지어내야 한다. 따라서 바르게 이야기하면 혼날 일 있으면 혼나고 잘못된 일이 있으면 사과하고 다음을 모색할 수 있다. 당장 이 순간을 모면하기 위해 거짓으로 둘러대기 시작하면 '다음'이란 없다.

지도자는 언제나 나라를 먼저 생각해야 한다. 나를 위해 나라에 손실이 있어도 그 일을 감행하면 지도자의 모습이 아니다. 내가 손해 보는 일이 있어도 우선 나라를 먼저 생각하는 것이 도리이다. 국회의원이 자신의 세비(歲費) 인상에는 초당적으로 협력하면서, 예산안 처리에는 이런저런 이유로 결정을 미루어 국가에 손실을 끼치는 경우를 본다. 아름다운 모습은 아니다. 지도자는 늘 백성을 바라보며 살아야 한다.

국회의원은 자신의 지역구 구민을 우선 생각하고 구청장은 자신의 구 주민을 생각하면 일이 커질 수 없다. 대통령은 대한민국 국민을 염두에 두고 매사 일을 추진하면 잘못될 것이 없다. 대통령이란 사람이 모든 의사 결정에 있어 나의 이익, 내 소속 정당의 이익, 내 표, 내 이권 등을 머리에 떠올린다면 나라 일이 올바로 처리될 가능성이 낮아진다.

대통령을 신뢰할 수 있는가라는 질문에 10-20%만이 '그렇다.'라고 대답하면 그 나라의 일이 올바로 될 까닭이 없다. 우리 사회에 "어떤 집단이 가장 불필요한가?"라는 질문에 대부분의 사람이 '국회의원 집단'이라 답했다고 한다. 그런 국회의원이 만든 법이 국민의 신뢰를 받기는 어려울 것이다. 국민이 법을 의구심 가득한 눈으로 바라보면 나라가 제대로 설 수 없다. 어쩌다 이런 지경에 빠졌을까 생각해 보면 정치권의 사람 그리고 대통령이 거짓말을 했기 때문이다. 지키지 못할 약속을 했고 실제 이를 지키지 못했기 때문이다.

그러하니 그들의 입에서 나오는 이야기는 공약(空約)이란 인식이 강하게 자리 잡은 것이다. 우리가 지도자를 신뢰하지 못하면 지도자 그들만 불행한 것이 아니라 우리 국민들도 역시 불행한 것이다. 콩으로 된장을 만든다 하는데 이를 거짓으로 여긴다면 대화할 아무런 의미가 없는 것이기 때문이다. 신뢰가 중요하다는 점을 새삼 느끼게 된다. "백성이 믿지 않으면 정치 자체가 성립될 수 없다(民無信不立)."라는 말을 염두에 두어야 한다.

모르는 것은 모른다고 답하라

지지위지지 부지위부지(知之爲知之 不知爲不知), "아는 것을 안다고 하고 모르는 것은 모른다 하라."는 말이다. "이것이 바로 아는 것(是知也)"이란 공자님의 말씀이다. 아는 걸 안다고 말하고 모르는 걸 모른다고 하는 것이 무슨 대수일까 생각할지 모른다. 우리 주변에 대충 알면서 자신 있게 잘 안다고 말하는 사람이 많다. 뿐만 아니라 모르면서 안다고 대답하는 사람도 많이 있다. 잘 모르면서 또는 전혀 모르면서 잘 안다고 말하면 그 사람에게 물어 어떤 일을 할 때 결과가 어찌 될지 뻔한 일이다. 너무나 상식적인 일이 어려운 일인 양 글귀에 오르내려야 하니 참으로 이상하다. 아는 건 안다고 하고 모르는 건 모른다고 하는 것이 보통 사람의 마음과 행동이기 때문이다.

우리 사회에 많은 전문가가 있다. 특정 분야의 전문가는 다른 사람에 비해 많이 알고 있다. 당연히 많이 알고 있어야 한다. 대충 알면서 많이 아는 것처럼 말하고 행동하면 낭패이다. 본인도 힘들지만 다른 사람의 피해는 상상 외로 크다. 돈 버는 방법이 여러 가지지만 정확한 정보만 있다면 부동산 구입을 통해 돈 버는 것이 쉬운 방법이다. 어느 지역이 공단으로 편입된다. 어느 지역에 아파트단지가 건설된다. 어떤 지역에 큰 도로가 건설될 예정이라 주변 땅을 구입하면 좋다. 등등 보통 사람이 접하기 어려운 정보가 있다. 이런 경우 소위 권력층의 안내가 필요하며 실제 그들의 조언을 듣고 투자하여 돈을 많이 번 사람도 있다.

보통 사람들은 부동산 전문가의 조언에 따라 투자하는 경우가 많다. 누구나 아는 정보를 활용하여 분석하고 새로운 결론을 도출하는 것이 그들의 몫이다. 지금은 나대지에 불과한 아무개 지역에 전철이 연장되고 그린벨트가 해제되면 인구 유입이 있을 것이므로 이곳에 자그마한 건물을 짓는 것이 유리하다는 분석이 있다고 하자. 어느 지역까지 전철이 연장된다는 정보는 거의 공공재이다. 그리고 녹지(그린벨트)에서 해제되어 자유롭게 건축이 가능하다는 것도 지주(地主)의 염원이므로 이 또한 약간의 관심만 있으면 다 알 수 있는 일이다. 그런데 무슨 이유로 인구가 많이 유입될 것이며 어느 곳을 중심으로 상권이 형성되니 어떤 형태의 건물이 투자대상으로 적절하다 등의 이야기는 심층 분석이 뒤따라야 한다. 이런 전문가의 분석 결과를 믿고 투자하여 많은 돈을 번 사람도 있다.

하지만 공표되지 않은 정보인데 자기만 아는 것처럼 사탕발림하는 사이비 전문가도 있다. 인구 유입 규모를 과도하게 부풀려 제법 큰 건물을 짓고 들어올 사람만 기다리다 임대조차 못하고 낭패를 본 사람도 많이 있다. 지인 중에 상가 건물만 완공되면 월세 2,000만 원을 받을 수 있다며 은행에서 수십억 원의 대출을 받아 건물을 지어 빚만 잔뜩 안고 주저앉은 사람도 있다. 자기 욕심의 소산이겠지만 이들이 이런 무모한 행동을 한 이유는 소위 전문가의 조언을 듣고 그대로 믿었기 때문이다. 전문가라는 분들을 만나 컨설팅을 받는 것도 상당한 수수료를 내야 한다고 들었다. 유익한 분석 결과를 제공하고 많은 돈을 받는다면 마땅히 그럴 만한 가치가 있다. 하지만 수수료를 위해 없는 정보를 만들어 잠재적 투자자를 유인한다면 이는 사회적으로 악덕(惡德)에 불과하다.

전문 지식도 마찬가지이다. 잘 모르는 것이 있을 때 공부를 많이 한 사람에게 물어 해결하는 경우가 다반사이다. 공부를 많이 해서 남들보다 빨리 해결할 수도 있지만 많은 공부에도 불구하고 실마리를 찾지 못하는 경우도 허다하다. 그런데 지식이 짧은 사람이 공부를 많이 한 전문가로 보이는 사람에게 여쭈었을 때 "나도 불분명하지만 이런 것으로 추정된다." 정도로 이야기하면 거기에서 다시 고민을 하게 된다. 그런데 분명하지 않은 것을 분명한 것처럼 단정하면 그 뒤의 모든 것은 다 허사가 될 수 있다. 오래된 일이지만 모 박사께서 없는 줄기세포를 마치 있는 것처럼 조작하여 큰 문제가 된 경험이 있다.

제대로 아는 것이란 어려운 게 아니다. 잘 알고 있을 때 '알고 있습니다.'라고 대답하면 된다. 모르는 일에 대해서는 '저도 모릅니다.'라고 말하면 된다. 모르면서 안다고 하면 본인뿐 아니라 타인도 낭패를 볼 수 있다. 반대로 알면서 모른다고 하는 것도 크나큰 실례가 아닐 수 없다. 이렇게 쉬운 일에 집중하지 않아야 좋은 사회이다. 서로 담백하게 이야기를 나눌 수 있어야 밝은 사회가 만들어 진다.

덕은 외롭지 않다

덕불고 필유린(德不孤 必有隣), 한자어 그대로 해석하면 '덕은 외롭지 않다. 반드시 이웃이 있다.'라는 뜻이다. 덕(德)의 사전적 의미는 도덕적, 윤리적 이상을 실현해나가는 인격적 능력, 공정하고 남을 넓게 이해하고 받아들이는 마음이나 행동, 베풀어준 은혜나 도움 등이다. 현실적으로 받아들이기 쉬운 의미는 마지막에 있는 '베풀어준 은혜나 도움'이다. 남에게 은혜를 베풀고 도움을 준다는 것은 말처럼 쉬운 일이 아니다. 바쁜 세상, 자기 혼자 살아가기도 힘들다. 제 밥그릇 챙기는 것도 큰 일이라 남을 바라볼 여유도 없고 남의 사정에 관심을 두기도 어렵다. 하지만 알게 모르게 남을 생각하고 그들에게 무엇을 베푸는 사람이 있다.

남에게 은혜를 베푸는 사람은 시끄럽지 않다. 누구에게 이야기하고 사전에 포고하고 남을 돕는 것은 아니기 때문이다. 아무개 기업이 성탄을 앞두고 불우이웃에게 무엇을 주었다. 어떤 단체에서 추운 겨울이 두려운 빈민촌에 연탄 수천 장을 무료로 지급하였다 등등 뉴스에 시끄럽게 등장하는 소식도 있다. 하지만 이웃에 덕을 베푸는 사람은 내가 누구에게 무엇을 '베풀었습니다.'라고 이야기하지 않는다. 소리 없이 다가가 그들이 필요한 것을 도와주고, 꼭 물질적인 것이 아니더라도 어려운 사람의 손과 발이 되어 자신의 몸을 바치는 사례도 많이 있다. 어떤 이는 내가 번 돈이 전부 내 몫은 아닙니다. 주변의 도움으로 내가 이만큼 벌었기에 나도 남을 위해 베푸는 것은 '당연합니다.'라고 말하는 사람도 있다. 세상이 살맛 나는 이유이다.

보통 사람들은 내가 살고 여유 있을 때 남을 돕는다고 생각한다. 내게 필요한 지출을 줄이고 남을 위해 사용한다는 것은 어렵기 때문이다. 그런데 덕을 베푸는 사람 중 넉넉하지 않은 사람도 많다. 자신을 위해 써도 모자랄 것 같은 소득인데 그것을 쪼개어 봉사하는 데 사용한다. 고개가 숙여지는 부분이다. 요즈음 같은 세상 내 만족을 추구하려 들면 아무리 많은 돈이라도 부족하다.

주변에 적지 않은 급여인데 전전긍긍하며 사는 사람이 있다. 이유를 물어보면 값비싼 스포츠카를 구입해 그 월부금으로 수백만 원을 납입하기 때문이란다. 빚을 얻어 명품을 구입하고 빚을 상환할 즈음 또 다른 명품구입을 위해 가진 돈 모두 쓰고 어렵게 살아간다는 사람도 있다. 자신의 욕구를 채우기 위해 눈을 부릅

뜨면 아무리 많은 돈이 있어도 부족하기 마련이다. 남에게 베푸는 사람은 꼭 필요한 것 이외에는 지출하지 않는다. 남을 위해 소리 없이 지출한다. 그들은 마음과 현실 모두 넉넉하다. 그들을 아름답게 만드는 것은 물리적 여유보다 심리적 여유일 듯하다. 내가 가졌기 흐뭇한 것이 아니라 남에게 무언가 주었기에 흐뭇한 마음이니 천사(天使)와 다름없다.

소리 없이 봉사와 사랑을 주고 살지만 하나둘 입으로 소식이 전해지면 주변에서 알게 된다. 사람들은 그에게 박수를 보낸다. 나도 그렇게 하고 싶은데 못하고 있으니 더더구나 아낌없는 찬사를 보낸다. 그들에게 무슨 일이 있으면 소리 없는 박수를 보내고 마음속으로나마 잘 되기를 기원한다. 그들 자녀가 결혼을 한다고 하면 없는 시간 쪼개서라도 참석하고 싶고 그들에게 슬픈 일이 있을 땐 달려가 위로해주고 싶다.

사람 마음이 다 비슷비슷하니 그들 곁에는 항상 사람이 많다. 좋은 일이면 함께 웃는 사람이 있고 나쁜 일이 있어도 같이 슬픔을 나누려 참여하는 사람이 많이 있다. 그들은 외로울 틈이 없다. 정말 주는 대로 받는 모양이다. 내 욕심이나 채우고 남의 일에는 무관심한 사람에게 뛰어가 같이 하고 싶은 사람은 드물다. 아무개의 권력 때문에 잠시 그의 곁에 사람이 있어 보이지만 '권불십년(權不十年)'이란 말이 있듯 잠시 후 사라지는 권력과 함께 그 옆의 사람도 소리 없이 떨어져 나간다. 세월을 탓하고 남을 원망하며 살겠지만 그들이 외로운 원인은 모두 그들이 지은 것이다.

어렵고 힘든 세상, 누구라도 함께 손을 맞잡고 나아가면 힘들지 않으리라. 남에게 베푼 덕은 내게 웃음으로 되돌아오고 사랑으로 익어 들어온다. 밝은 세상, 살맛 나는 세상은 우리 마음에 달려있다. 덕은 결코 외로움을 낳지 않는다. 반드시 이웃을 만들어 내게 되돌려주기 때문이다.

낮은 데로 임하소서

상선약수(上善若水), 노자(老子) 도덕경에 나오는 무위(無爲)의 삶을 가장 잘 표현하는 말이다. 최고의 선(善)은 물과 같다는 말이다. 물은 남과 다투지 않고 늘 낮은 곳으로 흘러든다. 남과 다투지 않으니 소모가 없고 만물의 양식을 제공하니 모두를 이롭게 하는 것이며 이렇게 소중함에도 늘 아래로 흘러드니 겸허함의 대명사이다.

무위란 '아무 일도 하지 않는다.'는 의미가 아니다. 무위란 유위의 반대개념이다. 즉 인위적으로 무언가 만들려는 것이 유위(有爲)라면 무위란 있는 그대로 스스로 그러하듯 내버려 두어 세상의 질서를 잡아간다는 것이다. 무엇이든 억지로 하려하면 처음엔 성과가 있어 보인다. 그런데 시간이 지나면 본색이 드러나는 법, 서서히 능률이 낮아지고 본연의 모습이 드러난다. 처음 그대로의 상태로 되돌아갈 뿐이다. 하지만 인위적 힘을 가하지 않고 생긴 그대로를 존중하면 그들이 유기적으로 결합하며 새롭고 유익한 무엇인가로 거듭날 수 있다.

높은 곳 어디에선가 시작된 물은 낮은 곳을 찾아 늘 아래로 흘러든다. 아래는 처음보다 많은 물이 있고 많은 물은 식수와 농업 용수로 사용되며 사람을 이롭게 한다. 세상의 모든 동식물에게 유익함을 베푸는 것이다. 아래로 흐르면서 물은 누구와도 다투지 않는다. 세상의 욕심과 무관하다. 누군가 더럽히지 않으면 청정함도 그대로 간직하며 살아가는 게 물이다. 사람도 그러하면 최고의 선과 같다. 능력 있는 사람이 앞서고 그렇지 못한 사람은 뒤에 서고, 서로 밀고 당기며 앞으로 나아가면 세상도 밝아지고 사회도 풍족해진다. 능력 있는 사람도 풍성함 앞에 뒤에서 밀어준 사람에게 감사하고, 뒤에서 밀어준 사람은 앞에서 이끌어준 사람에게 감사하는 것이 물이 가르치는 도리일 것이다. 한없이 낮아질 때 감사와 풍성함은 더할 것이니 최고의 선이 물과 다를 수 없다.

여기에 유위가 개입되면 상황은 달라진다. 흐르는 물줄기를 어설피 막아두면 물은 성을 낸다. 아래로 흐르는 대신 위를 타고 넘는다. 위를 타고 넘은 물은 세차게 아래를 때린다. 아래에 있던 생물은 세찬 물의 주먹 앞에 초주검이 된다. 아래로 가는 물의 흐름을 잘못 파악하여 물이 옆으로 새기 시작하면 쌓인 둑이 터진다. 둑이 터지면 평평하던 세상은 물바다로 변한다. 물바다 속에는 사람도 동물도 예외 없이 죽음으로 향하게 된다. 유위로 인해 물이 최고의 선이 아니라 최고의 악으로 돌변할 수 있음에 유의해야 한다.

세상도 마찬가지이다. 능력 있는 사람이 중용되지 못해 바닥에 있고, 능력 없는 사람이 앞에서 이끌면 사회가 가는 방향이 풍성함과 거리가 멀다. 뒤에서 미는 사람도 힘이 없고 어디로 가야할지 모르면서 앞에서 이끄는 사람도 힘에 부치게 된다. 서로가 서로를 탓하게 된다. 제자리가 그만큼 중요하다. 앞에서 이끌어야 할 사람이 앞서야 하며 뒤에서 밀어야 할 사람은 반드시 뒤에 있어야 한다. 순서가 바뀌고 차례가 뒤집어지면 세상은 엉망진창이 된다. 진심으로 밝은 세상을 위해 촛불 들고 밖으로 나오는 사람이 많으면 세상은 촛불처럼 환해진다. 하지만 누군가 선동하여 촛불이 등장한다면 그 촛불은 세상을 불태우게 된다. 세상의 진리는 참으로 단순한 셈이다. 흘러가야 할 곳으로 흘러가게 두면 된다. 그러면 알아서 아래로 낮은 곳으로 그리고 꼭 필요한 곳으로 흘러들게 되어있다.

정치에 가장 중요한 것이 민심이다. 민심을 제대로 파악하는 것이 정치인의 임무이다. 앞에서 끄는 정치인이 뒤에서 미는 사람의 마음을 읽지 못하면 아무리 당겨도 뒤에서 밀어주는 힘이 없다. 하지만 민심을 알고 그들이 원하는 방향으로 동선을 잡으면 당기는 즉시 앞으로 쑤욱 나가게 마련이다. 기업도 마찬가지이다. 종업원이 밀어주어야 회사가 앞으로 쭉쭉 나갈 수 있다. 하지만 사장이 사원의 마음을 읽지 못해 독선과 엄벌로 아랫사람을 다스리면 회사의 움직임이 효율성과 동떨어지기 마련이다. 어린이 교육도 마찬가지이다. 그들에게 채찍을 들고 가르치기보다 그들의 눈높이에 맞추어 가야 할 방향을 잡아주면 물 흐르듯 큰 곳으로 나가게 될 것이다. 세상의 모든 것이 물과 같아야 우리 사회가 밝아진다. 물은 우리에게 다투지 말고 겸허하라고 가르치기 때문이다.

구름없이 비는 안온다

밀운불우(密雲不雨), 구름은 잔뜩 있는데 비가 내리지 않는다는 말로 언제인가 《교수신문》에서 특정 연도를 대변하는 사자성어로 뽑은 기억이 있다. 대한민국은 주변의 중국, 러시아, 일본, 북한 등에 신경 써야 하고 멀리 미국의 눈치도 무시할 수 없다. 한반도정세는 늘 심각하다. 미국의 이자율인상, 환율변동 등 경제문제 역시 생각처럼 해결되지 않아 답답한 마음(상황)을 밀운불우란 말로 대신한 것이다. 밀운불우, 말 그대로 구름은 빽빽한데 비가 내리지 않는다는 의미이다. 다른 한편으로 보면 주변의 모든 것이 완벽해 보이는데 막상 일이 성사되지 않는 경우에 어울리는 말이다.

모든 게 나의 의지대로 된다면 밀운(密雲)인데 불우(不雨)일 까닭이 없다. 나랏일도 마찬가지, 우리 일만 하면 그만인 상황인 경우 밀운에 반드시 비가 내리는 법이다. 그런데 사람의 일도 나 이외에 다른 요소가 작용하고, 나랏일에도 대한민국 정부가 하는 일뿐 아니라 다른 나라와의 관계도 중요하니 우리끼리 실컷 구름을 만들어 놓아도 정작 비가 터지지 않는 경우가 있다. 예상대로 비가 내리는 경우보다 비가 제때 내리지 않는 경우가 더 많을지 모르겠다. 그만큼 국제 정세가 우리에게 민감한 영향을 미치고 북한과 마주보고 사는 입장이라 더욱 더 다른 나라의 입김과 관심이 집중되기 때문이다.

개인의 일도 마찬가지일 것이다. 나 혼자 열심히 노력하고 준비해도 일이 성사되지 않는 경우가 허다하다. 나 혼자만 사는 세상이 아니기 때문이다. 거래 상대방의 사정에 따라 바뀌고 협상 파트너의 입장에 따라 변화하는 경우도 있고 나는 완벽한데 믿었던 친구나 가족의 비협조로 의도한 성과를 거두지 못하는 경우도 많다. 외적 여건이 다 갖추어진 상태이고 비를 유도하는 염력(念力)을 사용해도 비가 외면하면 할 수 없는 일이다. 운칠기삼(運七技三)이란 말이 생각난다. 아무리 노력해도 일이 이루어지지 않거나 노력을 들이지 않았음에도 운 좋게 어떤 일이 성사되는 경우도 있다. 인간의 노력만으로 이루어지지 않는 것이라며 체념적으로 받아들이고 싶은 생각은 없다. 그만큼 일의 성사가 어렵다는 의미이다.

불우(不雨)의 상황은 우리가 만든 것이 아니다. 빽빽한 구름 사이에 눈에 잘 보이지 않는 빛이 있어 구름의 역할에 훼방을 놓는 경우도 있다. 먹구름 가득해 보여도 먹구름 가운데 구멍을 송송 뚫어 놓는 경우도 없지 않다. 아마도 주범은 국제 정세일 것이다. 북한의 입장도 무시할 수 없다. 중국이 미국과 대결구도로 가면 어디에 노골적으로 편들기 어렵다. 우리는 미국에도 상품을 팔아야 하고 중국에도 많이 팔아야 한다. 이쪽으로 기울면 저쪽에서 딴죽 걸고 저쪽으로 기울려 하면 이쪽에서 관세 부과 등으로 곤란에 빠뜨린다. 미국이 북한과 대립각을 세우면 총구가 우리를 향한다. 위기가 느껴지고 외국의 바이어(buyer)나 상인들도 불안하기는 마찬가지이다. 따라서 성사될 일도 안 될 가능성이 커지는 것이다.

구름은 가득하고 계속 모여드는데 비가 내리지 않으면 정말 답답한 상황이다. 농사짓는 분들에게는 고문과 다름없다. 다른 일을 하는 사람도 자주 밀운불우의 상황과 부딪히게 된다. 답답한 마음을 토로하고 갖은 이유로도 설명이 안 되는, 전후좌우가 모두 막힌 상황에서 벗어나야 하지만 내가 지은 일이 아니니 내가 풀 수 없음에 난감하다. 구름이 가득 몰려들 때 날씨는 후덥지근하다. 시원하게 빗줄기가 쏟아지면 후덥지근함이 날아가며 상쾌한데, 구름만 있고 비가 없다면 그 괴로움은 짐작하고도 남는다. 하지만 어려움 끝에 비가 쏟아지면 모든 괴로움이 다 날아가고 무엇과 바꿀 수 없는 청량감을 맛볼 수 있다. 비 내리는 날을 기다리며 하루하루 견디는 것이 우리의 몫일 게다.

구름을 모이게 하는 일도 쉬운 일 아니다. 그런데 우리가 할 수 있는 것은 여기까지이다. 여기저기 흩어져있는 구름을 한곳으로 모아 우리가 염원하던 바를 이루려한다. 구름을 모으기 위해 지식, 주변 정보, 인맥, 학맥 등 모든 것을 다 동원한다. 그럼에도 불구하고 생각지 못했던 곳에서 일이 틀어지는 경우가 다반사이다. 나라의 일도 마찬가지일 것이다. 밀운에 성공했다고 바로 비가 뿌리는 것은 아니다. 그래도 밀운 없이 비는 절대 기대할 수 없다.

삶의 지름길

각곡유목(刻鵠類鶩), 어려운 한자어가 있으니 한자식 따져보면 다음과 같다. 새길 각(刻), 고니 곡(鵠), 무리 류(類), 집오리 목(鶩)이다. 한자어 그대로 풀면 고니를 새기려 하다 실패해도 집오리와 비슷하게 된다는 뜻이다. 조금 그럴듯하게 해석하면 성현의 글을 배움에 있어 그것을 완전하게 이해하지 못해도 최소한 선인(善人)은 될 수 있다는 말이다. 학생들에게 사용하면 열심히 학업에 정진하면 생각한 것 모두 이루지는 못해도 최소한 어느 정도 성과를 거둘 수 있다는 의미이다.

부모님께서 가르칠 때 '모든 일을 대충대충하거라!' 말씀하시지 않는다. 늘 최선을 다하라 하신다. 열심히 공부하고 열심히 노력하고 열심히 저축하고 사회생활 역시 열심히 하라고 말씀하신다. 자기 자식에게 훌륭한 사람이 되라는 심정으로 그리하실 것이다. 모든 부모가 같은 마음이므로 결과적으로 모든 자식이다 훌륭한 성과를 거두어야 옳다. 그러나 사회적 성취를 보면 실망하실 부모님이 많으시다. 그런데 열심히 했으니 그 정도이지 만약 열심히 하지 않았다면 손에 쥐는 것이 아무 것도 없을 수 있다.

같은 고등학교에서 같은 노력을 해도 입학하는 대학이 모두 동일한 것은 아니다. 같은 대학교에 입학해 똑같이 열심히 공부해도 사회에 나가 모두 같은 정도의 성취를 하는 것은 아니다. 대기업에 취업하는 사람, 고시에 합격하여 공직에 진출하는 사람, 사업가로 발을 들여 일하는 사람 등 다양하다. 같은 대기업에 들어가도 10년, 20년이 지나면 그들의 모습은 제각각이다. 여전히 부장자리에 있는 사람, 임원이 된 사람, 일찍이 퇴직해 아웃된 사람 등등 제각각이다. 모두 열심히 일했으니 부장까지 올라간 것이다. 최선을 다해 노력했기에 임원이 된 것이다.

고시에 합격해 공직의 길로 간 경우도 마찬가지이다. 10-20년 뒤 고위공직자가 된 사람, 서기관 직위에 머물러 있는 사람, 중도에 탈락하여 야인으로 돌아간 사람 등등 여러 가지이다. 최선을 다해 노력했기에 서기관이 된 것이며 내 생활 없이 열심히 뛰었기에 고위공직자가 된 것이다. 결국 무엇이 되려 해도 우리는 최선을 다해야 한다. 고위 공직자를 바라보며 최선을 다했기에 서기관이라도 된 것이다. 장관을 꿈꾸며 열심히 일했기에 고위 공직의 자리에 올라갈 수 있었던 곳이다. 민간회사도 마찬가지, CEO로 거듭나기 위해 나를 갈고 닦았기에 부장이나 임원의 길로 들어설 수 있었을 게다.

대기업에 입사해, 여기 들어왔으니 "이제 나는 놀아야겠다!" 생각하는 사람은 없다. 고시에 합격해 사무관으로 임관한 뒤 "내 꿈을 이루었으니 아무렇게나 살아야겠다!" 생각하는 사람 역시 없다. 어디에서 출발하든 모두가 한마음이다. 최고의 자리에 오르기 위해 열심히 노력할 것이기 때문이다. 하지만 사람마다 생각과 다른 현실 앞에 딜레마 상황을 맞게 된다. 잘 극복하고 나서면 더 올라갈 수 있고 최선을 다했음에도 암초에 부딪히면 거기서 멈추어야 한다. 최선을 다했다면 웃는 모습으로 멈출 수 있다. 그리고 다른 길을 찾아 여유있게 여행할 마음의 준비도 하게 된다.

성현의 말씀에 눈을 주지 않으면 아무것도 이루지 못한다. 성현의 말씀에 매달리고 깨치려 노력하면 '고니'수준으로 갈 수 있다. 설사 내 능력과 운이 조금 모자라 고니가 될 수 없더라도 최소한 '집오리'의 모습으로 남을 수 있다. 고니를 꿈꾸다 집오리가 되느니 "성현 곁에 접근도 않겠다." 마음 먹으면 아무 것도 될 수 없다. 그렇다면 우리가 택할 길은 자명하다. 고니가 되기 위해 최선을 다하는 것이다.

진인사대천명(盡人事待天命)이란 말이 있다. 모름지기 사람이란 자신의 일에 최선을 다해야 한다. 이후 하늘의 명을 기다리는 것이 도리이다. 주변에 금수저들은 쉽게 이루는 것처럼 보인다. 운이 좋아 금방 되는 것처럼 보인다. 성격이 급해지고 갈수록 일확천금만 생각한다. 숨이 짧아지므로 최선을 다하지 못하고 헉헉거린다. 낭떠러지로 가는 첩경이다. 집오리라도 되려면 고니가 되기 위한 필사적 노력이 수반되어야 한다.

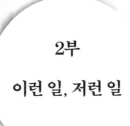

2부

이런 일, 저런 일

홀아비의 먹거리

홀로 지내는 사람이 많다. 젊은 사람 중 결혼하지 않은 경우가 많고, 결혼했으나 얼마 안 있어 가정파탄이 난 경우도 많다. 젊어 혼자이면 보기에 나쁘지 않은데 나이 들어 혼자이면 측은해 보인다. 혼자된 중년여성을 보면 활달하고 자유스러워 보이는데 중년의 남성이 혼자인 경우 가장 측은해 보인다. 요즘 세상에 중년은 65세 넘어야 한다는 말도 있으나 예순 가까이 되거나 조금 지난 경우 중년이라 하면 어떨는지? 아이들 다 컸고 따라서 결혼해 나갔거나 따로 독립해 사는 경우 홀로된 중년은 혼자 지낼 수밖에 없다. 중년의 여인은 희희낙락(喜喜樂樂)하지만 남자들은 며칠 못 간다. 밥 차려먹기도 힘들고 천지에 식당이니 '사먹으면 되지' 하는데 하루 이틀 아니고 늘 사 먹는 경우 한 끼 때우는 것이 힘들다.

홀아비의 3대 먹거리가 빵, 막걸리, 우유라고 한다. 빵을 먹는다는 것은 대충 때운다는 의미이다. 지금 홀아비의 심정은 조금 알 듯한데, 매 끼니 제대로 밥상을 차려도 입맛이 있을까 말까인데 어두운 집에 들어가 그것도 혼자 밥을 먹으려니 마땅할 리가 없다. 그러하니 동네 걸어 나가 빵집에 들러 식빵이나 단팥빵으로 한 끼를 대신하려 하는 것이다. 여러 개를 먹어도 속이 헛헛하고 배가 불룩해도 마음의 배는 부르지 않을 터이다. 반찬은 많지 않아도 식구들끼리 식탁에 둘러앉아 먹는 것이 좋다고 느낄 것이다. 빵을 입에 넣으며 이런저런 생각을 하면 목구멍으로 넘어가는 빵이 눈물이 될지도 모르겠다.

우유도 빵과 같은 맥락으로 생각된다. 가볍게 마시며 요기할 수 있는 것이기 때문이다. 홀아비 생각에 뼈 건강에 도움이 되고 우리가 알고 있는 '완전' 식품인지라 반드시 우유를 마셔야한다고 생각하는 분도 많을 듯하다. 특히 빵과 함께 먹으면 제격이니 빵으로 끼니를 때우는 사람이 즐겨 찾는 음식일 것으로 생각된다. 지금 홀아비 또래가 한 끼니 대용으로 우유를 찾지는 않을 것이다. 제대로 차리기 싫고 제대로 된 밥상을 위해 시간을 투입할 생각도 없고 제대로 차리는 방법도 모르는 사람이니 우유 한 컵에 빵 한 조각이 선택될 것이다. 여하튼 홀아비 먹거리에 우유와 빵이 오르내리는 것은 당연하다. 홀아비가 되면 누구든 그리할 것으로 여겨진다.

홀아비의 마지막 먹거리는 막걸리이다. 막걸리는 오래된 농주(農酒)로 우리 역사와 함께 했다. 땀 흘려 일할 때 제일 먼저 찾는 것이 막걸리이다. 속이 허하고 출출할 때 김치 한 보시기에 막걸리 한 사발이면 족하다. 막걸리 안주는 고급일 필요가 없다. 고기를 구워야 하는 것도 아니고 값비싼 생선을 필요로 하는 것도 아니다. 김치 아니면 장아찌 또는 아무 밥반찬이라도 무방하다. 시간이 지나 바닥에 침전물이 쌓이면 손가락으로 휘휘 저어 다시 훌쩍 마시는 것이 막걸리이다. 동네 슈퍼마켓서 구입하면 한 병에 1천 원 남짓이다. 1천 원으로 얻는 행복에 막걸리보다 더 큰 것은 없을 듯하다.

나라와 나라 사이, 집안과 집안 사이, 개인과 개인 사이, 부부 사이에 갈등이란 단어가 늘 따라 다닌다. 한국이 일본과 겪는 갈등, 많은 사람을 피곤하게 한다. 아이 결혼시키며 생기는 사돈댁과 화목하게 지내면 좋으련만 이런저런 일로 티격태격하다 갈등이 생긴다. 자식보기 민망하고 어른으로 체면도 말이 아니다. 사람들끼리 겪는 갈등도 상당히 많다. 부부지간도 예외가 아닌지라 많은 일로 부딪히고 갈등이 생기게 마련이다. 그런 갈등을 피하려는 노력이 필요하고 그런 과정에 더욱 더 정이 싹트고 부부애 역시 깊어간다.

그런데 최근에는 젊은 친구들이 약간의 갈등으로 갈라서는 일이 많다고 한다. 젊은이뿐 아니라 나이 들어 하는 황혼 이혼이란 이름의 헤어짐도 적지 않다고 한다. 그러하니 홀로 가정이 많고 유독 홀아비의 살림에 눈길이 간다. 어깨 축 처지고 얼굴에 생기라곤 하나도 없는 분들이 많이 보인다. 식사라도 제대로 하면 좋으련만 그게 쉬운 일이 아니니 걱정이다.

부모가 자식을 부양해야 하는가?

　　　　　동물이든 사람이든 부모가 자식을 부양하는 것은
인지상정(人之常情)이다. 그러나 일정 나이가 되면 자식이 부모 둥지를 떠난다. 미
국 아이들은 고등학교 졸업하며 홀로서기를 시작한다. 차분하게 대학을 다니든
직장생활을 하며 살든 아니면 개망나니처럼 살든 이들은 부모에게 의존하는 일
은 거의 없다. 그런 생각조차 하지 않는다. 대학에 다니는 아이가 융자를 받아
등록금 및 생활비를 충당하고 대학 졸업 뒤 스스로 돈을 벌면 매년 조금씩 갚아
나가는 방식을 택한다. 우리나라는 대학생이 독립된 생활을 하며 더더구나 경
제적 독립을 하는 일은 거의 없는 것으로 안다. 내 집의 아이도 결혼할 때까지는
집에 함께 살면서 식사 빨래 및 기타 허드렛일은 모두 부모가 하는 것을 당연하
게 여겼다. 나 또한 부모에게 그리했으니 할 말은 없다.

　지금 우리나라는 대학을 졸업한 뒤에도 직장을 구하지 못해 부모 밑에서 얻
어먹고 사는 사람이 많다. 부모의 자식 부양기간이 길어진 셈이다. 부모 된 도리
로 돈 벌지 못하는 자식에게 '나가라!' 할 수도 없는 일이고 싫지만 두고 볼 수밖
에 다른 도리가 없어 보인다. 실업난이 전 세계적인 일이니 우리나라만의 문제
는 아닌 모양이다. 얼마 전 이탈리아에서 35세 음악강사가 부모가 자신을 제대
로 돌보지 않는다며 소송을 제기했다고 한다. '부모가 나를 낳았으니 내가 자립
을 못하면 부양의무가 부모에게 있다.'는 것이 그의 주장이다.

　우리나라로 치면 지방법원(1심)에서 그의 손을 들어주었다. 부모가 경제적으
로 어려운 자식에게 매월 300유로(우리 돈 약 42만 원) 지급하라는 판결이었다. 이
에 승복하지 못한 부모님께서 고등법원에 항소했으나 고등법원(2심) 역시 부모
님 손을 들어주지 않아 패소했다. 부모에게 내려진 판결문의 요지는 '경제 능력
이 없는 자식에게 매월 200유로를 지급하라'는 것이었다. 나이가 든 자식일지라

도 부모가 부양할 의무가 있다는 것이 확정되기 일보직전이었다. 이탈리아뿐 아니라 많은 나라의 언론이 이 문제(판결)에 관심을 가졌고 장성한 자식도 부모가 거두어야 하는가에 대해 설왕설래(說往說來)가 있었다.

그러나 대법원에서 내려진 최종 판결은 부모의 승리였다. 부모가 성인이 된 자식의 재정상태까지 책임질 이유가 없고 성인이 된 자식은 경제적 독립을 위해 노력하는 것이 마땅하다는 것이다. 세계적으로 취업하기 힘든 상황일지라도 그런 난관은 스스로 헤쳐나갈 방법을 찾아야 한다는 것이 법원판결의 요지이다. 어린아이는 부모가 책임지고 보살펴야 하고 우리식으로 보면 대학교 졸업할 때까지는 부모님께 의존해 살더라도 대학을 졸업하고 스스로 난관을 뚫어야 할 시점이 되면 그때부터는 전적으로 본인 몫이라는 것이다. 어엿한 직장에 들어가 제대로 급여를 받아 살면 다행이고 그렇지 못할지라도 백방으로 살 방법을 찾아야 하는 것이 사람의 도리라 판결한 것이다.

우리 주변을 보면 어릴 때는 물론이고 성인이 되어서도 부모님께 의지하는 사람이 많다. 집사는 일, 결혼하는 일, 아이를 키우는 일, 아이 학원 보내는 일 등등 많은 일에 부모가 나서는 것이 요즈음의 세태이다. 오죽하면 비싼 과외공부를 하여 세칭 좋은 대학에 들어가기 위해 '할아버지 경제력이 우선'이란 말도 있다. 농담으로 들어 흘릴 만도 한데 아버지 월급으로 그 비싼 과외비용을 충당할 수 있을까 의아스런 경우도 많았다. 물론 다 그런 것은 아니다. 홀로서기를 실천하며 주경야독(晝耕夜讀)하는 학생도 없는 것은 아니다.

부모는 자식의 보호자이다. 그러나 '시한부' 보호자이다. 때가 되면 스스로 인생을 살아야 한다는 가르침이 있었으면 좋겠다. '어떻게 되겠지' 하며 한 살 한 살 먹어 가면 부모 둥지에 파묻힌 중년이 될 가능성이 있다. 엄마 아빠는 죽을 때까지 자식을 위해 마음을 쓰신다. 부모의 짐을 거두어주는 것이 자식의 도리 아닌가 싶다.

엉덩이의 힘

　　　　　　　　　　운동선수들 몸의 특징은 굵은 다리와 어깨 근육 등
의 단단함이다. 운동을 많이 하면 허벅지가 굵어진다고 생각했다. 내 자신도 뛰
고 걷는 시간이 많아지면서 종아리와 허벅지의 근육이 딱딱해지고 커지는 것을
느꼈기 때문이다. 어릴 적 축구 선수나 테니스 선수들의 모습이 검게 탄 얼굴에
종아리 굵기가 내 허리와 비슷하고 허벅지 역시 나의 가슴 둘레와 유사할 정도
로 커보였다. 그런데 1988년 서울올림픽에서 육상의 꽃이라 불리는 남자 100m
달리기 결승전을 보게 되었다. 전 세계 건각(健脚)이 다 모였으니 그들의 종아리
나 허벅지는 얼마나 클까 궁금했다. 그런데 당시 최고의 선수였던 미국의 칼 루
이스(Lewis, K.)가 소개되는데 그렇게 날씬할 수 없었다. 여자 다리처럼 미끈한 모
습에 울퉁불퉁한 근육의 형상은 찾아보기 어려웠다. 흑인이었는데 얼굴도 곱상
하게 생겼다. 그 대신 어깨 근육 등 상체의 모습이 엄청나 보였고 팔을 흔들며
돌진할 때 그의 가슴은 마치 날개를 편 독수리처럼 보였다.

　칼 루이스 덕분에 운동하면 누구나 '허벅지나 종아리가 굵어진다.'는 내 생각
은 여지없이 무너졌다. 최근 테니스 경기를 보아도 세계 일인자인 세르비아의
조코비치(Djokovic, N.) 선수도 군살 없이 날씬한 모습이었고 나달(Nadal, R.)이나 페
더러(Federer, R.)를 보아도 다리가 굵어 보이지 않는다. 테니스만큼 많이 뛰고 체력
소모가 많은 운동도 많지 않을 터, 유명 선수의 다리가 길쭉하고 날씬해 보이는
것이 이상했다. 열심히 운동하면 힘이 축적되지만 축적된 힘이 허벅지나 종아리
근육의 형상으로 나타나는 것은 아닌 모양이다. 우연한 기회에 신문 기사를 접
하게 되었는데 '운동 선수의 노력은 그의 엉덩이를 보면 안다.'는 것이다. 운동의
결과 만들어진 근육은 양쪽 엉덩이에 사과를 붙여놓은 것과 같은 모습으로 자리
하고, 폭발적으로 힘을 낼 때 그 근육이 사용된다는 것이다. 굵은 허벅다리와 종

아리가 힘의 원천이 아니라 엉덩이 근육이 주요 원천이었다.

어떤 신문에서 엉덩이 근육과 근육의 중요성을 설명하며 오스트리아의 테니스 선수 도미니크 팀을 예로 들었다. 도미니크 팀(Dominic Thiem)은 백인이며 곱상한 얼굴에 날씬한 모습이다. 얼굴만 보면 그가 운동 선수라 생각할 수 없을 정도이다. 덩치도 크지 않아 다른 유명 선수에 비해 다소 왜소한 모습이었다. 하지만 그는 신장 185cm, 체중 82kg인 당당하고 건장한 젊은이다. 다른 선수의 신체 조건이 워낙 뛰어나 그가 상대적으로 작아보였을 뿐이다. 뛸 때 볼 수 있는 그의 엉덩이 근육은 정말 사과처럼 둥그렇게 자리하고 있었다.

팀은 나달이나 페더러처럼 팬들을 혹하게 만드는 현란한 공격 기술을 가진 선수는 아니다. 그러나 지칠 줄 모르고 뛰는 선수이기에 수비 범위가 상당히 넓어 다른 선수들이 공격하다 지쳐 실수를 연발하게 만드는 유형이다. 따라서 팀은 체력이 뛰어나고 빠른 발을 가진 순발력이 아주 강한 선수이다. 운동하는 사람의 지칠 줄 모르는 체력, 엄청난 파괴력, 폭발적인 힘 등이 모두 엉덩이 근육에서 비롯된다는 스포츠 과학자의 지적이 틀림없는 모양이다.

한 사람의 건강을 설명할 때 가장 중요한 것이 튼튼한 하체라고 한다. 튼튼한 하체란 잘 다져진 엉덩이와 허벅지 근육을 의미할 것이다. 인간이 갖는 가장 큰 근육이 엉덩이 근육(대둔근)과 허벅지 근육(대퇴근)이라 하니 엉덩이를 보고 그의 운동 정도를 판가름하면 틀림없을 것으로 판단된다. 주변 여성들로부터 '나이 들어가며 엉덩이 살이 빠져 옷맵시가 없다.'며 불평하는 이야기를 가끔 들었다. '별소리 다 하는군!'이라 생각했는데 노력하지 않으면 엉덩이의 모습은 물러지고 평평하게 펴질 수밖에 없는 모양이다.

따라서 건강을 위해 그리고 든든한 노후를 위해 엉덩이와 허벅지를 체크해 보는 것이 좋겠다. 많은 재산이나 연금에 몰입하는 것도 말릴 수 없지만 돈이 아무리 많아도 건강을 잃으면 모든 것이 사라지는 것이니 틈틈이 엉덩이를 살펴보는 시간 또한 중요하지 않을까? 하체의 중심은 대둔근, 즉 엉덩이에 있으니 말이다.

최적생계비(最適生計費)

　　　　　　　　최저생계비란 용어는 익숙하다. 말 그대로 생활에 필요한 최소한의 비용을 의미한다. 최저생계비는 보건복지부에서 중앙 생활보장 위원회의 의결을 거쳐 발표하며, 국민 기초생활 보장법에 따른 수급자 급여 수준은 물론 각종 사회복지와 급여 책정의 기준이 되므로 매우 중요하다. 2020년 현재 4인 가구 기준 최저생계비는 1,424,752원 이다. 참고로 일인 가구인 경우 527,158원, 이인 가구의 경우 897,594원, 3인 가구라면 1,161,173원이다. 최저생계비의 중요성에 대해서는 이견(異見)이 없을 것으로 생각된다.

　최대생계비는 얼마인가? 최소한의 생활을 가능하게 하려는 것이 최저생계비라면 '특정 금액 이상을 초과하면 안 된다.'는 의미로 최대생계비도 필요하다고 생각된다. 그러나 최대생계비에 대해서는 아무 말이 없다. 최대생계비를 정할 수 없는 이유는 사람마다 생각이 다르기 때문이다. 어떤 이는 생계비가 최대 100원이라 생각하는데 어떤 사람은 500원을 최대로 생각할 수 있기 때문이다. 최소한의 소득 수준만 벗어나면 다다익선(多多益善)이니 많을수록 좋은 것인가? 사람의 욕망에 종점이 없는 것인가?

　어떤 사람은 19세기 산업자본주의 도입 이후 황금만능주의가 팽배해지며 '돈이면 무엇이든 된다.'는 사고방식이 독버섯처럼 번졌다고 한다. 그런데 산업자본주의 이전에도 돈(황금)에 대한 인간의 욕망은 도처에서 확인할 수 있다. 세익스피어의 희곡 〈아테네의 시몬〉에 "황금은 검은 것을 희게, 추한 것을 아름답게, 나쁜 것을 좋게, 늙은 것을 젊게, 미천한 것을 고귀하게 만든다."라는 구절이 있다. 돈에 대한 탐욕은 어제오늘의 일이 아닌 셈이다. 세월이 변한다고 사람이 바뀌는 것은 아니니 말이다.

　탐욕은 불교에서 말하는 십악(十惡) 가운데 하나로 '지나치게 탐하는 욕심'을 말한다. 욕망이나 욕심이 우리 경제활동을 원활하게 만드는 동인(動因)이므로 이를 탓할 수 없다. 문제는 무언가 가지려는 욕망 또는 무언가 이루려는 욕망이 아니라 '지나치게' 그러함이다. 지나치게 가지려는 욕구가 생기면 무리할 수밖에 없다. 인륜을 저버리고 자식이 부모에게 하는 패악질, 학생이 교사에게 하는 불손함, 멀쩡한 법을 피해 한 몫 쥐려 하는 마음, 채무를 불사하고 과시하려는 마음 등이 모두 '지나침'에서 비롯된 것이다.

무언가 가지고 싶은 욕망이 있으니 일을 해서 돈을 벌 것이다. 사람에 따라 다르지만 지출의 한계가 자신의 소득이니 소득제약 안에서 스스로 범위를 만들어 살아가는 것이 보통의 삶이다. 그런데 소득은 100원인데 욕망이 300원이라면 본인 마음이 병드는 것은 물론 가족과 그 주변의 모든 사람에게 '부정적 외부성'을 야기할 것이다. 매월 통장에 들어오는 돈은 100원인데 대형 승용차만 눈에 보이고 호화로운 주택만 구미에 맞는다면 지금 자신의 처지에 만족할 수 없다.

그런데 모두가 동의할 수 있는 '만족할 만한 수준의 소득'을 정의할 수 있을까 걱정이다. '이제 필요한 만큼 돈을 벌고 있으니 내 삶을 제대로 영위하도록 해보자.'라고 생각하는 사람이 얼마나 있을까? 그리고 그런 사람이 있다면 그런 마음을 먹기 위해 필요한 소득은 얼마일까? 하지만 분명한 것은, 탐욕은 마음의 병을 낳고 본인의 행복을 좀먹는다. 지나치게 탐하는 마음을 말하는 것이다.

어렵겠지만 스스로 최적생계비를 산출해 보는 것이 어떨지? 최저생계비를 넘어야 생활 가능하니 그 수준은 초과해야 한다. 그렇다고 모든 것을 바라는 것은 무리이니 '이만큼이면 되었다.'에 대해 숙의하는 시간을 가져보면 좋겠다. 그래야 탐욕이나 갈망에서 자유로워질 수 있다. 남의 눈을 의식하지 않고 독립적으로 정하는 것이니 의미 또한 크다. 스스로 결정하는 최적생계비, 아마 행복으로 가는 첫 걸음이 아닐까 생각된다.

눈물의 마운드: LG 트윈스 이형종 선수

2007년 대통령기 고교야구 선수권대회에서 서울고 등학교를 결승에 올려놓은 선수는 단연 이형종이었다. 결승전 당시 광주일고와 대결을 펼치는데 엎치락 뒤치락 정말 명승부이었으나 이형종 선수 개인에게는 괴로운 시간이었다. 서울고교가 앞서고 있던 마지막 9회말, 혼신을 다해 던졌으나 우전안타를 얻어맞고 10:9로 역전패했기 때문이다. 결승전 이전 경기에도 출장이 많았던지 힘든 표정이 역력했고 주심의 묘한 판정이나 동료선수의 아쉬운 플레이가 있을 때 곧 눈물이 흐를 것 같은 표정을 지었다. 그러나 공 하나하나 던질 때마다 혼신을 다했고 그 얼굴에는 '이게 마지막이야!'라는 메시지가 분명하게 있었다.

하지만 결승까지 오른 광주일고 선수들도 만만치 않았다. 결승점 홈베이스를 밟은 선수가 서건창(프로야구 한 시즌 최다 안타기록을 가지고 있는 선수)이었으므로 이형종에게 쉽게 농락당하지 않았다. 끈질기게 승부했고 방망이를 짧게 잡고 맞추어 나가려는 의지가 아주 강했다. 안타와 포볼(4구)로 만루가 된 상황에서 마지막 결승타를 얻어맞고 이형종은 눈물을 흘리며 마운드에 쓰러졌다. 경기관람자 입장에서 왜 투수 교체를 하지 않을까 이상했다. 그런데 당시 서울고교 입장에서 죽이 되든 밥이 되든 이형종이 마운드를 지켜야했던 모양이다. 대체 선수가 없었던 듯하다. 이미 피로한 기색이 역력했고 아무리 잘 던지는 능력 있는 투수라해도 100개 이상의 공을 던지면 피로한 법, 계속 잘 던지기 바랐던 것 자체가 무리였다. 투수 이형종이 무너진 것이 아니라 이형종의 피로가 그를 밀어 넘어뜨린 것이다.

184cm의 멋진 외모에 잘 던지는 투수였으니 2007년 당시 당시 LG에서 그를 지명하고 계약금을 4억 5천만 원이나 지급했다. 프로무대에서 기대를 한껏 모았

으나 그의 팔은 무기력했다. 고교시절 너무 많은 피칭으로 혹사를 당해 그렇다는 것이다. 자존심이 상하고 2군으로 내려갔다 다시 올라오고 부상 선수 명단에 들어 출장도 못하며, 그는 명성과 다른 길을 걷다 야구를 그만두려했다고 한다. 골프선수로 전향하기 위해 연습을 시작했고 잠시 후 프로테스트에서 탈락했는데 불과 1타 차이로 떨어졌다고 하니 그의 운동 감각은 매우 뛰어난 것이다.

송충이는 솔잎을 먹어야 하는 법, 다시 야구공을 잡았고 이제는 투수가 아닌 타자로 전향해 그라운드에 나서기 시작했다. 2015년이었다. 프로구단의 지명을 받은 2007년 이후 거의 10년이 지나 타자로 인정받기 시작했고 2020년 지금 3할대 타율(0.315)에 홈런 14개, 타점 39개나 되는 팀의 기둥으로 서있다. 1989년 생이니 우리 나이로 당시 32세이다. 같은 팀의 박용택 선수가 한국나이로 40이 넘었고 40세 가까운 추신수 선수도 메이저리그에서 맹타를 휘두르고 있으니 이형종은 앞으로 10년 이상 선수생활을 할 수 있을 것이다. 오늘의 성적이 그의 상한 마음을 회복시킬 만큼 충분한 것인지 모르겠다. 하지만 LG 류중일 감독의 말에 따르면 '형종이가 혼자 다한다.'고 할 만큼 그는 뛰어난 활약을 하고 있다. 프로 입단 이후 무쇠팔이 '무딘'팔이 되어 제 기량을 발휘하지 못했으니 얼마나 마음이 상했을까, 상심의 크기는 아마 우리 상상 이상일 것이다. 이를 갈고도 남을 만큼 맹타를 휘두르는 모양이다. 그에게 박수를 보낸다.

보통 사람 같으면 2007년에 스타 투수의 길을 걷다 침몰한 뒤, 오랜 시간이 흐른 뒤 2015년과 2016년 주목받는 타자로 변신하여 나올 수 있을까 생각해 보았다. 1-2년이면 모를까 8년이나 9년이란 긴 세월을 돌고 돌아 다시 야구장으로 들어왔고 투수가 아닌 타자로 모습도 바뀌었다. 본인은 그렇다 하더라도 주변에서 그를 받아주는 것도 쉽지 않았을 것이다. 하지만 그는 이형종 이란 같은 이름으로 타자로의 변신에 성공했다. 그가 흘린 땀의 무게가 얼마나 될까? 그가 흘린 눈물은 얼마나 될까? 그가 태운 마음의 상처는 얼마나 될까? 모든 땀과 눈물이 범벅되어 다른 모습의 이형종 선수로 돌아왔다.

우리의 또 다른 자화상

강북의 강변도로를 타고 춘천 방향으로 달리다 보면 서울시내는 아파트의 장막이다. 강남에 있는 올림픽도로를 타고 같은 방향으로 달려도 마찬가지이다. 강북에서 강남을 보며 또는 강남에서 강북을 보며 달려도 결과는 마찬가지, 고만고만한 높이의 아파트 행렬만 볼 수 있을 뿐이다. 세계 여러 나라를 돌며 지낸 노(老)신사의 말씀에 의하면, 서울은 한강을 품은 매우 아름다운 곳이다. 도심 가까이 북한산, 도봉산, 수락산, 관악산 등 적당한 높이의 아름다운 산을 품은 대도시도 서울이 유일하다고 하셨다.

그런데 넉넉한 한강물을 헤치며 유람선이 지나갈 때 눈에 드는 모습이란 고층 아파트가 전부이니 아쉬운 생각이 든다. 도시개발을 할 때 장기적 청사진이 있는지 모르겠다. 만약 청사진이 있음에도 같은 높이의 아파트가 일렬로 들어섰다면 당국(當局)의 잘못이 크다. 고도제한이라는 것이 있어 15층 이상을 지을 수 없는 입장이라면, 지형에 따라 또는 주변 건물의 형태에 따라 5층, 10층, 12층 등 다양한 층수의 아파트가 건립되어야 마땅하지 않을까 싶다. 그런데 15층이 한계일 때 건축하는 분들은 15층 획일화를 꾀할 것이다. 아파트 한 채에 수억 원, 수십억 원씩 하니 주변과의 조화를 위해 한 층을 줄여 짓는다는 것은 업자 입장에서 살을 깎는 아픔과 다름없을 것이기 때문이다.

그러나 콘크리트 건물로 구성된 도시라 하더라도 건물의 모양, 건물의 높낮이를 달리하면 매력을 뽐낼 수 있다. 건물 외벽의 페인트 색깔이 달라도 분위기가 달라진다. 뉴욕의 맨하탄은 대한민국 도심에 비해 고층 건물이 훨씬 많다. 세계 어느 나라의 도심에도 그렇게 많은 고층 건물이 들어서기란 힘들 것이다. 그런데 맨하탄을 끼고 흐르는 허드슨강 유람선에서 볼 때 물론 자유의 여신상이 백미(白眉)이지만 맨하탄 스카이라인도 자유의 여신상 못지않게 아름답다. 같은 콘

크리트 건물인데 서울 한강에서 바라본 모습과 허드슨강에서 바라본 맨하탄의 모습, 그 다름의 이유는 획일성과 다양성의 차이에서 찾을 수 있다. 서울은 획일화되어 있어 답답하고 갇힌 느낌이며 뉴욕은 다양성을 추구하여 높낮이의 조화, 둥근 또는 네모난 건물모양의 조화, 건물 외벽 페인트 색깔의 조화 등이 어우러져 답답함이 아니라 아름다움을 선사하는 것이다.

15층의 아파트를 일렬로 지으면 도면의 구성이나 인허가 등에서 속도가 매우 빠를 것으로 생각된다. 하지만 건물마다 다른 모습으로 인허가를 얻으려면 많은 설명, 많은 이유 등이 뒤따라야 하므로 인허가의 취득도 쉽지는 않을 것이다. 하지만 장기적으로 생각해보자. 낮에 15층으로 들어선 아파트의 모습, 밤에 불 켜진 아무 특징 없이 동일하게 넓적하게 서있는 아파트의 모습과 맨하탄의 야경(夜景)을 비교해 보면 해답이 금방 나올 것이다. 우리 자식들도 살아야 하고 자식의 자식들도 살아야 하는 곳인데, 당장 아무개의 이익에 맞추어 그림을 그르친다면 용서받을 수 없는 일이다.

우리는 너무 바빴다. 우리는 아름다움을 너무 무시했다. 우리는 '빨리빨리', 즉 편의만 추구했다. 그 대가가 강변에 늘어선 옹벽과 같은 모습의 아파트를 바라보는 것이다. 아이들 가르치는 교육도 그렇지 않은지 모르겠다. 아이들의 적성과 상관없이 모두에게 동일한 교과를 강요하고 모든 것을 교과 성적 하나만으로 평가받는 그런 모습을 탈피하지 못하고 있다. 모든 것을 정량화하여 획일적으로 평가하려는 정부(교육부)의 국정운영도 재검토되었으면 한다. 학교마다 특성이 다 다를 터인데 동일한 잣대로 평가하고 있다. 아파트도 이와 다르지 않다. 서울에 있어도 15층 네모 반듯한 모습, 강원도 양양에 가도 마찬가지이다. 조용한 산골에 아파트가 어울리지 않는 곳에 서있는 것도 마찬가지이다. 제주도라고 특별히 다를 것같지 않다. 천편일률(千篇一律)적 모습 대신 우리 도시만의, 우리 동네만의 차별화된 그 무엇을 만들어 갔으면 좋겠다.

US 오픈 테니스 대회

　　　　　　디에고 슈와르츠만(Diego Schwartzman), 2020년 9월 현재 국제대회에서 맹활약하는 세계랭킹 15위의 테니스 선수이다. 국적은 아르헨티나이며 신장 170cm에 체중 64kg이다. 운동선수가 아닌 일반인 남자의 키와 체중에도 미치지 못하는 그가 코트를 날렵하게 뛰어다니며 세계적인 선수들과 경쟁하며 많은 승리를 거두고 있다. 얼마 전 대민민국 권순우 선수가 US 오픈 테니스대회에 나가 2회전에 캐나다의 신흥 강자를 만났는데 그가 바로 데니스 샤포발로프(Denis Shapovalov)였다. 그는 접전 끝에 권 선수를 이기고 16강에 올랐고 많은 이의 예상을 뒤엎고 8강까지 진출하며 각광을 받았다. 그의 신체조건은 185cm에 76kg이다. 얼마 전 로마오픈대회에서 슈와르츠만이 샤포발로프를 만났고 신흥강자의 승리가 예상되었지만 슈와르츠만이 승리를 거두었다.

　자신보다 키가 15cm 크고 체중도 10kg 이상 무거우니 서비스(서브)속도가 시속 30km 가까이 차이났다. 슈와르츠만의 서비스속도는 시속 160km정도이고 샤포발로프는 이보다 훨씬 빠른 시속 190km를 상회하는 수준이다. 그러나 슈와르츠만은 빠른 발로 다 받아냈고 코트 구석을 찌르는 예리한 샷으로 거구를 쓰러뜨린 것이다. 로마 오픈 결승에서 만난 상대는 세계 랭킹 1위 세르비아의 조코비치였다. 그의 신장은 188cm이니 슈와르츠만 보다 무려 18cm나 크다. 서비스 속도에도 어머어마한 차이가 있고, 힘과 기량면에서 슈와르츠만이 극복하기 힘든 상대였다. 그러나 그는 충분히 세계 1위를 괴롭혔고 비록 준우승에 마물렀지만 많은 박수를 받았다.

　대한민국 선수가 국제대회에서 좋은 성적을 거두지 못할 때 가장 먼저 나오는 것이 신체조건의 차이다. 틀린 말이 아닐 것이다. 신장과 체중이 열세인데 농구인들 잘 할 수 있겠는가 아니면 축구인들 잘 할 수 있는가? 일단 몸싸움이 시작되면 체구가 작은 사람이 밀리는 것이 당연한 일이다. 그러나 그런 조건을 극복하는 것이 우리가 해야 할 일이라 생각된다. 신체 조건에 차이가 있으니 지는 것이 당연하고 언제 다시 격돌해도 그를 이기는 것은 불가능하다는 자세로 간다면 승부가 아무런 의미 없는 것이다. 열세를 극복하고 이길 수 있는 조건과 방법을 찾는 것이 바람직하다.

대한민국은 국토가 좁고 자원이 빈약한 나라이다. 좁은 국토의 70%이상이 산지(山地)로 이루어져 고른 상태로 활용 가능한 땅이 30%에 이를까 말까이다. 따라서 빈곤을 숙명처럼 받아들였다면 오늘의 대한민국은 없었을 것이다. 한국전쟁 이후 우왕좌왕하다 수출로 돌파구를 찾았고 기반을 다진 뒤 교육으로 돌파구를 삼았고 인적 자본의 우세로 기술력을 무기로 삼아 매진하고 있다. 물론 경제성장의 한계가 없는 것은 아니다. 하지만 세계 10위의 GDP(국내총생산)를 유지하며 일인당 GNI(국민총소득)도 20-30위권에 머물며 세계의 주목받는 나라 가운데 하나임은 분명하다. 수출에 집중하다 보니 대기업에 편중된 정책, 농업이 무시되는 환경, 빈부격차가 커지는 과정에 제대로 대응하지 못한 점 등은 문제로 지적되고 있다. 그러나 모든 것이 좋을 수는 없다. 문제가 있다면 하나하나 극복해야할 것이다. 중요한 것은 열악한 환경을 딛고 우뚝 섰다는 점이다.

슈와르츠만의 뛰는 모습을 보면 입이 벌어진다. 지금 대한민국의 중학생도 170cm인 선수 거의 없다. 그런 신체조건이라도 빠른 발, 빠른 눈, 빠른 두뇌 회전을 통해 세계랭킹 20위권 안으로 들어갈 수 있다는 점에 주목하자. 그에게 '신체적으로 불리한 상태라 못하겠다.'는 말은 없었으리라! 충분한 자료 수집을 통해 상대 선수의 강점과 약점을 철저히 파악하고 자신의 강점과 그의 약점을 분석한 뒤 승리할 수 있는 길을 찾았으리라. 스포츠만 그런 것이 아니다. 외교도 마찬가지요 경제도 마찬가지일 것이다. 변방의 나라에 불과하고 자원도 거의 없으며 조그마한 한반도, 그나마 반으로 갈라진 상태가 우리의 입장이요 처지이다. 그러나 우리의 처지를 약진의 발판으로 삼아 세계로 우뚝 설 수 있는 대한민국 그리고 대한민국 사람이 되어야 한다.

넘어진 구급차로 돌진

응급 환자를 싣고 의정부 성모병원으로 향하던 구급차 앞에 성질 급한 승용차 운전자가 끼어드는 바람에 구급차가 전복(顚覆)되고 말았다. 차가 부서지거나 구겨지지 않았지만 내부에 응급 환자가 있어 걱정일 수밖에 없다. 함께 있던 119대원도 부상을 입었으니 응급 환자의 병원행은 어려워 보였다. 그런데 주변의 많은 사람이 구급차 주변으로 모였고 안에 있던 대원의 지시를 받아 응급 환자를 차 밖으로 인도했다. 의정부 성모병원까지 200여 미터 남겨두고 있어 다른 응급차를 부르기도 힘들었던 모양이다. 시민들이 함께 들것을 들어 병원으로 뛰었다고 한다.

뉴스 화면에도 그 모습이 방영되었다. 얼마나 고마운 일인가? 응급 환자 입장에서 보면 불행한 종말을 맞을 수도 있었지만 시민의 도움으로 구사일생한 것이나 다름없다. 요즈음 사람이 이기적이라 남의 아픔을 함께하지 못하고 남 일에 무관심하다고 이야기 들었다. 그런데 여기저기서 전복된 구급차로 뛰어오고 환자를 들것에 실어 뛰는 사람을 보니 이기적이란 말이 반드시 옳은 것 같지는 않다. 남의 아픔을 두고 그냥 지나치지 못하는 사람이 그만큼 많은 것이다. 나라면 과연 그리했을까? 동일한 상황에서 '나도 그들처럼 뛰었을 것이다.'라고 장담하지 못하겠기에 고통을 나눈 시민에게 고마울 뿐이다.

길을 가다 보면 운전을 성급하게 하는 사람이 많다. 운전할 때에 남에게 양보할 마음이 없는 경우를 자주 목격한다. 자기만 바쁜 것 아니고 그리 빨리 가야 불과 몇 분 앞설 뿐인데 왜 그러는지 잘 모르겠다. '빨리빨리'가 뇌리에 박혀 있어 그런 행동으로 나오는 것 아닐까 싶다. 다들 바쁘게 살고 바삐 살아야만 잘 살 수 있으니 그런 모양이다. 그런데 자신의 먹거리와 관계없는 부분에서도 그런 습성을 버리지 못하니 걱정이다. 사고 당일도 구급차가 회전하려 하는데 승용차가 끼어들었고 그 차에 받힌 충격으로 구급차가 전복된 것이다.

보통 구급차가 달려오면 무조건 양보한다. 어려서부터 그렇게 교육받는다. 경광등 소리와 함께 구급차가 등장하면 그 자리에 잠시 서 있거나, 길 가장자리로 서행하거나, 아니면 잠시 비상등을 켜고 정차하며 구급차가 지나갈 틈과 시간을 내어준다. 나뿐만 아니라 대부분의 사람들이 그리 하는 것이고 늘 그런 모습을 지켜볼 수 있다. 내가 아무리 바빠도 한시가 급한 환자보다 바쁠 리는 없을 테니 그리하는 것이 도리이다.

길에서 남녀가 다투는 모습을 보고 그냥 지나가는 경우가 많다. 나 역시 험상 궂은 남자가 여인을 때리고 있어도 못 본 체하고 지나가기도 했다. 누구든 말리면 연약한 여인이 화를 면할 수 있는데 거기에 말려들어 나까지 봉변을 당할까 감히 끼어들지 못했다. 지금 생각하면 참 미안하고 부끄럽다. 그만한 용기도 없다는 점에 내 자신이 밉다는 생각도 든다. 구급차가 전복된 것을 보았어도 '어떻게 되겠지'라는 생각으로 그냥 가던 길을 갔을 것이다.

따라서 전복된 구급차로 뛰어간 사람들은 정말 의인(義人)이고 대단한 사람들이다. 자기 가던 걸음 팽개치고 아픈 사람을 들고 뛰어 병원으로 갈 생각을 했으니 말이다. 극히 일부의 일이겠지만 어린이집 선생님이 제대로 걷지도 못하는 아이들에게 폭행을 일삼는 것을 볼 때 저 사람이 '과연 사람인가?' 생각했는데, 들것을 들고 뛰는 모습은 다른 세상의 이야기 같았다. 누군지 모르나 그분들께 거듭 감사의 말씀을 드리고 싶다. 그리고 앞으로 사고를 목격하면 절대 피하지 말고 반드시 현장으로 뛰어가리라 마음 먹는다.

우리는 모두 '함께 사는' 세상을 살고 있다. 나 혼자 무엇을 할 수 없고 반드시 남과 함께 가야만 뭐든 이룰 수 있고 또 살 수 있다. 이익이나 과실이 있을 때만 웃고 협조하는 것 아닌지 나부터 반성해 보아야겠다. 행복 바이러스가 별 것이겠는가? 남의 불행을 외면하지 않고 나누려 하는 것이 긍정 바이러스 및 행복바이러스를 만드는 방법일 것이다.

아아, 모파상이여

행복이 무엇인가?

가장 대답하기 어려운 질문이다. 행복은 주관적인 것이요 셈할 수 없는 것이기 때문이다. 인생의 목적이 무엇인가? 어떤 삶을 살기 원하는가? 물으면 대부분 행복한 삶이라 대답할 것이다. 돈이 목적입니다. 권력이 목적입니다. 명예가 목적입니다. 등등 여러 이야기할 수 있으나 그들이 말하는 돈 명예 권력도 아마 자신의 행복을 위한 수단일 것이다. 돈이 있거나 권력을 쥐면 명예를 얻고 나아가 행복할 것으로 생각했기에 그것을 찾아 죽어라 노력했고 또 노력하고 있는 중이다.

권력을 가진 자에게 행복합니까? 물으면 그렇습니다. 라고 대답할 사람이 얼마나 될까? 대통령께 행복하십니까? 물으면 그렇습니다 라고 대답하지 않을 것이다. 대한민국에서 가장 골치 아픈 사람일 것이기 때문이다. 윤석열 검찰총장께 행복하세요 물으면 그렇소 라고 대답하지 않을 것이다. 추미애 법무장관께 행복하세요 라고 물으면 그분 역시 그렇소 라고 대답할 입장이 아닌 듯하다. 행복하려고 갔던 길이고 어차피 발 들인 바에야 끝까지 올라가려는 것이 인간의 욕망일 것이다. 꼭대기에 올라가면 남을 위해 '베풀고 봉사하는 마음으로 살아야지' 생각하지만 막상 그 자리에 올랐을 때 마음먹은 대로 하기 어려운 모양이다.

돈을 많이 추구하던 사람도 마찬가지이다. 10억 원이 목표였다면 입을 것 먹을 것 아껴가며 10억 원을 모은 이후 '이제 끝이다.' 하며 '나머지 인생은 즐기며 남을 위해 봉사하며 살아갈 것이다.' 이렇게 마음을 먹을까? 대부분 그렇지 않을 것이다. 문제는 내 마음에 탐욕(貪慾)이 남아있는 한 만족을 못하고 더 올라가고 더 가져야 한다는 욕심이 발동하니 아무리 많아도 남의 손에 있는 떡만 보이기 마련이다. 이 손에 있는 떡을 가지면 다른 손의 떡이 또 보이고 그것마저 가진 후 끝인가 했는데 다른 사람 손에 있는 떡이 또 보이는 것이다. 마음이 편치 않고 욕심이 끓으니 불편한 나날을 보낼 수밖에 없다. 그런 사람에게 삶은 고통이다. 무엇을 가져도 불편하고 아무리 많아도 부족하고 아무리 높은 자리에 가도 더 높은 자리만 쳐다보니 얼굴에 평안이 깃들 겨를이 없다.

행복을 위해 우리는 일단 최선을 다해야 한다. 같은 길을 걸어도 같은 사람이 인도해도 같은 선생님께 배워도 우리에게 오는 결과는 다 다르다. 일단 결과에 순응하는 자세가 중요하다. 최선을 다하지 못했으면 순응하기 어렵다. 최선을 다했다면 '내가 부족해 안 되었다.' 생각할 수 있다. 다시 시작할 수 있는 힘도 거기서 비롯된다. 내 능력만큼 내 그릇만큼 가지고 즐기는 것이 좋지 않을까 싶다. 주변에 '호의호식(好衣好食)'하며 불만을 가진 사람도 많다. 그들은 아마 탐욕에 젖은 사람일 것이다.

프랑스의 유명 소설가 모파상(Maupassant)은 19세기 후반 자연주의 소설가이며 당시 베스트셀러 작가였다. '여자의 일생(어떤 인생)', '벨라미', '죽음처럼 강하다', '목걸이' 등 나 같은 사람도 이름을 열거할 수 있는 유명 소설의 작가이다. 그에게 많은 부와 명성은 당연한 것, 지중해에 그의 요트가 있고 노르망디 언덕에 저택이 있고 파리에 호화 아파트도 있었다. 은행에 있는 예금도 엄청나게 많았다. 그러나 그는 행복을 느끼지 못하고 정신병으로 고생했고 43세라는 젊은 나이에 세상을 떠나고 말았다. 그의 묘비에 새겨진 글귀가 "나는 모든 것을 갖고자 했으나 결국 아무 것도 갖지 못했다."이라고 한다.

모파상 마음에 탐욕의 그림자가 있음을 충분히 짐작할 수 있다. 모든 것을 가지려 했으니 어떤 상태일지라도 '현재'에 만족하며 살 수 없었을 것이다. 갈증과 탐욕, 불만족과 울분이 그를 싸고 있었을 것이다. 천하의 모파상이 정신병으로 고생하며 죽음을 기다렸던 이유 아닐까? 소크라테스(Socrates)의 말을 들어보자. "가장 적은 것으로 만족할 줄 알면 그런 사람이 가장 부유한 사람이다." 적은 소득, 적은 명예, 적은 권력 등이 내 행복에 영향을 미치는가? 함께 할 수 있는 가족이 있고 내가 할 수 있는 일이 있고 편안하게 누울 수 있는 공간이 마련되어 있다면 나머지는 내 마음의 몫이다. 행복도 결국 내가 짓는 것이며 불행도 내가 만든 작품이기 때문이다.

도전, 69세

69세 적지 않은 나이에 모 방송국 가요 경연에 참가한 사람을 보았다. 우연히 보았다. 본인의 고향에서 열린 노래 대회에서 여러 차례 우승했을 정도로 실력은 뛰어났다고 한다. 서울 무대에 진입하고 싶었는데 어머니 태몽(胎夢) 때문에 그리하지 못했다는 것이다. 태몽의 대강은 "동네 큰 나무에 매미가 수없이 달려있는데 울음을 우는 매미가 단 한 마리도 없었다."는 것이다. 그리하여 어머님께서 노래할 생각은 아예 말아라. 매미 한 마리도 울지 않는데 노래는 무슨 노래냐! 하며 가수될 생각은 아예 접어라! 하셨다는 것이다.

어머님 말씀에 순종하고자 공무원 시험공부를 했고 합격하여 공무원으로 젊은 시절을 보냈다. 그런데 아무리 생각해도 '노래 없이는 못 살겠다.'는 마음에 아내에게 사실을 얘기했고 아내 허락을 받아 지역 밤무대 가수로 활동했다고 한다. 중앙무대로 진입하고픈 생각이 들 때마다 태몽을 생각해 주저앉았다고 하니 태몽이 그를 동네에서 벗어나지 못하게 막은 것이다. 그러다 어머님이 돌아가셨고 '내 나이도 칠십이 다되어 가는데 지금 태몽에 억매일 필요가 있겠는가!' 라는 마음이 들어 결심을 했다고 한다

급기야 중앙무대로 진출했다. KBS의 모 프로그램에서 노래를 부르게 되었으니 수십 년 묵은 체증이 가라앉을 판이다. 그가 부른 노래는 〈막걸리한잔〉이었고 가락에 맞추어 아주 흥겹게 잘 불렀다. 노래를 마치고 하늘에 계신 어머님께 안부 인사까지 했고 이젠 소원 풀었다며 지긋하게 웃으셨다. 사회자가 "어떤 심정으로 나오게 되셨나?" 물으니 "태몽에 매미 한 마리도 울지 않은 이유가 매미들이 내 노래를 듣고 싶어 귀만 열어둔 채 숨죽인 것"으로 해석했다고 한다. 어머님 입장은 '매미 한 마리도 입을 열지 않았으니 노래는 네 할 일이 아니다.' 이었지만 아들 생각은 내가 노래를 잘하니 '매미가 내 노래를 듣기위해 조용히 있

느라 울지 않았다.'는 것이다. 울지 않은 이유야 매미만 알 수 있는 것이지만 태몽이 사람 발목을 잡아서야 되겠는가? 내가 어떻게 생각하는가에 따라 같은 태몽도 이리 다른 해석을 할 수 있는 것이다.

중학생 시절, 중간고사에서 시험성적이 좋지 않았던 여러 친구의 이야기가 생각난다. 공부를 게을리 하였으니 당연한 일이고 다음에 잘 보면 되지 하며 잊어버리는 사람이 있다. 자신이 공부를 게을리 한 것은 잊고 부모가 내게 좋지 않은 유전자를 물려주어 성적이 나쁘다며 성적부진을 조상 탓으로 돌리는 친구도 있다. 내 공부방이 없어 마루에 쭈그리고 앉아 공부하려니 도통 머릿속에 들어오질 않는다며 집안 사정을 탓하는 친구도 있다. 조상을 탓하고 집안사정의 불우함을 탓해도 지난 성적은 고쳐지지 않고 자신이 열심히 하지 않는 이상 좋은 결과를 기대하기는 어렵다. 따라서 지나간 일 다 접고 지금부터 열심히 하여 다음 시험에서 좋은 성과를 거두면 그만이다. 마지막에 성과가 좋으면 지난 과오는 다 덮을 수 있기 때문이다.

대개의 사람이 잘못된 결과를 두고 원인 분석을 할 때 자신에게는 매우 관대하다. 자신은 머리가 좋은데 다른 여건이 따라주지 못해 결과가 나쁘다는 식으로 해석하는 경우가 십상이다. 그러나 냉정하게 생각하고 모든 문제의 원인이 자기 자신에게 있다는 것을 알게 되는 순간 그의 발전 가능성은 무궁무진해진다. 성찰이 뒤따르고 내게 있는 잘못의 원인을 철저하게 분석하니 다음에 좋지 않은 결과가 나올 까닭이 없다. 학창시절 시험 성적이나 학교 졸업 이후 사회 생활이나 마찬가지로 생각된다. 자신을 제대로 알고 자신을 제대로 평가하는 사람은 매우 편하다. 모든 것을 받아드리고 모든 결과가 내 부족함에서 비롯된 것임을 자각하고 어떤 방법을 동원해야 하는지 잘 알고 있기 때문이다.

사람인 이상 우리는 최선을 다할 수밖에 다른 도리가 없다. 모든 것이 노력에 의해 이루어지는 것은 아니다. 그러나 노력하지 않고 이루어지는 것은 아무것도 없다.

열녀문: 여인의 정절과 비극

　　　　　열녀(烈女)에 대한 사전적 정의는 "남편을 위하여 정성을 기울여 살아가는 아내"이다. 아내를 위해 정성을 다하는 것이 남편이고 반대로 남편을 위해 최선을 다하는 것이 아내인데 열녀라는 별칭이 존재했다는 게 이상했다. 하지만 고려시대 말까지는 재혼이 허용되어 남편이 죽고 다시 결혼을 할 수 있었기에, 재혼하지 않고 수절한 여인에게 열녀란 칭호를 달아주었던 모양이다. 이유가 어찌되었든 농경사회였던 고려시대 당시 남자라는 노동력이 없다면 경제생활 자체가 고단했을 터인데 그를 마다하고 혼자서 살림을 꾸린 부분에 대한 보상이 아닌가 싶다. 따라서 그런 수고가 있었다면 열녀로 불러 마땅했을 것으로 생각된다.

　조선시대에 들어 유교가 삶을 지배하며 가치관에도 많은 변화가 있었다. 특히 혼인문제와 관련하여 초창기에는 고려시대와 특별히 다른 일이 없던 모양인데 성종 대에 들어, 남편 죽은 뒤 아내가 재혼하는 것을 탐탁하지 않게 생각했다. 급기야 성종 8년(1485) 경국대전에 재가자녀와 서얼의 자손에 대한 벼슬길을 막았다. 재가(再嫁)한 집안의 자손이나 서얼의 자손에게 과거를 볼 수 없도록 했기 때문이다. 지금의 기준으로 본다면 어처구니없는 법이다. 하지만 양반집 부녀자들의 경우 자신 때문에 자식의 앞길을 막을 수 없었으므로 재가하는 것을 포기하고 살았다.

　결혼식을 앞두고 남편이 사고로 죽는 경우도 있는데 이런 경우에도 여성은 시댁에 살며 일을 해야 했다. 그런 삶이 제대로 된 삶일 수 없다. 혼례도 치르지 않고 상대방이 하늘로 갔으면 모든 것은 본래의 모습으로 돌아와야 옳다. 그러나 혼례 전 남자가 죽으면 예비남편을 따라 죽는 여인이 많았다고 한다.

　이런 도덕과 윤리의 이름으로 여성에게 가해지는 안타까움에 대해 다산 정약용이 열녀론을 펼쳤다. 무조건 남편을 따라 죽는 것은 옳지 않고 소위 열녀가 되려면 다음 네 가지에 해당되어야 한다는 것이다. 첫째, 남편이 도적이나 맹수 앞에 위기에 처해 이를 막다 죽는 경우, 둘째, 치한이 강간하려할 때 반항하다 죽는 경우, 셋째, 청상과부가 되었는데 친정에서 개가시키려해 자살하는 경우, 넷째, 남편이 원한을 품고 죽었는데 진상을 밝히려던 아내가 오히려 형벌을 받고 죽는 경우 등이다. 정약용이 제시한 4가지 경우는 모두 불가피한 상황에 해당된다. 이 이외의 다른 경우를 열녀의 범주에 넣지 말자는 것은 당시 여성에게 가해진 폭력에 대한 정약용의 비판으로 이해할 수 있다.

그럼에도 불구하고 조선후기로 들면서 열녀라는 이름을 얻기 위해 어이없이 죽음을 선택하는 사람이 많았다고 한다. 열녀가 되면 집안에 열녀문(烈女門)이 세워지니 이를 명예로 여겼던 모양이다. 게다가 열녀의 집안은 세금까지 면제했다 하니 어려운 시절 여인의 생명을 앗아간 유인이 되었던 모양이다. 당시 사회적 약자였던 여인이 받아야했던 기구한 운명의 역사가 아닐 수 없다. 지금 생각하면 어림도 없는 일이다. 여인이 먼저 이혼을 요구하기도 하고 결혼을 앞두고 파혼을 선언하기도 하며 수십 년을 잘 살다가 말년에 이혼을 요구한다는 황혼이혼의 주체 역시 여인이라 하니 조선시대와는 많이 다르다.

물론 조선시대와 다른 것이 정상이다. 성종 때 과거에 응시하지 못하도록 발목을 잡았던 것을 중종 때 개가 자체를 범죄시 했다고 한다. 다들 남편과 이별한 것은 사연이 있을 텐데 무조건 개가를 금지했으니 그들의 삶이 어찌되었을까 불을 보듯 훤하다. 그런 세월이 지나 동학혁명 당시 여성의 수절에 대해 비판이 있었으며 갑오개혁 때에 와서 여성의 개가(改嫁)를 허용했다고 한다. 조선시대 당시의 마음을 어찌 읽을 수 있으랴만 부당하게 억압받은 것은 분명하다. 그러나 자식을 위해 재가를 포기하는 여인의 심정은 충분히 읽을 수 있다. 세월이 많이 흘러 지금은 재가를 손가락질하는 사람도 없고 특별한 의미를 두지 않은 세상이 되었다. 오가다 열녀문 앞에 서면 그들의 용기, 그들의 비운, 그들의 한이 내 마음을 아프게 한다.

선거와 비용

민주주의가 뿌리 내린지 오랜 세월이 지났다. 민주와 자유를 위해 피흘렸던 수많은 사람의 희생이 있었기에 정착이 가능했다. 민주주의 꽃은 선거라고 한다. 모든 사람이 직업에 관계없이 동등하게 한 표를 행사하여 무엇을 결정하기 때문이다. 모든 의사결정에 국민의 뜻이 반영되는 것이니 바람직한 방법임에 틀림 없다. 그런데 선거를 믿고 살아가며 선거가 과연 민의(民意)를 제대로 반영하는 것인지 의구심이 많이 들었다.

우리나라도 다수결 원칙이 적용되며 다득표 안건이 채택되는 가장 단순한 방법으로 승자를 채택한다. 유권자가 100명일 때 투표에 참여한 인원이 20명에 불과해도 그 중 다득표안건이 채택되는 것이다. 얼마 전 교육감선거가 생각난다. 투표율이 20%이었고 다양한 후보자 난립하여 23%의 지지를 얻는 후보자가 교육감으로 선택된 일이 있었다. 유권자 100명을 기준으로 할 때 20명이 투표에 참여한 것이고 이 중 23%, 즉 4.6명이 지지한 셈이다. 총 유권자를 기준으로 할 때 100명 중 5명도 안되는 유권자의 지지를 얻은 사람이 그 지역을 대표하는 교육감으로 당선된 것이며 마치 모든 사람의 지지를 얻은 양 지금도 교육감 일을 하고 있다. 이런 상황에서도 선거가 민주주의의 꽃이라 할 수 있고 민의가 반영된 바람직한 제도로 인식할 수 있는가 묻고 싶다.

선거를 위한 비용도 만만치 않다. 대한민국도 선거관리 위원회가 있어 부정선거 행위 또는 선거법에 저촉되는 행위를 잡아내는 일을 하며 공명 선거를 위해 존재하는 국기기관이다. 선거관리 위원회는 헌법 제114조에 의해 정당성을 갖는다. 국가 및 지자체의 선거에 관한 업무, 국민투표에 관한 업무, 정당에 관한 사무 및 위탁 선거에 관한 사무 등을 수행한다. 2020년 현재 선관위의 일 년 예산이 무려 7,301억 원이다. 2020년은 총선이 있었던 해이므로 좀 더 많은 예산이 배정된 것으로 생각되지만 적지 않은 예산이 소요되는 국가 기관임에 틀림 없다.

서울특별시와 부산광역시도 보궐선거(2021년 현재)를 해야 할 지경이다. 오거돈 전 부산시장은 성추행 혐의로 재판을 받는 중이며 박원순 전 서울 시장은 성희롱 의혹 때문에 스스로 목숨을 끊었다. 여하튼 부산시와 서울시의 높은 자리는 공석으로 되어있고 곧 선거를 치른 뒤 선출된 사람이 전임시장의 잔여임기인 2022년 6월 말까지 직무를 수행해야 한다. 국민의 의사를 반영하여 일인 일표를 행사한 뒤 지역의 우두머리를 선출하는 것은 좋다. 하지만 문제는 돈이다. 부산광역시의 경우 후임 시장 선출을 위해 필요한 경비가 210억 원이며 서울특별시는 이보다 많은 570억 원이 소요된다고 한다. 꼭 필요한 일이니 비용과 상관없이 치러야 할 과정이라 생각하면 할 말 없다. 하지만 그리 많은 돈을 들여 할 필요가 있을지 의문이다.

두 지역의 선거비용을 합하면 780억 원이다. 이를 전국의 150개 4년제 대학교에 배분하면 한 학교당 5억 2천만 원이 배분된다. 학생 일인당 50만 원씩 등록금을 지원하면 1,000명의 학생에게 지급 가능한 돈이다. 선거에 돈을 쓰는 것보다 이런 용도로 사용하는 것이 낫지 않을까? 누가 시장을 하는가, 어느 정당의 후보가 시장을 하는가, 정치인에게는 무척 중요한 일이다. 그러나 국민의 입장에서 보면 어느 정당 어떤 개인이 중책을 맡는지 그리 중요하지 않을 듯하고 누가 되든 시민을 위해 최선을 다하는 사람이면 좋을 것이다.

따라서 인터넷을 통한 투표 등 적은 비용으로 장(長)을 선출하는 방법을 동원하면 좋을 듯하다. 아무리 많은 비용이 들어도 벽보 붙이고 TV 토론 하고 사전 선거운동 등 선거법에 저촉되는 행위에 대해 점검하는 것이 중요하다 강변하면 할 말없다. 그러나 나와 같은 생각을 가진 사람도 많을 것이며 나를 포함 같은 생각을 가진 사람도 유권자이다. 시장선거, 많은 돈을 들여야 할 만큼 중요한 일은 아니라 생각된다. 부시장을 여러 명 두어 그들이 돌아가며 시장의 역할을 하는 것도 바람직해 보인다.

국회의원도 마찬가지이다. 지역에 와보지도 않는 의원이 태반이며 자신의 소신은 없고 정당의 입장에 따라 앵무새처럼 같은 말을 지저귀는 의원이 대부분이다. 그런 사람을 위해 많은 돈을 들여 선거를 해야 하는지 의문이다. 그런 분들에게 많은 세비를 지급해야 하는지 역시 의문이다. 그분들 회의를 위해 대리석 기둥이 세워진 의회 건물이 필요한지 의문이다. 지역을 대표하여 자비로 봉사할 수 있는 사람이 그 지역을 대표하면 좋겠다. 아무런 보상이 없지만 발로 뛰어다니며 내 지역을 위해 봉사하는 사람이 우리 지역구 의원이었으면 좋겠다. 선거가 꽃이라는 것, 다시 한 번 생각해 본다. 나도 마찬가지이나 유권자의 면면도 따져보아야 할 일이다. 재난지원금 주면 '야당에서 갑자기 여당으로 돌아서는' 유권자가 무슨 판단력이 있다고 그들에게 우두머리를 선출할 자격을 줄 것인가?

버려진 강아지

내가 근무하는 학교에 가려면 좁은 지방 국도를 달려야 한다. 왕복 2차선 도로에서 법정 속도조차 낼 수 없을 만큼 통행이 빈번하다. 아마 근처에 LG-디스플레이라는 거대 기업이 있어 그 곳과 관련된 이동이 많은가 보다. 조금만 속도를 내어도 사고 위험이 있을 만큼 좁고 구불구불한 길이다. 길가에 늘어선 가로수가 아름다운 자태를 뽐내고 있지만 사람이 다니기에는 위험천만이니 사시사철 행인(行人)이 별로 없다.

몸도 함께 돌아갈 만큼 심한 커브길을 지나 직진 길로 접어드는 순간 몰티스(Maltese)로 추정되는 애완견이 중앙선을 따라 두리번거리는 것이다. 순간 비상등을 켜고 서행했다. 강아지는 뛰었다 멈추었다 반복하며 불안정한 모습이었다. 몸에 조끼를 두르고 있었고 털도 말끔하게 단장되었고 건강도 좋아보였다. 어디에선가 귀하게 자란 강아지임에 틀림없다. 그러나 버려진 모양이다. 아주 짧은 순간이었지만 강아지 얼굴에 두려움이 서려있고 '내 인생은 어찌될꼬?'라는 불안함 마음도 읽을 수 있었다.

주인이 누구인지 모르나 '사람이 이래서야--!'하는 마음이 들었다. 유기견을 보호하는 곳도 있고 주변 지인(知人)에게 사정 이야기를 하고 원하는 이가 있다면 그리로 분양할 수 있었을 것이다. 어떤 형태로든 헤어진다는 것은 강아지에게 큰 슬픔일 것이나 사망 가능성이 농후한 시골의 좁은 국도에 강아지를 유기하면 죽으라는 것과 마찬가지인데 너무하다는 생각이 든다. 아픈 마음으로 학교로 올라왔다. 강아지가 눈에 아른거려 일에 집중할 수 없었다. 강아지를 좋아하는 누군가 있어 새 보금자리를 찾았을 것이라 생각하기로 했다.

강아지만 버려질까 하는 생각이 들었다. 늙은 부모님을 길에 내버리는 사람은 없을 것이다. 그런데 요즈음 도처에 보이는 것이 요양원이란 시설인데 이에 대해 말이 많다. 약물의 과다사용 의혹도 있고 누군가에 의하면 일단 들어가면 거동을 못한다고 한다. 그런데 사망에 이르기까지는 많은 시간이 걸린다는 것이다. 움직임은 최소화하며 약물로 오래 살게 한다는 것인데, 인간의 도리상 그런 모습을 보기는 안타깝다. 이미 부모님이 돌아가셨지만 안타까운 마음으로 다시 한번 생전의 부모님을 기억해본다. 나는 부모님께 최선을 다했는가? 부모님은 편안하게 계시다 가셨을까? 내게 서운한 점을 없었을까? 별 생각을 다 해보았다. 눈감고 가시는 모습은 우리들과 영원한 이별이므로 너무도 안타까운 그림이었다.

우리가 어릴 때 어머님이 전업주부의 모습으로 집에 계셨다. 많은 이야기도 했고 야단도 많이 들었고 제대로 하진 못해도 어머니의 가사 일을 도왔던 기억이 있다. 지금의 아이들을 바라보면 어머님은 늘 회사(직장)에 나가계신다. 공무원이나 교사처럼 퇴근 시간이 정해진 직장이 아니면 일찍 오실 가능성도 많지 않다. 아이들은 학원에서 시간을 보낸다. 친구들과 지내며 재미있게 오가는 모습이다. 식사는 편의점에서 빵이나 김밥 등으로 해결한다. 없는 반찬이지만 엄마가 만들어준 밥을 먹었던 내가 훨씬 행복할 것이란 생각이 든다.

정말 잘 살게 된 지금, 아이들은 많은 시간을 혼자 보낸다. 집에 있어도 공부를 잘하든 못하든 공부에만 시달린다. 학교에 가도 늘 입시에 대한 중압감으로 기를 펼 시간도 별로 없다. 자신의 미래나 적성 등은 관심 밖이고 성적에 맞는 대학에 또는 학과에 입학하여 자리하는 것이 보통이다. 따라서 많은 학생의 경우 대학 생활도 썩 유쾌하고 재미있지는 않을 것이다. 대학 문을 나설 때 마땅한 직장이 많은 것도 아니다. 본의와 달리 유랑하는 세월이 길어질 수 있다. 어릴 때부터 사회의 세찬 바람을 맞고 시작하는 것이다. 힘들게 취업하고 어렵게 전셋집 마련하여 결혼생활을 시작하면 내 어린 시절을 반복하는 아이의 아빠나 엄마가 되어있다. 그렇게 늙어가다 사회에서 물러나는 것이 우리 삶인데, 마지막 순간이 길 잃은 강아지와 같은 꼴은 되지 않았으면 한다. 힘들어도 함께 품고 어려워도 함께 나누고 절망의 순간에도 잡은 손을 놓지 않았으면 좋겠다. 그게 가족이니까! 길에 버려져 허둥대며 안정을 못 찾던 예쁜 강아지가 자꾸 떠오른다.

자산효과(부의 효과)

자산가격 상승은 개인의 부(富)를 증가시킨다. 내가 삼성전자 주식을 100주 가지고 있으면 주당 가격이 1만월 일 때 내 자산(asset)은 100만 원이다. 주식가격이 주당 5만 원으로 상승하면 내 자산은 500만 원이 된다. 주택이나 채권으로 자산을 보유하는 사람도 있으니 주택 가격이나 채권 가격의 상승은 모두 내 자산 증가와 동일한 효과를 갖는다. 자산과 개인 소비 사이에 어떤 관계가 있을까? 경제학 교과서를 들추지 않아도 소비는 소득의 함수이다. 소득이 증가하면 소비지출이 많아지며 소득이 낮아지면 소비지출 또한 감소할 수밖에 없다.

그런데 소득이 동일하다면 자산의 크기가 소비에 영향을 미칠 수 있다. 삼성전자 주식가격이 1만 원일 때 개인의 소비지출과 주당 가격이 5만 원으로 상승할 때 소비지출 크기는 차이가 있을 것이다. 이처럼 자산 가치 상승이 개인 소비지출 증가에 영향을 미치게 된다는 것을 부의 효과(wealth effect)라 한다. 주당 가격이 5만 원이며 보유주식의 수가 100주이면 현금으로 바꾸질 않아 그렇지 언제든지 500만 원을 조달할 수 있으므로 소비지출도 이에 맞추어 변화하게 된다는 의미이다. 주식가격이 10만 원으로 더 상승하면 개인 자산은 1,000만 원이 되므로 '부의 효과'에 따르면 더 많은 소비지출이 가능해진다.

2020년 12월 현재, 주택가격 상승이 실로 엄청난 수준이다. 5억 원 하던 아파트 가격이 10억 원이 되고 군이 강남 등 버블세븐 지역이 아니라도 웬만한 아파트를 구입하기란 하늘의 별따기 만큼이나 힘들다. 그러나 주택을 보유한 사람 입장에서는 자산의 가치가 엄청난 폭으로 증가한 것이다. 부의 효과에 의하면 주택가격 상승이 개인 자산 증가에 기여하므로 민간 소비지출은 증가해야 옳다. 그러나 개인소비의 규모가 증가하기는커녕 감소하는 추세라는 것이다. 이론적으로 본다면 말도 안 되는 것이며 눈앞의 현실이 정상이라면 부의 효과는 틀린 이론에 불과한 것이다.

하지만 우리 사회는 주택보유자만 있는 것이 아니라 주택을 여러 개 가진 사람, 하나의 주택만 가진 사람, 주택이 없는 사람으로 구성된다. 집이 여러 개인 사람은 엄청난 부의 증가를 가져와 소비지출이 많아져도 충분히 감당할 수 있다. 집이 하나인 사람은 어렵다. 특히 다른 집으로 이사를 가려면 더더구나 어렵다. 28평에 살다 34평으로 가려는 경우, 불과 얼마 전만 해도 2억 원 가량 보태면 가능했는데 지금은 5억 원을 더해야 이사가 가능한 상황이다. 이런 사람은 '죽어라' 저축을 더할 수밖에 없다. 자산가격은 상승했으나 자신의 계획 때문에 소비지출을 억제해야 하는 상황이다.

남의 집에 전세살이하다 자기 집을 구입해 옮겨 가려 해도 크게 다르지 않을 것이다. 주택가격 상승 이전, 매월 200만 원으로 저축하여 "5년 뒷면 1억 원 남짓 목돈이 생기고 그 목돈에 대출(貸出)하여 조금 보태면 주택 구입이 가능하다."라고 생각했다. 그런데 주택가격 상승은 이런 소박한 계획을 송두리째 날려버린다. 5년간 매월 200만 원을 저축해도 상승한 집값을 충당하기에는 턱없이 부족하기 때문이다. 따라서 저축 기간도 5년보다 훨씬 길어지고 불확실성 때문에 심리적 비용도 만만치 않다. 이런 사람의 경우 소비지출은 급격하게 감소하게 된다.

자산효과 또는 부의 효과는 수정되어야 한다. 무주택자와 주택이 있는 젊은 층의 경우 주택가격 상승은 불쾌한 일이다. 집을 새로 구입하기도 어렵고 기존의 집에서 좀 더 넓은 집으로 옮겨가기도 만만치 않기 때문이다. 이들은 허리띠를 졸라매고 더 저축해야할 상황이다. 따라서 자산효과는 음(陰)으로 나타난다. 다만 주택을 보유한 장년층이나 노년층의 경우 주택마련을 위해 별도로 돈을 마련할 필요가 없으므로 가격 상승이 소비지출 증가에 기여할 수 있다. 최근 '주택가격 상승이 긍정적 부의 효과로 나타나 소비지출을 증가시키지 못하는 이유가 무엇일까?'에 대한 대답이 될 수 있다. 부의 효과도 상황에 따라 달라지기 때문이다.

나는 행복한가

　　　　　　불과 얼마 전까지만 해도 죽도록 일하는 것이 회사를 위하고 나라를 위하고 나아가 나를 위한 길이라 생각했다. 일자리를 갖고 월급 받고 생활하며 승진을 해야 월급도 올라가고 그러려면 열심히 일해야 했다. 대통령이 나서서 '허리띠를 졸라매자'며 독려했고 힘든 일을 하고 나면 경제적 보상도 따라왔으므로 마다하지 않았다. 당시엔 인간미(人間美)도 있어 서로 손을 맞잡고 위로하며 살았기에 불편하지만 웃으며 살았던 시절이다.

　지금은 국가도 자본도 근로자에게 '놀지 마라!'를 요구한다. 첨단화 되어있는 시스템에서 다른 일을 위해 자리를 비우는 것도 만만치 않다. 성과가 부족하면 자리를 잃을 수도 있기에 늘 전전긍긍하며 살아야 한다. 독일에 사는 한국계 독일인, 한병철 교수는 이런 현대사회를 '피로사회'로 규정하였다. 다른 사람이 나를 피로하게 만드는 것이 아니다. 자기 스스로 노예처럼 과잉노동으로 몰고 가는 자기착취의 시대라는 점을 중시한다.

　근로자들도 열심히 죽도록 일하는 이유, 즉 한 푼이라도 더 벌고자 하는 이유는 성공의 신기루 때문 아닐까? 저마다 자기 잣대가 있어 스스로 성공 여부를 판단하면 개성이 존중되고 차이가 존중되는 사회가 될 수 있으나, 한 가지 잣대로 평가되는 사회에서는 개성이나 차이가 존중되기란 불가능하다. 몇 평짜리 아파트, 얼마의 연봉, 유명 브랜드의 의류 및 장신구 등으로 인간 평가의 잣대가 하나로 규정되어 있다. 나의 입장, 나의 처지, 나의 방향은 사회적 잣대에 몰입되어 하나도 보이질 않는다. 죽어라 일해도 주어진 잣대에 미치지 못하면 불행하다고 생각하니 우울증도 많고 자살 건수도 많은 모양이다.

　나는 행복한가? 물으면 '그렇다'라고 대답할 수 있는 사람은 많지 않을 것이다. 아마 자신이 행복한지 아닌지 구분조차 힘든 사람이 대부분일 것이다. 어려서부터 성적, 즉 반에서 몇 등, 전교에서 몇 등이 가장 중요했고 예절, 웃어른 공경, 부모에 대한 도리, 이웃과의 조화 등은 배워본 일도 없고 따라서 중요하다고 생각하지 않을 것이다. 세칭 좋은 대학교에 진학하면 모든 것이 용서되고, 좋은 직장에 들어가면 모든 것이 용서되고, 어떤 고시(考試)라도 합격하면 품행 불문하고 가문의 영광으로 여기는 세상이다.

하바드(Harvard) 대학교에서 실시했던 연구의 결과, 행복에 영향을 미치는 가장 중요한 요소가 '타인과의 좋은 관계' 였다. 함께할 친구, 같은 취미를 가진 동호인 그리고 늘 편안함을 선사할 가족이 여기에 포함될 것이다. 그런데 성적에 연연하며 취업에 연연하며 돈에 연연하며 자리에 연연하며 살아온 인생에 남과의 관계가 들어설 자리가 있을까? 필요에 의해 만나고 이해타산으로 뭉친 사람에게 친근감을 느끼기는 어렵다. 남에게 '나는 이런 사람이다.'라고 보이는 것이 최선이다. 좋은 시계, 넓은 집, 비싼 자동차, 비싼 옷으로 포장된 나를 남에게 소개하고 싶은 것이다. 그러다 보니 나보다 좋은 집에 살고 나보다 좋은 시계나 자동차를 갖고 나보다 좋은 옷을 입고 다니는 사람이 있으면 불편하다. 인격과 인품은 모두 버리고 말이다.

세상이 나를 피로하게 만드는 것이라면, 부득이하지만 내가 나를 스스로 피로하게 몰아가는 것이라면 발상의 대전환이 필요하지 않을까 싶다. 남에게 보이는 것이 전부가 아니라 내 스스로 만족하는 삶에 관심을 가져보는 것이 좋겠다. 남이 부러워하는 삶 말고 자기 스스로 행복한 느낌을 받으며 살아가는 삶이 중요하다는 점을 알았으면 좋겠다. 나의 평생 반려자는 결국 가족과 친구라는 점에도 동의할 것으로 믿는다.

가족과 함께하는 시간이 얼마나 소중한지, 친구들과 교제하는 것이 얼마나 내 삶을 충실하게 하는 것인지, 취미가 같은 동호인이 모여 이런저런 이야기 하며 즐기는 시간이 얼마나 소중한지, 중요한 것은 여기에 있다. 안분지족(安分知足)의 삶을 살아가는 연습을 하고 편안하게 숨 쉬며 나를 돌아보는 시간이 필요하다. 자기착취 대신 편안한 호흡 속에 행복이 스며드는 것을 느낄 수 있을 것이다.

부동산 부패 근절 의지

한국토지공사(LH) 직원 및 관련자의 신도시 예정지에 대한 투기가 문재인 대통령을 화나게 만들었다. 대통령은 청와대에서 본인이 직접 주재한 '공정사회 반부패협의회'에서 LH직원의 투기에 대해 '분노'라는 말을 3차례, '근절 및 청산'이란 말을 4차례 사용하며 강력하게 응징하라고 명령하셨다. 이런 사건을 처음 접하는 사람도 있겠지만 세상을 조금 살았던 사람의 입장에서 '다반사(茶飯事)'라는 생각이다. 과거에도 돈 있고 힘(권력) 있는 사람들은 개발예정지를 미리 알아 그곳에 투기하며 많은 부를 축적해왔다. 지금 떵떵거리며 잘 살고 있는 사람 중 대부분이 여기에 속할 것이다. 아무리 많은 급여를 받는다 해도 월급을 모아 부를 축적하기란 하늘의 별 따기만큼 어렵다.

문재인 정부는 앞의 보수 정권과 달리 청렴하고 투명함을 앞세우고 시작했지만 조국 교수 집안 문제부터 연일 다른 부패 정권과 큰 차이 없는 행태가 밝혀지고 있고, 급기야 부동산 투기문제까지 드러나 전 국민이 분노하고 있다. 이에 대통령도 반드시 투기를 근절한다는 말씀을 주제로 강조하신 것 같다. 대통령의 생각이 아래 공직자들에게 그대로 전달된다면 벌써 청렴하고 투명한 사회가 되었을 것이다. 앞에 있는 사람의 말씀과 뒤에 따라가는 사람의 행동은 다를 수밖에 없다. 그러나 LH 공사 일이 터진 상황이고 국민들이 분노하는 상황이니 한번 점검하고 넘어가는 것이 옳다.

우선 부동산 투기 세력에 대한 정확한 정의가 필요하다. 강남이나 목동에 집을 가지고 있고 자기 명의로 두 개의 아파트를 가진 사람들 모두 부동산 투기꾼으로 몰아대는 것은 잘못이다. 과거 집을 가진 사람이 열심히 저축하면, 은행에 예금하든 주식을 매입하든 아니면 형편에 맞게 조그마한 아파트를 더 구입해 전세를 놓든 아니면 월세로 살림에 보탬이 되도록 했다. 주택 구입이 은행 예금, 주식과 같은 차원의 여유 돈을 굴리는 한 방편이었다. 그런데 주식으로 많은 차익을 올린 사람과 달리 부동산을 가지고 있는 사람을 몰상식한 투기를 일삼는 이들과 동일한 사람으로 취급하여, 즉 파렴치한 투기꾼으로 몰아 엄청난 조세를 부과한다. 정말 잘못된 것이다.

앞으로 부동산 가격이 오를 것으로 생각되는 지역에 토지나 주택을 구입하는 것은 정상적인 경제 활동이다. 유망한 기업의 주식을 매입하는 것과 동일한 것이다. 개인이 아껴 모은 돈으로 경제 활동 하는 것에 대해 정부가 왈가왈부(曰可曰否)하지 않았으면 한다. 자유롭게 선택하고 영리를 추구하는 것은 자본주의 생리이다. 최근 주택가격이 터무니없이 오른 것은 투기꾼의 잘못이 아니라 정부 정책의 실패에 기인된 것임을 명심했으면 한다.

그러나 정부 정책 결정 과정에 참여했던 사람이 본인만 아는 신도시 개발구역에 대한 정보를 활용하여 본인 또는 가족 명의로 임야나 토지를 매입하는 것은 매우 부도덕한 것으로 생각된다. 정책 결정 과정에 참여한 사람이 최소이어야 하고 그들은 개봉하는 날까지 철저하게 보안을 유지하고 있어야 한다. 다른 사람에게 정보가 누설된다는 것은 공직자의 기강 문제이다. 최근 대통령 경호실 직원도 투기 관련 조사를 받는 것으로 전해졌다. 청와대 직원의 형님이 LH 공사에 근무하고 있어 정보를 얻었고 따라서 본인 명의로 광명 일대의 임야를 매입했다는 것이다.

청와대 직원이 토지를 매입한 것보다 LH 직원인 형님이 어떻게 개발정보를 미리 알았는지가 더욱 큰 문제라 생각된다. 돈 버는 일을 마다할 사람은 없다. 청와대 직원도 마찬가지이다. 뻔히 알면서 가만히 있어야 한다면 그것도 고통이다. 정부 정책이 발표될 때까지 아무도 알 수 없도록 하는 것이 더욱 중요하다고 생각된다. 발표 전 개발예정지 주변을 '거래금지구역'으로 묶어둘 수 있다면 그것도 한 방법일 수 있다. 여하튼 부동산투기 관련하여 국민의 부도덕함을 질타하기 이전에 국정을 운영하는 사람의 기강이 더욱 중요하다는 점을 명심했으면 좋겠다.

사라지는 은행 점포

지난 2020년 한 해 동안 국내은행의 점포 수가 304개 줄었다고 한다. 금융감독원의 '2020년 국내은행 점포운영' 현황에 따르면 은행 점포 수가 2019년 6,709개에서 2020년 6,405개로 304개 감소했다고 한다. 국민은행이 83개, 하나은행 74개, 우리은행 58개 등 대형 은행의 점포 수가 크게 감소했다. 코로나 때문에 비대면 거래가 증가하고 나이든 어른들도 컴퓨터접속이 용이해지며 모바일로 해결하는 경향도 한몫했을 것으로 추정된다.

오래전의 일이나 우리 또래가 대학을 졸업할 때에는 거의 모든 시중 은행에서 매년 평균 200여 명씩 신입 행원을 모집했다. 당시 대학생 수가 엄청나게 적었던 시절이므로 은행 취업을 원하는 학생의 경우 지금 학생들과 비교할 수 없을 만큼 은행 취업이 용이했다. 통장을 손으로 작성해 기입(手記)하던 시절이므로 은행 점포 수가 급속하게 팽창했고 따라서 승진문제도 전혀 없었다. 입행하고 십여 년이면 지점장이 되었으니 40세 조금 넘으면 지점장으로 나갔던 시절이다. 은행에서 돈을 빌리기 위해 줄을 서 있었고 외환 업무 등 정부의 보호(?) 아래 은행은 많은 일을 거의 독점적으로 했다. 직원들은 피곤했겠지만 큰 고민 없이 이윤창출이 가능했고 정부보호 아래 이루어지는 일이 많아 관변 은행의 모습이 강했다. 정년도 보장되었던 것으로 기억된다.

이제는 상황이 바뀌어 ATM기기를 통해 대부분의 거래가 가능하고 대출 관련 업무도 인터넷을 통해 가능한 상황이니 은행 점포에 직접 나가 은행원과 면담할 일이 많이 줄었다. 따라서 은행에서도 군이 직원을 채용하지 않아도 기계가 대부분의 일을 할 수 있으므로 채용인원도 현저하게 줄었다. 점포 수가 줄어드는 것도 당연한 일이다. 모든 것이 경제적 효율성을 추구한 결과이다. 기계가 사람을 대신하고 사람보다 더 정밀한 기계가 들어오니 실수도 적고 사람에 의존할 일은 갈수록 줄어들지 않을까 생각된다.

세상이 변해 은행원 되기가 하늘의 별 따기인 상황이다. 급여도 엄청 높아 은행마다 조금은 다르지만 대졸 초임이 평균 6,000만 원에 이른다고 한다. 고생 끝에 대학교 교수로 부임해도 대형 대학교 교수 초임이 6,000만 원 될까 말까인 점을 감안하면 적지 않은 봉급이다. 은행원의 업무가 얼마나 어려운지는 잘 모른다. 하지만 본인 주민등록번호만 입력하면 한 사람의 신용 정보가 모두 노출되어 융자 가능 금액까지 드러나므로 개별 행원의 재량은 적고 모든 일이 기계적으로 이루어지는 상황이라고 한다. 그렇다면 행원의 업무도 머리를 쓰며 골치 아픈 일은 많지 않을 것이다. 하지만 경쟁사회이므로 실적압박의 스트레스는 피하기 어렵다. 아무튼 기계가 사람을 대신하는 대표적 업종이 은행이라 그곳에 종사하는 사람 수가 계속 줄어들고 있음은 분명하다.

이런 현상이 은행만의 일인가? 다른 업종도 마찬가지 아닐까 생각된다. 기계가 사람을 대신한다면 장차 사람은 어디로 가야 하는지 궁금하다. 제조업체에도 사람이 있던 자리에 로봇이 서 있고 아이스크림도 무인점포에서 판매하고 고속도로 통행료 정산도 기계 또는 카드가 대신하고 모든 건물의 출입도 무인(無人)으로 운영된다. 출입 경계가 없어진 것이 아니라 사람이 하던 일을 기계가 대신하기에 그런 것이다. 정부 관계자들은 AI산업, 4차 혁명 운운하며 스마트시대를 말하면서 그곳에 많은 일자리가 생긴다고 주장한다. 그런데 일자리를 기계에 빼앗긴 사람이 대신 다른 자리에 들어갈 만큼 여유가 있는지 의문이다. 다른 일자리 마련이 쉬운 일이라면 지금 막 대학을 졸업하는 우리 자식들의 취업에 애로가 없어야 할 것이다. 그런데 취업은 오밤중처럼 막막하기만 하다.

편리해진 세상을 살며 기술 발전에 감사해야 하는지 아니면 사람을 몰아내는 기계 문명에 대해 저주를 보내야 하는지 잘 모르겠다. 내 짧은 생각으론 AI 혁명이 가속화되면 능력 없는 사람의 일자리는 일절 없어질 것 같다. 뛰어난 AI 운영자들은 몸값이 치솟겠지만 특별한 기술도 없고 기계 다루는 일에 별 취미도 없는 사람이라면 일자리 구하기가 어려울 것이기 때문이다. 가르치는 직업인 교사나 교수의 자리도 지금처럼 많이 필요치 않다는 주장이 제기된다. 기계화가 삶의 질을 높여 우리에게 더 많은 여유시간을 보장한다 주장하지만, 일자리가 없어진 상태에서 주어진 여유시간이 무슨 의미가 있을까? 모든 부문의 일자리가 은행 점포처럼 하나 둘 사라지지 않을까 두렵다.

대통령의 레임덕: 4-7보선 참패

2021년 4월 7일 서울특별시와 부산광역시 시장선거가 있었다. 성추행 의혹에 있던 박원순 전 시장의 자살, 성추행으로 벌 받은 오거돈 전 부산시장의 궐석으로 이루어진 선거이다. 민주당은 일찍부터 후보자가 등장하여 공정하게 경선을 치러 박영선 전 중기부장관이 후보자로 나섰고 야당인 국민의 힘도 나이스하게 후보 단일화가 이루어져 오세훈 후보가 단일 후보로 등장했다. 군소정당의 후보가 난립하여 15명이 경합했지만 사실상 국민의 힘과 더불어민주당의 경합이었다.

초반 여론조사는 국민의 힘이 압도적으로 우세했다. 국민의 힘이 국민들에게 많은 호응을 받아 그렇다기보다 더불어민주당 또는 대통령의 실정(失政)이 계속 드러나며 국민을 실망시킨 부분이 더 주효했다. 주변 인물의 부도덕함이 이미 드러났고 연이어 LH공사 문제, 대통령 정책실장의 부동산 계약문제, 모 의원의 부동산 계약문제가 드러나며 국민들이 크게 실망했다. 그런데 오세훈 후보(처가)의 내곡동 땅 문제가 드러나며 '오 후보가 거짓말을 하고 있다.'는 의혹이 있어 격차가 좁혀지는 모습으로 선거에 임하게 되었다.

선거 종료시간이 4월 7일 오후 8시, 종료 후 15분이 지나 출구조사 결과가 발표되었는데 애초의 여론조사결과와 유사하게 서울과 부산 모두 국민의 힘이 압도적으로 승리하는 것으로 나타났다. 몇 시간의 개표과정을 마치고 나온 실제 결과도 출구조사 결과와 거의 유사하게 막을 내렸다. 야당은 정권 심판 운운하며 함박웃음을 띤 반면 민주당은 초상집 분위기이었다. 늘 그러하듯 '왜 이런 결과가 나왔는가?'에 대한 반성은 별로 없어 보인다. 20대의 취업문제, 백신 도입 문제, 부동산 문제, 북한과의 문제, 기타 외교 문제 등 문재인 정부의 실정은 이루 헤아릴 수 없는 상황이다. 그나마 세계 경제가 회복국면에 있어 수출이 호조를 띠며 나라 경제가 망가지지 않은 것이 천만다행일 정도이다.

청년은 일자리를 원하고 혼기에 든 젊은이들은 주택 문제에 혈안인데 검찰 개혁이라는 도대체 이해하기 힘든 문제를 거의 일 년 동안 질질 끌어왔다. 누구를 위한 검찰 개혁인지? 검찰 개혁이 안되어 국민이 불편한지? 법무부 장관을 바꾸어 가면서도 검찰총장 하나를 올바로 대응하지 못해 전전긍긍하는 모습을 보였다. 늘 정의와 공정을 입에 달고 다니지만 권력 주변의 인물은 공정하고 정의롭지 않은 행동을 많이 했다. 누가 보아도 답답하고 어처구니없는 언행이었다. 아마 20대 젊은층이 문재인 정부에 등을 돌린 것이 선거참패의 원인으로 생각되며 그들이 등을 돌린 이유는 정치와 현실의 괴리가 너무 컸기 때문일 것이다.

이해할 수 없는 부동산 정책도 빼놓을 수 없는 원인이다. 멀쩡한 국민을 투기꾼으로 몰아가며 세수 증대에 혈안이고 수십 년 집을 보유하고 있는 늙은 사람에게 연금(年金)을 다 털어도 부족할 만큼의 보유세(종합부동산세)를 내라고 한다. 코로나로 어려워진 계층에게 재난지원금을 주기 위해 정부 지출이 많아지니 궁여지책으로 조세수입이 더 필요했을 것이다. 그렇다 해도 집 가진 사람이 주택가격을 상승시킨 주범인가? '가진 놈 쥐어짜는 것'이 능사인가? 문재인 정부 4년 동안 발표된 부동산 정책만 20회가 넘는다고 한다. 차분하게 주택공급을 늘릴 계획을 제시하든 아니면 장기적으로 지역균형 개발을 도모하며 서울 밀집 문제의 해소 방법을 찾아야 했다. 쥐구멍 만한 공간에 신도시를 건설한다는 것으로 주택 문제가 해결될 수 없다.

보수 정권의 부패놀음을 보며 많은 실망을 했다. 대통령이란 사람조차 사리사욕에 눈이 멀어 축재에 몰입한 것을 생각하면 경악을 금할 수 없었다. 그래서 국민들은 정권교체를 원했을 것이다. 그러나 지금까지 드러난 진보 진영의 정치 역시 실망 그 자체이다. 정치는 현실이어야 하는데 동화책을 구연하는 느낌이다. 국민이 대상이어야 하는데 꿈속의 왕자님이 대상인 듯하다. 레임덕이 온다는 말도 있다. 정치는 국민을 바라보며 계속 걸어야 한다.

노래 사랑: 미스터 트롯, 미스 트롯

　　　　　　　　　　　　모 방송국에서 주관한 노래경연 대회 '미스트롯⑵' 이 얼마 전 막을 내렸다. 수개월 동안 진행되었고 지원했던 많은 사람 중 TV에 모습을 보인 팀(사람)은 100명 가량이다. 살얼음판과 같은 경연 과정을 거치며 마지막으로 남은 7명이 최종일 경쟁을 했고 진선미(眞善美)를 가렸다. 1위에게 상금 1억 5천만 원과 부상으로 승용차가 제공될 뿐 나머지에게는 상금도 트로피도 없었다. 노래 경연이 끝난 이후 이들의 TV 출연은 매우 빈번하다. 코로나로 외부에 나갈 일이 많지 않아 TV를 시청하는 시간이 많아졌고 그러다 보니 여러 채널을 보게 된다. '미스 트롯'뿐만 아니라 다른 방송국에도 이와 유사한 많은 노래경연이 있고 거기서 자웅(雌雄)을 겨루는 분의 실력도 만만치 않다.

　원래 흥이 많은 민족이라 모이기만 하면 노래 부르고 춤을 추던 조상의 은덕에 우리들 가운데 노래 잘하는 사람이 많은 것 같다. 직장 동료들과 어울려 노래방에 가도 가수 뺨치게 노래하는 사람이 있을 정도이니 전국적으로 그런 사람이 모여 경연을 했다면 최후의 승자는 노래를 잘하는 사람일 수밖에 없다. 어떤 프로그램이든 경연에 참가하겠다며 접수한 사람의 수가 상상을 초월하고 높은 시청률을 보아 알겠지만 이에 호응하는 시청자도 엄청나며 이로 인한 노래와 춤에 대한 세인의 관심 또한 날로 높아지는 느낌이다. 보기도 좋고 듣기도 좋으니 나로서는 최선이라 생각된다, 하지만 젊은 친구(아니 어린 친구들) 중 상당수가 연예인을 꿈꾸며 산다는 요즘 세상에 그들의 출구가 되는지 아니면 더 많은 사람을 그 길로 유도하는 환각이 되는지 걱정이 없는 것은 아니다.

　'미스 트롯2'만 그런 것인지는 몰라도 상당히 높게 올라온 경연자의 특징은 대강 다음과 같았다. 첫째, 국악을 공부한 사람이 많았다. 창이나 민요 등을 공부하며 목을 트이게 만드는 법을 알고 호흡을 조절하여 낮은 소리도 깊고 길게 끌고 가는 모습을 볼 수 있었다. 국악 공부가 성인 트롯을 부르는 데 많은 도움이 되었던 것으로 생각된다. 정통 성악을 공부한 사람의 출연도 있었다. 그들 역시 상당한 기량을 보였고 성악으로 다져진 목청이 가요(트롯)에도 효과적으로 작용했던 모양이다.

둘째, 오랜 경력을 가진 실력자가 엄청 많았다. 기성 가수인데 우리가 이름을 몰랐고 노래를 잘하는 사람인데 남에게 알려질 기회가 없어 이제야 빛을 보는 사람이 많다는 점이다. 코로나 이전 많은 무대가 있었고 우리가 아는 유명인 이외에도 무대에 올랐던 연예인(가수)의 수가 엄청났던 모양이다. 10년 경력자가 수두룩하고, 군부대 공연의 여왕으로 불리는 출연자도 있고, 심사위원 가수들이 이미 알고 있는 숨은 실력자 등이 많았고 그들이 왜 지금까지 가려져 있어야 했는지 가슴 아프기도 했다.

셋째, 다른 분야도 마찬가지이지만 선천적으로 재능을 가진 어린아이들이 많다는 점이다. '미스 트롯2'만 보아도 최종 7명 중에 2명이 초등학생이었고 중간 예선과정에서 적지 않은 어린이들을 볼 수 있었다. 뛰어난 재능을 가진 사람도 있으나 내 보기엔 그만한 실력이 되지 않음에도 출연하여 억지노래(?)로 시청자를 유혹하려는 아이들도 없지는 않았다. 그들 부모님께서 감당하실 몫이겠지만 자연스럽게 사는 것이 가장 좋을 것 아닐까?

노래를 듣고 그들의 이야기를 접하며 어려움이 있을지라도 '음악만이 내 길'이라며 묵묵히 길을 걷고 있는 많은 사람이 있음에 놀라움을 금할 수 없었다. 조금만 힘들면 다른 길을 바라보고 성과가 나지 않으면 다른 곳을 쳐다보는 것이 보통인데 제대로 먹지도 못하며 갖은 어려움을 참는 것을 보면 무엇을 해도 성공할 사람으로 생각되었다. 한 우물을 파고 자기가 세웠던 목표를 향해 뚜벅뚜벅 걸어가는 그들이기에 마음속 깊이 경외심이 생기기도 한다. 다양한 무대가 있어 모두들 자신의 기량을 발휘할 수 있는 세상이면 좋겠다.

인플레이션

경제안정을 위해 정부가 하는 일은 물가상승을 억제하고 고용창출을 위해 노력하는 것이다. 인플레이션과 실업 문제를 해결하는 것이 정부의 역할이다. 상당히 오랜 기간 경기침체로 고용문제가 화두였다. 갓 대학을 졸업한 사람이 갈 곳이 없어 대졸 실업률이 큰 사회문제로 대두되었다. 정부통계에 '실업률' 외에 '청년실업률(15세-29세 사이의 실업자 비율)'을 별도로 발표하는 것만 보아도 그 심각성을 알 수 있다. 우리나라뿐 아니라 전 세계적으로 경제 상황이 좋지 않으니 세상이 경기 부진에서 벗어나지 않는 한 실업 문제 해소를 위한 정부 노력이 얼마나 실효를 거둘지 의문이다.

또 하나의 문제는 인플레이션이다. 그런데 고용문제가 심각한지라 인플레이션은 잊고 살았다. 주택가격 상승이나 전월세가격 상승에만 관심을 가졌다. 그런데 2020년부터 원자재 가격 상승문제가 솔솔 거론되기 시작했다. 고만고만하다 끝나겠지 했는데 지금 상당히 심각한 모습으로 다가오는 모양이다. 물가상승은 총수요증가로 인한 물가상승과 비용인상요인에 의한 물가상승 두 가지로 구분된다. 총수요증가 원인은 통화량 증가 또는 정부지출 증가이므로 이것 때문에 문제가 된다면 정부가 긴축하여 지출을 줄이고 통화량 역시 감소시키면 그만이다. 어찌 보면 해결의 실마리를 쉽게 찾을 수 있다.

그런데 비용인상에 의한 물가상승은 우리가 어찌할 도리가 없다. 대한민국은 태생적으로 자원이 빈약한 나라이다. 대부분의 자원을 외국에서 수입해 사용하고 있다. 원유가격 상승은 인플레이션에 직격탄이다. 기름을 전량 수입할 뿐 아니라 석유 부산물로 만들어지는 화학제품이 얼마나 많은지 헤아려보면 대강 짐작이 된다. 구리, 철강, 알루미늄, 고무 등 대부분의 원자재를 수입하고 있으니 이들의 산지(産地)가격이 인상될 때 대한민국에 미칠 여파는 미루어 짐작할 수 있다.

　조선업이 호황이라 조선업 1위 자리를 다시 찾을 수 있는 기회라 하는데 막상 조선업계는 그리 밝지 않다. 배의 껍데기(외부)는 철강인데 철의 원료인 철광석 가격이 지난해 5월에 비해 엄청나게 상승했기 때문이다. 지난해 5월 톤(ton)당 91.63$ 이던 철광석이 지금(2021년 5월 현재) 237.57$로 상승했다고 한다. 작년 같은 기간에 비해 무려 160%나 상승된 금액이다. 배를 수주(受注)할 때 정해진 가격이 있고 당시 철광석 가격은 이렇게 높지 않았으므로 이익을 예상했을 것이다. 그러나 배를 건조하는 과정에서 철광석 가격이 상승하니 이익 대신 손실이 기다리고 있다. 만들수록 '적자만 쌓인다.'는 푸념이 남의 이야기가 아니다.

　게다가 두바이산 원유 가격도 작년 5월에 비해 149% 상승했고 구리 가격은 96.7%, 알루미늄 가격은 68.3% 각각 상승했다고 한다. 원유가격 상승은 수많은 화학제품의 원자재 가격 상승 요인이며 구리 가격 상승은 전선(電線) 가격을 급등하게 만드는 요인이며 구리가 건축자재로도 사용되니 다른 부문의 가격 상승에도 영향이 크다. 그리고 우리 일상생활에 알루미늄 및 부산물로 구성된 제품이 많이 있으므로 각종 제품가격 상승이 줄을 이을 전망이라는 것이다.

　수출하는 기업의 경우 원자재 가격 상승은 손실의 징표이며 내수용 제품을 생산하는 기업의 경우 소비자가격 상승이 불가피한 상황이라고 한다. 버스요금과 택시요금의 인상 요구가 있을 것이며, 다른 제품가격의 경우 이미 소리 없이 상승한 것이 많다. 서민이 가장 많이 마시는 술, 막걸리 가격도 병당 1,100원 하던 것이 1,300원, 병당 1,300원에 팔던 것을 1,700원에 팔고 있으니 인상률로 따지면 거의 30%에 해당된다.

　어떤 이유로든 물가가 올랐을 때 소득도 따라 올라주면 별 문제가 없다. 그런데 수출기업의 어려움은 업계 전반에 부정적 효과를 줄 것이며 이는 이미 심각한 고용상황을 더 심각하게 만들 수 있다. 여기에서 임금인상을 기대하는 것은 무리일 것이다. 소득증가 없는 물가상승은 실질소득의 감소와 같은 것이며 소비를 줄여야 할 지경이다. 부존 원자재가 빈약한 나라이니 어쩔 수 없다고 자위하기엔 문제가 너무 심각하다. 이럴 때일수록 원가절감 노력을 해야 하며 생산성 향상 노력을 통해 비상시에 대비하는 것이 좋을 듯하다. 정부도 국민에게 거둔 세금 허투루 사용되지 않도록 각별한 노력을 해야 한다. 감세 요인이 있다면 감세를 통해 가처분 소득을 증가시키는 것도 난국을 극복하는 하나의 방법이기 때문이다.

한국판 뉴딜 예산

2021년 초 160조 원의 예산으로 시작된 한국판 뉴딜 사업이 지난 달(2021년 6월) 예산규모 220조 원으로 확대되었다. 경기가 부진한 상황에 정부가 나서 경기부양을 꾀하는 것은 좋은 일이다. 지금처럼 경기가 바닥에 떨어진 상황을 극복하기 위해 문제는 속도이다. 예산을 집행하는 시기가 빨라야 한다는 것이다.

그런데 지난 6개월 동안 뉴딜 사업이라 이름 붙여진 사업의 개수가 687개라는데 150개 사업의 집행률이 10%도 안 되었다고 한다. 특히 일자리 정책으로 명명되었던 고용사회안전망 관련 뉴딜 사업의 경우 한시가 급한 실정인데 집행률이 50%를 넘어간 사업이 단 1개에 불과하다고 한다. 사회보험 사각지대에 있는 예술인을 지원한다며 690억 원의 예산이 편성되었는데 실제 지급된 금액은 7,500만 원에 불과하다고 한다. 애당초 예정된 금액의 0.1%만 지급된 셈이다.

예술인 육아지원 사업에 93억 원이 책정되었는데 집행된 금액은 200만 원에 불과했다. 직업훈련 지원을 위한 '국민내일배움카드' 발급사업의 경우 예산 집행이 거의 이루어지지 않았으며, 디지털 '기초역량훈련' 분야의 예산 집행율은 0%이며 '디지털 인재양성'사업은 예산의 13.3%만 집행되었다. 디지털 예산 분야의 경우 단 한 푼의 예산도 지원되지 않은 사업이 무려 34개에 달했다. 무엇 때문에 예산을 배정했는지 묻고 싶은 심정이다.

예산을 편성할 때에는 무너지는 한국경제를 위해 긴급 자금이 투입되어야 할 것처럼 이야기해놓고, 정작 약속했던 사업에 예산이 제대로 집행되는지 확인하는 것은 뒷전이었던 모양이다. 흔한 말로 '선심성 예산'이라 하더니 이런 것을 두고 하는 말인 듯하다. 예산의 '편성'에만 선심성이다. 어려운 사람을 위해 정부가 나선다. 일자리가 시급하므로 이를 해결하기 위해 국가자금을 푼다. 등등의 명목으로 확보한 예산이 이렇게 곳간에 그대로 머물러 있다.

　납세자인 국민은 이를 제대로 알까? 일자리가 생길까 노심초사하며 기다렸던 어려운 사람들은 이런 상황을 제대로 알고 계실까? 근엄한 얼굴로 뉴딜이라는 이름의 추가경정 예산편성을 독려했던 대통령께서는 제대로 사용되는지 단 한 번이라도 확인한 적이 있을까? 뉴딜 사업은 1930년대 벼랑에 몰린 미국경제를 일으켜 세운 엄청난 공공투자사업이었다. 여러 가지 원인이 있겠지만 뉴딜정책이 추진된 이후 미국경제는 활력을 찾았다. 확인할 길은 없지만 우리나라와 같이 예산 집행률 13%인 사업, 아예 집행조차 못한 사업, 사업 자체를 시작도 하지 않은 경우는 없었던 것으로 안다. 만약 그랬다면 뉴딜정책은 성공을 거두지 못했을 것이며 교과서의 한 페이지를 장식할 이유도 없었을 것이다.

　예산은 말 그대로 미리 셈하는 것이다. 내년에 사용할 돈을 한 해 전 미리 예산으로 잡아둔다는 것이다. 해가 바뀌면 순서에 따라 실제 집행되어야 한다. 해가 바뀌어 지난 해 사용한 예산을 확인해 보면(결산) 애초 예산과 차이가 나는 경우가 많을 것이다. 이를 다시 점검해 내년 예산을 편성할 때 예산과 결산의 차이가 최소화되도록 노력해야 한다. 그리고 지금과 같은 코로나 시기에 시급하게 필요한 예산이 있으면 정부가 나서 긴급하게 추가경정 예산을 편성할 수 있다. 법적으로 제도화되어 있고 마땅히 그리해야 하는 것이 정부의 도리이기도 하다.

　한국판 뉴딜은 한 해 전 미리 잡혀있던 예산이 아니라 긴급성을 띤 추가경정 예산의 범주에 속하는 것이다. 정부지출의 필요성이 시급할 때 편성되는 예산이므로 편성 즉시 집행되어야 하고 정부지출의 효과도 즉시 파악하고 제대로 집행되지 않은 경우 다른 대책을 세워야 함이 마땅하다. 그런데 대한민국의 뉴딜 정책은 입과 손가락만으로 실행한 것이다. 사업을 위해 필요한 돈이 있음에도 사용하지도 않고, 사용하지도 않을 예산편성에 대통령까지 나서 발을 동동 굴러야 했던 이유는 무엇일까? 정말 '불가사의(不可思議)'이다.

책을 찬양하며

　　　　　　　나만의 일인지 모르나 나이가 들면 마음이 뻣뻣해진다. 부드러운 마음이 아니라 단호하고 외골수적 모습으로 변하게 된다. 내가 알고 있는 것이 전부이고 내가 이야기하고 생각하는 것만 옳다고 생각한다. 따라서 남의 말이나 의견 따위는 참고하지 않는다. 특히 젊은 사람들 이야기는 콧방귀를 끼며 듣게 된다. '지들이 무얼 안다고!' 하며 팽개치기 일쑤이다. 어른이어도 자기와 의견이 다르면 담을 쌓고 살게 된다. 내 마음속에 좀처럼 다른 사람의 의견과 마음이 침투하기 어렵다.

　모든 사람이 이렇게 단단한 마음으로 무장되어 있다면 우리 사회에 대화의 여지는 없다. 한 발 앞으로 진전하려면 대화를 해야 하고 남의 말 들어줄 것은 들어주고 남의 의견 수용할 것은 받아들여야 대화를 통해 앞으로 나아갈 수 있기 때문이다. 정치인들이 '당리당략'의 차원에서 화합을 이루지 못하고 있어 많은 이들로부터 비판을 받는다. 그런데 그들을 비판하는 사람들 또한 단단한 마음이기는 마찬가지이다.

　외고집의 모양새로 변화되는 이유가 여러 가지일 것이나 이중 으뜸은 유연한 마음의 부재이다. 마음에 유연함을 가진다면 남의 말을 듣게 되고 나와 생각이 달라도 이에 화내지 않을 것이며, '각인각색(各人各色)'이니 나와 생각이 다른 사람이 있다는 것을 당연하게 받아들이며 살 수 있다. 웃으며 그의 말을 듣고 내가 고칠 부분이 있다면 고치도록 노력하고 그의 생각이 잘못되었다면 점잖고 부드럽게 그에게 충고할 수 있을 것이다. 마음의 유연함이 가장 절실하게 다가오는 이유이다.

　다른 사람이 쓴 책(글)을 읽어보면 좋을 것이다. 책 속엔 많은 생각이 들어있다. 인터넷에 떠도는 다른 사람의 행동이나 말에 대해 정확하게 파악하지도 않고 시니컬한 말투로 지적하지 말고 책 속에 있는 남의 생각을 꼼꼼하게 접해보는 것이 좋다. 전후 내막을 알게 되면 그가 왜 그런 생각을 하게 되었는지 그 이유를 알 수 있기 때문이다. 아름다운 시(詩)도 가까이 접해보라고 말하고 싶다. 우리 사는 세상에 대해 우리 사는 모습에 대해 우리 생각에 대해 가장 아름다운 말로 빚어낸 '촌철살인(寸鐵殺人)'의 한 마디가 시이기 때문이다.

매일 같은 모습으로 떠오르는 해를 보고 늘 뜨는 것이니 새로울 것 없다고 느끼는 사람과 불덩이가 하늘로 솟구치는 것을 보니 가슴이 '설렌다'고 생각하는 사람의 하루는 결코 같지 않을 것이다. 해가 지는 아름다운 모습도 과학적으로 서쪽으로 지는 해가 지평선을 넘어가 곧 밤이 올 것을 암시하는 것이라 생각하는 것보다 하루 내내 우리를 따뜻하게 만들어주고 잠시 우리 곁을 떠나 쉬러 간다고 생각하는 사람의 차이는 엄청난 것이다. 집안, 지위 그리고 경제력 등의 조건이 맞아 결혼하는 사람과 아름다운 사랑이 익어 결혼에 드는 사람의 결혼 생활은 엄청나게 다를 것이다. 아름다운 마음가짐 여부가 차이를 결정한다. 수학의 관점에서 하나 더하기 하나는 언제나 둘이다. 그러나 우리네 삶에서 하나 더하기 하나는 다섯이 될 수 있고 열이 될 수도 있고 잘못하면 하나도 아닌 영(0)으로 변화할 수도 있다.

아름다운 말과 글이 우리 마음을 여유롭게 만들 수 있다. 여행을 많이 할수록 견문도 넓어지고 보는 시각 자체도 달라져 열린 자세를 지닐 수 있다. 옛 선인(先人)의 생각을 많이 알면 우리네 생각도 크게 변화할 수 있다. 남의 생각을 듣다 보면 나와 다른 어떤 것에 대해 긍정적 입장을 가지게 된다. 아름다운 말과 글, 여행, 선인의 생각, 타인의 생각 등 모든 것이 책에 들어있다.

손에 핸드폰을 들고 다니며 핸드폰의 노예가 되는 것보다 책을 들고 다니며 짬짬이 책을 접하는 것이 좋을 것이다. 아무리 바쁜 사람도 한 편의 시를 읽을 시간이야 있을 것이다. 시 한편 읽고 시인의 마음을 생각한다면 우리 마음 어디에도 '사악함'이란 없을 것이다. 어느 지역 기행문을 읽으면 가보진 않은 곳일지라도 그곳의 정취를 느낄 수 있다. 책과 함께 마음을 키우고 생각을 넓게 하고 가슴에 평온을 심을 수 있다면 아무리 많은 시간도 아깝지 않다.

책을 읽는다는 것, 시간 걸리고 때론 지루할 때도 있다. 그러나 처음부터 달콤한 것이 어디에 있으랴! 한 줄 한 줄 함께 하다 보면 어느새 그 사람 생각, 마음, 모습이 내게 들어와 있음을 알게 된다. 그때 희열은 생각보다 훨씬 크다.

과학과 삶

　　　　　　　　많은 과학자의 노력이 승승장구하여 새로운 시대를 열고 있다. 텔레비전 리모컨도 음성으로 지시할 수 있고 운전자 없이 운전할 수 있는 시대가 눈앞에 왔다. 로봇이 사람을 대신하는 경우도 많다. 대규모 공장의 생산라인에 로봇이 등장한 것은 오래전 일이다. 특별한 능력이 없는 근로자들은 쉬운 공정에 반복적인 작업을 하며 생계를 꾸렸는데 로봇 등장 이후 단순 노동자의 생계에 영향을 미친다.

　텔레비전 뉴스 시간에 보니 고급 호텔의 객실 서비스까지 로봇이 담당하고 있다. 객실 손님이 음식을 주문하면 조리사가 음식을 만들어 로봇에 올리고 버튼만 누르면 로봇이 알아서 객실을 찾아가 전달하고 돌아오는 영상이었다. 처음 보는 광경에 신기하고 재미있었지만 불현듯 많은 호텔 근로자가 일자리를 잃어버리는 세상이 오지 않을까 걱정이 앞서기도 했다. 실제 호텔 관계자가 인터뷰하시길 '최저임금도 올라 인건비가 만만치 않아' 사람 대신 로봇으로 대체하는 중이라 한다.

　경제학 교과서에 있듯이 최저 임금의 장점이 근로자의 최저 생계를 보호하는 것이며, 단점은 임금 인상으로 노동수요가 감소하면 실업 인구가 늘어날 수 있다는 점이다. 물론 로봇의 발전이 최저 임금 인상에 기인된 것은 아니다. 하지만 자본의 입장에서 임금이 크게 부담스럽지 않다면 호텔 내 서빙까지 로봇에게 맡길까 하는 생각도 해보았다.

　우리나라 경제성장 정책의 시작이 1962년이니 벌써 60년이 되었다. 노동집약적 산업에서 출발하여 좀 더 높은 부가가치를 위해 자본집약적 산업으로 옮겨갔다. 여기에 생산성 향상이 수반되면 더 많은 소득을 얻는다며 기술입국(技術立國)을 외치며 살아왔다. 교과서적으로 볼 때 생산성 향상 또는 기술진보가 생산함

수를 상향으로 이동시키면 동일한 규모의 노동을 투입해도 생산량은 크게 증가한다. 따라서 국민소득 규모가 커지고 근로자들이 가져갈 절대적 몫도 많아지는 것은 사실이다. 하지만 당시 자본의 변신을 생각하지 못했던 것이다.

자본은 변신은 너무도 엄청났고 급기야 사람을 대신하며 사람의 자리에 들어앉기 시작했다. 로봇을 만든 사람, 로봇을 생산하는 기업은 엄청 돈을 많이 벌 수 있겠지만 특별한 능력이 없는 근로자 입장에선 일하던 호텔 문을 나서면 갈 만한 곳이 없다. 호텔만 그러하지는 않을 것이다. 단순 노동에 종사하는 근로자들이 갈 곳이 없고 가난한 그들이 가장 먼저 자본의 태풍에 날아가는 것이다.

언젠가 대통령께서 "인공 지능의 발전이 새로운 일자리를 만들어 보다 나은 소득을 보장한다."는 말씀을 하셨다. 그런데 아무리 생각해도 인공 지능은 기술, 그것도 첨단 중 첨단 기술이므로 그 분야에 종사하는 사람의 수는 극소수일 듯하다. 극소수의 능력 있는 사람이 엄청나게 많은 일을 해 부가가치가 높아진다는 의미 아닐까 싶다. 결국 특별한 능력 없는 다수의 근로자는 일자리를 잃어버린다. 과학의 발전이 어디까지 계속될까 걱정이다. 과학의 진일보는 그저 그런 근로자의 일자리를 날리는 것이기 때문이다.

햄버거 가게에서 종업원에게 주문하고 먹는 것과 키오스크(kiosk)에게 주문해 먹는 것, 무엇이 다를까 궁금하다. 야구장에 갈 때 표 관리하는 직원에게 표를 받아가는 것이나 인터넷으로 표를 뽑아가는 것이나 무슨 큰 차이가 있는지 역시 궁금하다. 사람이 있어야 할 자리에 기계가 존재하는 것일 뿐, 실질적으로 달라지는 것은 없다. 다른 분야에 일손이 많이 필요하여 단순 노동은 기계가 대신하고 좀 더 좋은 자리로 사람이 옮겨간다면 아무 문제가 없지만 기계가 대신한 자리에 있던 사람은 그 기능으로 다른 곳에 일자리를 갖기 불가능하다.

기계화가 생산 능력의 증가로 이어진다는 것, 옳은 말이다. 부족한 일손을 기계가 대신하는 것도 물론 좋다. 하지만 특별한 기능 없는 사람의 일자리를 빼앗는 기계인지라 재고의 여지가 있다. 경제적 효율성의 차원에서는 매우 고무적인 일이다. 하지만 모두 함께 사는 세상이려면 유능한 사람은 물론 무능한 사람도 제 밥벌이는 할 수 있어야 하지 않을까? 기계에게 묻고 싶다. 그리고 인공지능을 연구하시는 학자들께도 여쭙고 싶다. 도약의 시기에 답답함도 함께 있는 것, 나만의 생각은 아닐 듯하다.

어떤 기부: 남을 생각하는 문화

연말이면 종종 따뜻한 소식을 들을 수 있다. 이름 모를 사람의 선행이며 주로 성명 불상의 상태로 거금이 전해지곤 했었다. 구세군 냄비에도 많은 돈뭉치가 들었다는 얘기도 있었다. 하지만 최근 경기가 부진하며 온정의 손길은 많지 않아 보였다. 구세군 냄비는 어디에 있는지도 모를 만큼 잊혀진 물건인 듯했다.

그럼에도 불구하고 세밑에 아름다운 소식을 들을 수 있었다. 하나는 나이 85세 기초생활 수급자인 모 어른이 현금 20만을 들고 와 "가난하고 어렵게 사는 사람을 위해 써달라!"고 전했다. 특히 자신의 성금이 장애인을 위해 쓰였으면 좋겠다는 말도 덧붙이며 주민자치 센터의 복지 담당자에게 전달했다는 것이다. 매월 기초생활 수급금으로 자신의 생활도 빠듯한 처지에 있는 사람이 쓰고 남은 10원짜리 동전, 100원짜리 동전을 모아 거금 20만 원을 만들었다고 한다. 정성이 갸륵하고 삶을 마감할 나이에 있는 노인의 몸으로 자신을 챙기기도 바쁠 터인데 남을 위해 성금을 한다는 것이 너무너무 감사하고 고마울 따름이다.

또 하나의 얘기는 거리에서 폐지를 주워 모아 생활하는 분, 얼마나 오랜 기간 폐지를 모은 돈인지 몰라도 역시 공무원을 찾아와 1,000만 원을 기탁하셨다. 마침 내가 사는 동네에 폐지를 모아 생활하는 분이 있어 그분께 여쭈어보니, 하루 종일 돌아다니며 모은 폐지를 무게 달아 판매하면, 열심히 한 경우 한 달에 100만 원 가량 벌 수 있다고 한다. 따라서 본인이 생활하고 1,000만 원을 모으기 위해 오랜 시간이 걸렸을 것이다. 맛있는 것 보고 외면하기 쉽지 않고 좋은 옷을 보고 외면하는 것 역시 힘든 것인데, 이런 욕망을 억제하고 자기를 위해서는 최소한의 것만 지출하고 꼬박꼬박 모아 1,000만 원이라는 거금을 마련한 것이다.

이런 분이 없어도 정부는 조세정책이나 정부지출 정책을 통해 저소득층을 고려하고 있다. 잘 버는 사람에게 많은 조세 부담을 강요하고, 없이 사는 사람을 위해 보조금을 지급하고 있다. 하지만 누구든 세금내기를 꺼려하니 고소득자에게 큰 부담을 요구하는 것은 한계가 있다. 정부 입장에서 거둘 수 있는 금액에 한계가 있다는 점이다. 어렵게 마련된 돈으로 저소득층에게 생계비를 지원하면 스스로 노력해 자립가능한 사람도 빈곤층으로 눌러 앉히는 부정적 효과도 있다.

그러나 잘 살고 못 살고를 떠나 자신의 생활을 위해 사용하고 남은 것을 이웃과 함께 나눈다는 생각만 있다면 사회의 밝기는 훨씬 나아질 것으로 생각된다. 나눔이란 자발적인 경우를 의미하는 것이다. 자식 과외비로 매월 천여만 원을 쓰는 사람이 어려운 이웃을 위한 기부에 동참하지 않는 경우 많다. 매월 생활비로 수천만 원을 사용하면서 불우한 이웃에게는 눈길 한 번 주지 않는 사람도 많다. 전반적으로 따스한 모습의 사회는 아닌 셈이다. 자기가 열심히 노력해 번 돈을 자신의 욕망 충족을 위해 사용한다는데 뭐라 나무랄 수는 없다. 그 양반도 세금 다 내고 남은 돈으로 사용하니 국민의 도리를 외면한 것은 아니기 때문이다.

세상은 갈수록 '승자독식'의 사회로 치닫고 있다. 부나 소득의 불평등분배가 더욱 심화될 전망이다. 열심히 노력하면 최소한 "내 앞가림은 할 수 있다."는 말도 이젠 옛말이다. 능력과 자본이 없는 사람은 아무리 열심히 일해도 저축은 커녕 자신의 소비지출도 제대로 못할 상황이다. 제대로 된 일자리를 얻는 것은 너무 어렵고 자신의 일자리에서 정년(停年)을 채운다는 것 역시 신의 보살핌이 있어야 가능한 상황이다. 삶이 불확실하며 불안하다는 의미이다. 서글픈 현실이다.

나보다 못한 사람을 한번 돌아보는 따스함이 필요하다. 정부의 강제가 아닌 자발적으로 나눔에 동참하는 문화가 중요하다. 강제로 부담을 요구하는 것은 한계가 있는 법, 자발적으로 동참하는 나눔은 '웃으며' 할 수 있다는 점에서 다르다. 남에게 받을 때 기쁨과 남에게 줄 때 기쁨을 비교하면 후자가 훨씬 크다고 한다. 평생 남을 위해 내어준 경험이 없는 사람은 이런 기쁨을 맛보지 못하고 세상을 떠나는 것이니 이 또한 슬픈 일이다.

그렇다면 이런 불행이 어디 있으랴! 어려운 남을 위해 내 것을 던지는 것이 아니라 나 자신의 행복을 위해 내 것을 함께 나누는 문화가 절실한 현실이다. 따뜻한 마음이 우리 사회를 뜨겁게 데우는 역할을 했으면 한다.

할 말, 못할 말

경기도 안양의 모처에서 1평도 채 안 되는 폐쇄된 공간에서 구두 닦고, 열쇠 만들고, 도장 새기는 일을 하는 분이 계셨다. 손님들 대부분 구두 닦고 수선하는 일 때문에 오시니 주업(主業)은 구두를 만지는 일인 듯하다. 우선 신발을 손에 끼우고 먼지를 털고, 구두 가죽 위에 약을 칠하기 전 천으로 살짝 문지른 뒤 약을 발라 세차게 두어 번 구두를 만지니 금방 반짝반짝 윤이 난다. 구두 위를 오가는 손놀림이 어찌나 빠른지 놀라웠다.

눈에 띄는 것이 구두를 다 닦은 뒤 진공청소기로 구두 내부에 있는 먼지를 털어내는 모습이었다. 작은 진공청소기를 구두 속으로 넣고 잠시 휙 돌리면 구두 속 남아있던 양말의 보풀들이 제거된다고 한다. 겉만 번지르르 한 것이 아니라 구두 안까지도 깨끗해지는 것이 특징이다. 겉만 닦으면 신발을 신었을 때 차가운 기운이 그대로 있고 속의 찌꺼기가 제거되지 않으면 상쾌한 느낌도 덜할 텐데, 진공청소기를 돌리는 것 자체가 손님을 위한 배려가 아닌가 싶다. 따라서 많은 손님이 찾는 것은 당연지사이다.

주인공께서 모 텔레비전 프로그램(SBS, 생활의 달인)에 출연하셔서 자신의 신기(神技)를 자랑하는데 표정도 무덤덤하고 말씀도 차분하게 잘 하셔서 여느 출연자와 달라 보였다. 긴 머리에 적당히 나이도 들어 보였고 표정 역시 담담한 것이 편안해 보였다. 무엇보다 다음과 같은 그분의 말씀이 가슴에 와 닿았다. "구두 닦는 일이 하나의 직업이므로 다른 사람에게 어엿한 직업으로 인식되었으면 좋겠다."는 생각에 출연을 결심하셨다고 한다. 얼마 전만 해도 사람들이 구두 닦는 일을 하는 사람에게 좋지 않은 시선을 보냈다. 과거에 사람들이 '남의 말' 하는 것을 얼마나 좋아했는가 생각해 보면 된다. 자기 일이 아니면 잘 알지도 못하면서 함부로 말하고, 자기 것이 아니면 소중한 줄 모르고 자기 일이 아니면 폄훼(貶毁)하려는 못된 습성이 있었다. 하지만 최근엔 취업 자체가 어렵고 멀쩡한 대학교를 졸업해도 마땅한 일자리가 없는 터이라 직업의 귀천에 대한 인식은 많이 달라 졌을 것으로 생각했다. 그런데 달인의 이야기를 들어보면 그렇지 않았다. 여전히 구두 닦는 일에 대한 직업적 천대(賤待)가 사라지지 않았다는 것이다. 어느 날한 젊은 엄마가 초등학교에 다니는 아이를 데리고 가게에 오셨다. 달인에게 구두 수선을 맡긴 뒤 아이에게 "너 공부 열심히 해야 된다. 공부 안 하면 이 아저씨처럼 평생 구두나 닦고 고치며 살아야 해!"라고 말씀하셨다고 한다. 달인 입장에서 화가 치미는 일이다. 남의 신발을 닦고 고치는 일이 어엿하게 하나의 직업인데 공부 안 하면 해야 하는 형편없는 일이라 이야기하니 말이다. 그것도 본인 면전에서 그런 이야기를 한다는 것이 이해가 되지 않았고 불쾌했다고 한다. 내가 생각해도 그런 이야기를 했다는 젊은 엄마의 인격이 의심스럽다. 그나저나 달인의 입장에서 보면 황당한 일이며 달인께서 평생 받았던 상처 중 가장 큰 상처였다고 한다.

달인의 자식 생각은 어떨까 궁금하던 차, 아들이 나타났다. 달인의 자식은 너무도 번듯하게 잘생긴 아들이었고 아버지가 하시는 일에 대해 "그 일을 하며 나를 키워주셨는데 일체 부끄럽게 생각하지 않는다."고 했다. 그렇게 말하는 달인의 아들이 정상적인 사람이다. 남을 가르치는 일, 방송하는 일, 재판하는 일, 남을 치료하는 일, 약을 조제하는 일, 구두 고치는 일, 나무를 깎아 제품을 만드는 일 등등 모두 하나의 직업이다. 먹고 살기 위한 수단에 불과하다. 따라서 거기에 순위가 있고 한 수단이 다른 수단보다 우위 또는 열위에 있다는 생각 자체가 잘못된 것 아닐까? 그리고 사람이 살면서 해야 할 말과 하지 말아야 할 말이 있다는 것 정도는 알아야 하지 않을까 싶다. 당신은 멍청합니다. 당신은 실력이 없습니다. 당신은 인간 이하의 사람입니다. 당신이 하는 일은 천합니다. 이런 말을 하는 사람은 이 땅에 존재할 필요도 없는 사람 아닐까? 달인은 방송사로부터 2021년 한해 '가장 훌륭한 달인'으로 선정되었다. 일 마치고 집으로 돌아가 늙은 어머님과 포옹하며 하루를 마감하는 모습이 너무도 아름다워 보였다.

교통정체, 마음정체

누구나 돈을 벌어야 산다. 돈을 벌려면 일을 해야 한다. 내 집이 일터인 사람도 있지만 일을 하려면 일터로 가야 한다. 일터에 가려면 지하철, 버스 또는 직접 운전하고 가야 한다. 일터는 대부분 서울과 수도권에 집중되어 있다. 사람도 마찬가지, 서울과 수도권에 심할 정도로 밀집되어 있다. 서울을 기준으로 집에서 일터까지의 소요시간이 평균적으로 한 시간 내외라고 한다. 근로자들은 누구에게 매인 몸이므로 일하는 시간이야 먹고 살기 위해 어쩔 수 없다 하지만 통근시간과 통근의 질이 양호하면 좋으련만 실상은 그렇지 않다.

서울에 직장이 있는 지인이 일산에 거주하고 있고 자동차로 출퇴근하는데, 자유로는 새벽 6시 좀 지나면 막히기 시작한다고 한다. 회사로 가는 길이 고통이다. 이를 피하려 새벽에 눈 뜨면 바로 나서는 것이다. 회사에 도착하면 6시, 주변 짐(gym)에서 운동하고 씻고 아침 먹고 회사에서 일한다. 개운하게 하루를 시작하려는 마음이겠지만 가족들과 아침상에 둘러앉아 잠시라도 이야기를 나누며 식사하는 모습은 꿈인 모양이다. 아빠 엄마는 눈뜨면 나가고 아이들은 학교에 갈 시간이 되어 준비하고 대충 먹고 학교로 간다. 한집에 살지만 대화할 수 없을 만큼 분주하게 움직여야 한다. 잘 살기 위해 노력하는 것이겠으나 이런 것이 진정 잘 사는 모습인지 모르겠다.

회사에서 집으로 오는 길도 마찬가지이다. 서울서 일산으로 가는 길, 서울서 부천으로 가는 길, 서울서 분당 죽전 수지 및 수원으로 가는 길, 수원에서 동탄으로 드는 길 등등 모두 정체의 연속이다. 사람이 많이 모여 사니 할 수 없다. 자동차가 많으니 어쩔 수 없다. 밀리고 찡겨 가는 것이 싫어 손수 운전하는 것이니 할 수 없다. 파김치가 되어 집에 도착한다. 대부분 맞벌이니 아내에게 맛있는 저녁을 원할 수 없다. 하루 종일 일하고 돌아온 아내도 힘들기 때문이다. 대충 먹거나 밀키트 주문해 먹고 빵이나 기타 간편식으로 때운다. 학원에 가야 하는 아이들은 주변 편의점에서 대충 먹고 치운다. 저녁에도 역시 대화는 없다.

가정이 무엇인가 생각해 본다. 남자와 여자가 서로 사랑하여 가정을 꾸리고 아이를 낳고 아이 자라는 모습을 보며 행복을 느끼는 것이 인지상정이다. 아이들은 하루가 다르게 커간다. 그 속에 아버지와 어머니의 사랑과 정이 양념으로 들어가야 정상적으로 성장하는 것이다. 하지만 아버지는 아버지대로 바쁘고 어머니는 어머니대로 바쁘고 아이는 아이대로 할 일이 많이 있다. 그렇다면 누구에게든 집으로 가는 길이 과연 행복할까 반문해 본다. 엄마의 품으로 들어가는 아이의 발길이 어떤가 생각해 본다. 갈수록 더 바빠야 살 수 있는 세상이라 하니 집으로 가는 길은 더더욱 불편할 것이며 따라서 아름다운 모습은 아니다.

언젠가 한 정치인이 '저녁이 있는 삶이어야 한다.'는 말씀을 했었다. 처음에는 무슨 말씀인가 의아했다. 지금 생각해 보니 가족 구성원 모두에게 저녁은 없었다. 아빠의 저녁은 직장 동료와 함께, 엄마의 저녁은 직장 또는 집에서 홀로, 아이의 저녁은 편의점에서 학원으로 반복의 연속이다. 가정이라는 울타리 안에서 저녁의 모습은 없다. 정치인의 의도는 저녁에 가족이 둘러앉아 이런저런 이야기를 하며 서로 사랑을 확인하고 격려하고 하루의 피로를 풀어주려는 것이었을 것이다. 일 때문에 외부에 갔다 집으로 오는 길, 어디이든 IC마다 길게 늘어선 차량을 보게 된다. 여행이나 기타 급한 일로 어쩌다 한 번 경험하는 사람은 예외지만 매일 출퇴근을 하는 사람에게 집으로 가는 길은 그야말로 피로의 길이다.

불난 집에서 튀어나오듯 아침을 시작하고 하루 종일 일에 시달리다 포근한 가정으로 돌아가는 길이 정체의 상황, 기다림의 일상이라니 어디에서 행복을 찾아야 할지 모르겠다. 주말에 외식하는 것으로 충분할까, 아이들이 부모님의 노고를 이해하고 특별한 말이 없어도 자기가 알아서 하면 다행이지만 철부지인 아이들에게 그런 걸 기대하기 어렵다. 아침에 나서는 길이 불편한데 일터에서 즐거울 수 있을까. 종일 업무에 시달리다 집으로 가는 길이 주차장 같은 모습이라면 즐거울 수 있을까. 어떻게 사는 것이 좋은 것일까?

노인의 기차

　　　　　　　　　얼마 전 경원선 열차를 이용해 금릉역(파주시)에 갔다. 내가 사는 곳은 서울 양천구이라 2호선 홍대입구 역에서 경원선으로 갈아타면 된다. 오전 11시가 좀 지날 무렵 문산행 열차에 승차했다. 앉을 자리가 없었다. 서 있는 사람이 제법 많았다. 이 시간에 사람이 많은 것이 이상했다. 책을 읽으며 가야겠다는 마음으로 가방에서 책을 한 권 꺼냈다. 잠시 주변을 둘러보았다. 모르긴 해도 70세는 족히 넘은 많은 분이 서서 가는 것이다. 젊은 양반이 '좌석 좀 양보하지!' 하는 마음으로 좌석을 둘러보았다. 앉아있는 승객도 모두 서 있는 사람만큼 나이 드신 분이었다. 앉은 사람, 서 있는 사람 모두 젊은이는 없었다.

　내가 보기엔 승객들 대부분 별일 없을 나이고 바깥 날씨도 영하 10도를 오르내리는 강추위 상태였다. 그런데 이 많은 분들이 어디로 가는 것일까? 무슨 이유로 가는 것일까? 잠시 생각해 보았다. 그리고 전철의 경우 65세 이상이면 모두 무임승차인데 눈에 보이는 많은 승객 중 요금을 내고 타는 사람이 거의 없을 것이란 생각도 들었다. 철도운영에서 발생되는 적자는 조세 수입으로 상환해야 하니 조세 부담이 증가할 것이란 생각도 했다.

　그러나 무엇보다 심각한 것은 나이 많은 사람의 비중이 빠른 속도로 증가한다는 것이다. 여러 차례 들어 아는 바이나 눈으로 직접 확인할 수 있는 계기였다. 2025년, 65세 이상의 인구가 차지하는 비율이 20%를 초과해 초고령화 사회로 진입할 예정이라고 한다. 경제활동에 참여하기 곤란한 사람의 비중이 그만큼 증가하는 것이다. 나이 많은 사람만큼 젊은 사람(또는 어린 사람)이 많아지면 별문제이다. 그런데 결혼하려고 하지 않고 결혼한 사람도 아이를 낳으려 하지 않으니 기대할 수 없는 일이다. 기차가 몇 십 분 달릴 때까지 적지 않은 수의 노인이 자리를 유지했고 내 눈으로 보았을 때 특별한 일이 있는 것 같지 않았다. 객차 안의 그 모습이 잠시 후 우리나라의 모습이 아닐까 생각했다.

현재 대한민국의 인구가 대략 5,000만 명이다. 전체인구의 20%가 65세 이상의 노령층이라면 부양해야 할 노인의 수가 1,000만 명에 이르는 것이다. 경제활동에 참가하지 않는 학생, 주부, 군인을 빼고 실제 일하며 돈을 버는 사람의 수는 2,000만 명 남짓이다. 그들이 번 돈으로 모두가 먹고 살아야 한다. 우리의 모습이 열차와 같아질수록 돈 버는 젊은 사람의 부담은 계속 증가해야 한다. 결혼 기피, 게다가 출산 기피라면 10년 뒤 젊은이, 20년 뒤 젊은이는 지금 현재 젊은이보다 더 많은 부담을 해야 한다. 나이 든 사람의 수는 점차 많아지는데 일하는 사람의 수는 갈수록 적어질 것이기 때문이다.

아파트 단지를 생각해 보자. 갓난아이 울음소리, 초등학교 학생들의 재잘거리는 소리, 중고등학생의 모습, 대학생의 모습, 직장인의 모습 등이 조화를 이루어야 건강한 사회이다. 그런데 허리 굽은 노인의 모습은 많은 반면 초등학생은 거의 없다. 인근 초등학교의 한 학급 학생 수가 20명에 불과하다고 한다. 우리 어릴 적 콩나물교실은 생각할 것도 없다. 불과 얼마 전만 해도 한 학급 인원이 평균 35명 정도였다. 그런데 갈수록 적어지는 것이다. 중학교나 고등학교도 학급 인원이 줄어들긴 마찬가지이다. 대학인들 다를 수 있는가? 서울 시내의 몇 개 대형대학교를 제외하면 모든 대학이 신입생 모집에 혈안이 되어있다.

균형 잡힌 사회가 되려면 인구 분포가 항아리 모양이어야 하는데, 대한민국의 경우 피라미드 거꾸로 세운 모습으로 변하고 있다. 그러다 보니 노인을 수용하는 시설이 자꾸 증가 되어야 할 지경이다. 노인 중학교, 노인 고등학교, 노인 대학교 등을 만들어 운영해도 될 만큼 노인 인구의 비중이 빠르게 증가한다. 연금을 받는 노인이 얼마나 되는지, 그들이 수령하는 평균 연금액이 얼마인지 모르겠다. 그런데 국민연금의 경우 월 100만원 이상 수령하는 비중이 10%에도 미치지 못하니 나머지 90%는 개인 저축이 부실하다면 생계가 어려운 사람이다. 전철 승객 대부분이 그런 사람이라면 대한민국 앞날이 어찌 될까 걱정이다.

노인의 수가 많아져도 활력있는 사회로 남아있어야 한다. 그러려면 우선 아이들이 많아야 한다. 결혼하는 것을 이상(理想)으로 삼아야 한다. 혼자 사는 것보다 결혼해 아이 낳고 온전한 가정을 이루어 사는 것이 더욱 자연스럽고 건강한 삶이라는 걸 알았으면 좋겠다. 가정을 이루고 아이를 낳고 아이를 키우며 행복을 찾아가는 것이 건강하다는, 일종의 의식구조개편이 절실하다.

코로나시대의 우리

코로나가 장기화되며 우리들 일상생활에 많은 변화가 있다. 자연스럽게 생각했던 친구들과 만남, 가족들과 모임, 저녁 술자리 등이 별스런 일로 되었고 모니터를 통해 강의하는 모습에 익숙해졌다. 가뜩이나 사람과 접촉이 없어 걱정이라던 어른들 말씀이 더더욱 현실로 나타나기 시작했다. 지금은 사람과 접촉이 없어 걱정 정도를 넘어 사람과 접촉의 필요성이 점점 사라지는 것같아 두렵기도 한다.

어떤 일에 대해 '이렇게 되어야 한다' 또는 '이렇게 해야 한다'는 불문율 같은 것이 있었는데 코로나 덕분에 그리 하지 않아도 충분히 살 수 있고 따라서 생각에 많은 변화가 있다. 대학교라는 물리적 실체가 꼭 필요한가에 대한 생각도 그 중 하나이다. 강의도 인터넷으로 가능하고 학점도 부여받고 과제도 제출하고 출석도 점검할 수 있고 참고도서도 검색할 수 있다. 교수와 학생이 만나 학습하는 것이 옳은 것인가 생각하기 시작했다. 물론 실험실습이 필요한 과목은 화면으로 해결하기 어려운 부분도 많을 것으로 안다.

가족들 모임도 간소화되었다. 어머님 아버님 기일(忌日)에 식구들 얼굴 보며 함께 부모님 생각에 젖었는데, 모이는 것 자체가 불가해 성당에서 미사 드리는 것으로 대신하고 있다. 집집마다 아이 돌잔치도 큰 행사 중 하나인데 이 역시 모임이 불가하니 '다음에 다음에-' 하다가 시나브로 넘어 가버렸다. 불과 2-3년 전만 해도 부모님 기일에 상을 차리지 않고 미사로 대신한다면 혼났을 것이요, 아이 돌인데 그냥 지나가면 아이에게 죄짓는 것으로 생각했을 것이다. 그러나 그리하지 않아도 아무 지장 없고 서운하지도 않았다.

친구들과 술자리, 지인들과 술자리, 업무상 술자리 등 일상에 없어서는 안 되는 것인 줄 알았고 특히 업무 때문에 거래처와 교제할 때 술은 빠지면 큰일 나는 줄 알았는데 그냥 지나가며 업무 이야기만으로 매듭지어도 아무 일이 없다. 친구들도 마찬가지, 전화로 안부 묻고 대면하며 술 한잔 기울이지 않아도 우정에 금가는 일이 없다. 아이들 급식이 해결되지 않아 매일 도시락 싸는 것이 큰일이라며 걱정하던 집안 조카도 생각난다. 우리 어머니는 그 옛날에도 도시락을 두 개씩 싸주시며 한 번도 힘들다는 말씀 없으셨는데, 이젠 몇 안 되는 아이 도시락 챙기는 것도 큰 일이 되었다.

그런데 내년 선거를 앞둔 각 정당의 후보자들에게는 큰 변화가 없다. 정책 대결은 외면하고 상호 비방하는 것, 상대의 약점을 잡고 흔드는 것, 상대 정당의 태생적 문제를 거들먹거리며 동화 같은 이야기를 만들어내는 것 등 달라지지 않았다. 과거 어떤 기업 총수께서 "경제는 이류인데 정치는 삼류이다."라 말했던 기억이 새롭다. 내가 성인이 되어보니 '정치는 삼류'라는 표현도 과찬이다. 삼류라도 되려면 한참 더 노력해야 할 것이다.

봄이 되면 꽃이 피고 여름에 땀 흘리고 가을엔 단풍을 즐기고 겨울엔 모든 것을 덮는 눈이 내리는 것이 세상이 모습이다. 그러나 같은 꽃이라도 보는 사람의 생각은 다르고 해마다 오는 흰 눈도 나를 새롭게 만들게 한다. 거창하게 말하면 성찰하며 커가는 모습이 아닐까 싶다. 정치도 성장하는 모습을 보였으면 한다.

사람이 한 번 나면 죽는 것, 필연이다. 얼마 전 노태우 전 대통령께서 돌아가셨다. 국장(國葬)이냐 국가장(國家葬)이냐를 두고 설전이 있었다. 과거 범죄경력 때문에 어렵다 아니다 갑론을박이 있었다. 전두환 전 대통령과 '다르다, 같다'를 두고도 논쟁이 있었다. 어찌 지나는지 모르겠다. 영결식을 하는 모양이다. 간소화한다 해도 꼭 참석해야 할 사람을 꼽으니 엄청나게 많은 수가 자리하는 모양이다. 코로나로 일반 백성은 아이 돌잔치도 미루고 있다. 만남 자체가 어려워 이런저런 모임도 자제 아닌 자제를 하는 것이 요즈음이다.

전직 대통령에 대한 예우는 필요하다. 두말할 필요도 없다. 하지만 때를 감안하면 좋겠다. 유족이 나서 '우리 가족끼리 조촐하게 보내드리도록 하겠습니다.'

라고 말할 수는 없을까? 때가 되어 그 많던 잎새를 떨구는 나무가 우리를 보면 무엇이라 말할까, 그저 미안할 따름이다. 코로나와 함께 이렇게 가을이 지나가고 있다.

도쿄올림픽(2021)을 보고

　　　　　　　　지독히 더웠던 여름이 가고 있다. 더위만 있어도 살
만했는데 코로나까지 자리하고 있어 여간 힘든 것이 아니었다. 외부 모임도 없
고 지인들 불러 자리하기도 어려운 지경이라 자연 TV와 책에 눈이 많이 갔다.
TV에서 열흘 남짓 올림픽중계를 했고 올림픽 개최지가 우리와 시간이 같은 일
본이라 불편 없이 시청할 수 있어 좋았다. 한국선수들이 열심히 하는 모습을 중
심으로 편성되어 인기 종목은 물론 비인기 종목까지 우리 선수들 뛰는 모습을
빠짐없이 볼 수 있었다.

　　많은 비난을 받았던 야구와 축구 선수들이 안타까웠다. 엄청난 몸값을 받는
프로 선수들인데 정작 시합에서 맥없는 모습을 보였기에 실망이 많았을 것이다.
하지만 미국은 야구의 원조이고 일본 역시 프로 야구가 시작된 지 수십 년이 지
난 야구 강국이며 도미니카 공화국도 미국 메이저리그의 선수 공급원일 정도로
야구가 인기 종목인 나라로 알고 있다. 2008년 처럼 영광을 안고 왔다면 더 좋았
겠지만 자기 안방에서 일을 내고 싶은 일본과 다른 야구 강국의 염원도 만만치
않았을 것이다. 이해하고 넘어가야 한다. 축구도 마찬가지이다. 멋지게 8강에 진
출했고 8강 상대는 멕시코였다. 많은 골을 먹어 실망이 컸지만 멕시코에게 이겨
본 기억이 얼마나 있는지 생각해 보자. 축구 랭킹도 우리보다 훨씬 높은 나라이
므로 쉽게 이기기 어려웠던 상대였다. 그들에게 3골이나 넣은 것에 만족하고 다
음을 기약하는 것이 좋을 듯하다.

　　늘 웃음을 전하는 양궁은 이번에도 우리를 실망시키지 않았다. 우승해야 본전
(?)인 상황이므로 선수의 부담감이 엄청났을 텐데 나이 어린 선수들이 용하게도
금 과녁을 뚫어주었다. 펜싱도 국민들에게 많은 힘을 주었다. 사실 내 주변에 펜
싱을 눈여겨보는 사람도 없고 룰(rule)도 제대로 모르고 에페가 무언지 사브르가

무언지도 모르는데 거구에 장신인 유럽 선수들을 무너뜨리고 우승하는 모습에 선수들만큼 감격스러웠다.

더더욱 우리를 뜨겁게 했던 사람들은 메달을 목에 걸지 못했지만 인간 한계에 도전하는 여러 선수들이었다. 수영에서 결선까지 진출했던 황선우, 다이빙에서 결선에 진출 최종 4위에 자리한 우하람, 높이뛰기에서 한국신기록을 세우며 4위에 자리한 우상혁, 근대5종이란 이름도 생소한 종목에서 최초로 메달을 딴 전웅태, 아버지에 이어 도마에서 동메달을 쥔 여서정 등이 대견스럽게 생각되었다. 박수를 보내고 싶다. 하지만 지난 4-5년을 준비하며 '그날'만을 기다렸지만 초반에 나가떨어진 선수들도 많다. 고개 숙이고 눈물 흘리는 그들을 볼 때 나 역시 그들만큼 아팠다.

뭐니 뭐니 해도 우리에게 가장 큰 감동은 여자배구 아닐까 싶다. 세계 랭킹 14위, 메달은 물론 4강을 바라는 것도 이상할 상황이다. 하지만 그들은 예선에서 힘을 내며 일본과 도미니카 공화국을 어렵게 이기고 본선에 진출했다. 8강 상대인 터키도 배구가 국기(國伎)일 만큼 배구를 사랑하는 나라로 알고 있다. 그들을 만나 천신만고 끝에 4강에 올랐다. 주장 김연경 선수가 보여준 투혼, 파이팅, 후배들을 향해 '후회 없이!' '해보자! 해보자!'를 부르짖는 그녀의 외침이 눈과 귀에 생생하게 남아있다. 바로 그것이 운동하는 이유이며 운동선수가 사랑받는 이유라 생각된다.

안 된다고 주저앉고 높다고 외면하고 더럽다고 만지려하지 않고 힘들다고 가려하지 않는다면 얻고 배울 것은 아예 없다. 우리 배구가 일본의 높이에 무너지지 않았고 도미니카의 덩치에 밀리지 않았고 터키의 힘에 굴복하지 않았다. 이겨서 좋았던 것이 아니라 우리도 할 수 있다는 자신감을 불어넣었고 운동장에 쏟는 선수들의 투혼이 우리에게 감동을 주니 좋았다. 흘리는 땀이 아름답고 이기고 환호하는 모습도 아름답고 지고 난 뒤 패배를 인정하고 승자에게 축하를 보내는 따뜻한 마음도 아름답다.

성공을 위해 최선을 다하는 것이 우리 사람의 몫이다. 가다 보면 넘지 못할 벽이라 생각했던 것도 넘게 되고, 들 수 없을 것으로 생각했던 무거움도 번쩍 들 수 있고, 불가능하리라 생각했던 많은 것들이 내 앞에 성공으로 돌아오는 날이 있는 것이다. 투혼(鬪魂), 거기에서 진정한 아름다움을 보았다. 내가 흘린 땀이 아름다운 투혼을 만드는 것이며 자존감과 자신감도 투혼에서 나오는 것이리라!

엄동설한의 먹이활동

땅 위의 짐승도 풀이 돋고 물도 충분한 봄과 여름이 먹이활동에 좋을 것이다. 목마르면 물도 충분히 마시고 땅 위를 뛰어다니며 먹잇감을 발견하면 풀 뒤에 숨었다 기습적으로 사냥할 수도 있다. 사자나 호랑이 같은 무서운 동물은 물론 치타나 들개처럼 몸집이 작은 짐승도 공격대상에 차이가 있을 뿐 먹이를 잡는 방식은 비슷해 보였다.

한겨울에 어떻게 지낼까? 텔레비전을 통해 보는 아프리카는 겨울이 없으므로 걱정할 필요가 없다. 아프리카엔 한여름 건기(乾期)에 먹이활동이 어렵다는 얘기만 들었다. 그러나 극지방처럼 겨울이 길고 엄청난 동토(凍土)에도 동물이 날뛰고 있다. 한겨울, 하얀 눈과 빙하 외에 아무것도 보이지 않는 곳에서 먹이를 잡고 안락하게 살고 있었다.

북방 올빼미, 올빼미류 중 가장 덩치가 큰 편이라고 한다. 한겨울에 대지가 꽁꽁 얼었고 눈이 덮여 있어 땅 위의 무엇도 감지할 수 없다. 조그만 들쥐는 눈 위에 먹을 게 없으므로 눈 아래 있는 조그만 먹이를 찾아 눈 밑으로 기어들어 먹이활동을 한다. 먹고 놀고 있음에도 다른 침입자들이 들쥐를 포착할 수 없으니 안전한 셈이다. 그런데 붉은 여우와 북방 올빼미는 눈 밑에서 활동하는 들쥐의 소리를 잘 들을 수 있다고 한다. 특히 북방 올빼미는 50m 밖에서도 들쥐의 움직임을 들을 수 있고 정확한 위치도 파악할 수 있다고 한다. 일단 50m 이내에 들쥐가 있으면 눈여겨본 뒤 활강을 시작한다. 유연한 날개와 많은 깃털 덕분에 활강할 때 소리도 거의 없다고 한다. 정확한 위치에 다다를 즈음 날카로운 발톱을 눈 아래로 꽂아 내린다. 50cm 두께의 눈 속으로 파고들어 정확하게 들쥐를 잡아낸다. 잠시 날아 여유있게 한 끼 식사를 해결한다. 온통 눈밭인 겨울, 다른 짐승은 어디에 먹이가 있을까 노심초사하고 있는데 한겨울 먹이활동이 더 쉬워 편안하고 풍요로운 시절을 보낸다고 한다.

붉은 여우의 들쥐사냥 역시 신비롭다. 청각이 발달한 붉은 여우가 조용한 발걸음으로 들쥐가 있는 곳으로 다가간다. 물론 들쥐가 눈치채지 않도록 하려면 발걸음 하나도 조용해야만 한다. 목표물이 있다고 판단되면 잠시 머물다 공중으로 점프한다. 공중에서 몸을 돌리며 다이빙선수가 물속으로 향하듯 주둥아리를 눈 속에 처박아 눈을 뚫고 들어간다. 50cm 정도의 눈은 아무것도 아닌 듯 몸을 털며 밖으로 나올 때 붉은 여우의 입에는 들쥐가 있다. 가장 빠르다고 하는 치타도 시속 100km 가까운 속도로 달려 먹이감을 노리지만 사냥 성공율이 20%에 불과하다고 들었다. 그런데 붉은 여우나 북방 올빼미의 경우 사냥성공률이 70%에 이른다고 하니 느긋하게 겨울을 보낼 수 있다.

한겨울 눈이 많이 내리면 산짐승들이 사람 사는 동네로 내려와 어슬렁거리는 것을 볼 수 있다. 동물보호단체에서 눈 위로 먹이감을 던져놓아 그들이 굶지 않게 배려하는 모습을 보았다. 대한민국의 산에 많이 있는 고라니나 산양이 내려와 그들이 뿌려놓은 먹이를 먹고 다시 산으로 가는 것을 보았다. 만약 동물보호단체가 아니었다면 많은 짐승들이 굶어 죽었을 것이다. 겨울이 인간에게도 많은 비용을 요구하지만 동물에게는 생사를 결정할 만큼 엄청난 영향을 미치는 셈이다. 그런데 북방 올빼미나 붉은 여우는 오히려 겨울을 즐기고 있으니 아이러니이다.

날카롭게 하늘을 향해 있는 봉우리들로 가득한 히말라야 산맥에도 짐승이 있다. 양처럼 생긴 짐승인데 천길 낭떠러지 바위벽을 평지 달리듯 달리며 살고 있다. 위태롭게 보이나 살 수 있는 동물이 거의 없으니 그만큼 안전하다고 할 수 있다. 그런데 거기에 눈표범이란 놈이 있다. 산양 같은 짐승을 쫓을 만큼 충분히 빠른 속도로 바위를 달릴 능력을 갖추었다. 표범을 감지한 산양이 달아나는데 눈사태 때 눈덩이가 굴러떨어지는 속도로 바위를 달린다. '살았겠지' 하는데 눈표범도 거의 비슷한 속도로 달려가 기어코 산양을 먹이로 삼는다. 참 놀라운 일이다. 생명이 있을까 하는 곳에 생명이 있고 먹을 것이 있을까 생각되는 곳에 먹을 것이 있다.

스쿨존(Schoolzone)

　　　　　　　　스쿨존이란 유치원이나 초등학교 주변에 설치된 어린이 보호구역으로 학교 정문에서 300m 이내의 통학로를 의미한다. 어린이를 보호하고 교통사고로 인한 피해를 줄이기 위해 안전표지, 도로반사경, 과속방지턱 등이 설치되어 있다. 주지하는 바와 같이 스쿨존 안에서는 주차나 정차를 할 수 없고 시속 30km 이하로 천천히 달려야 한다. 초등학교 주변을 진행할 때 커다란 노란색 표지판에 '어린이 보호구역'이라 새겨진 글씨가 유난히 눈에 뜨인다.

　조그마한 아이들이 통학하는 길에서 '빠른 속도로 진행하라'고 말하는 사람은 없다. '학교 앞에 주정차하고 일 보세요'라고 말하는 사람은 없다. '자동차가 오면 아이들이 알아서 피할 테니 조심할 필요 없다.'라고 말할 사람도 없다. 그럼에도 불구하고 아이들이 다치고 때론 사망하는 경우가 있다. 모두가 운전하는 어른의 부주의 때문이다. 이유는 다양하다. 굽어진 길이라 아이가 오는 걸 보지 못했다. 서행하는데 아이가 갑자기 뛰어들어 피할 수가 없었다. 등등이다.

　어떤 사고이든 이유 없는 사고가 어디 있겠는가? 무조건 조심하는 것이 최선이다. 아이들의 경우 기본적으로 체구가 작다. 따라서 트럭을 운전하는 사람의 시야에 들어오지 않는 경우가 있고, 맞은편에 자신의 친구가 있을 때 주위를 둘러보지 않고 뛰어가니 느닷없이 나타나는 경우도 많다. 굳이 잘잘못을 따지자면 100% 운전자의 잘못은 아닐 수 있다. 하지만 아이들과 운전하는 어른 사이에 너와 나의 과실 비율을 따질 여유가 없다. 운전자는 어른이고 스쿨존의 주인공인 아이들은 '어린이'이기 때문이다. 무조건 보호받아야 하는 아이들에게 우선권이 주어져야 한다.

　옛날 동네에 위치한 초등학교는 굽어진 길 한 켠에 정문이 있고 인도와 보도 구분이 어려운 경우도 많다. 왕래하는 사람이 많아 자동차의 진행이 어려운 길도 많다. 그런 곳으로 자동차가 진행할 때 조심 또 조심하는 수밖에 다른 방도가 없다. 새벽이나 한밤중, 인적이 뜸할 때 자동차가 조금 속도를 낼 수 있어 지나다 사고 나는 경우도 있다. 신호등이 푸른색에서 적색으로 바뀌는 순간 차도 달리고 아이도 달리며 사고가 나는 경우도 있다. 운전자와 마찬가지로 아이들의 부주의와 아이들의 산만함도 사고의 원인이 된다. 선생님께서 아이들에게 늘 강조하셔야할 부분이 아닌가 생각된다.

한 가지 우리가 짚고 넘어가야 할 부분이 있다. 스쿨존의 속도 제한에 관한 것, 스쿨존에 있는 과속 단속 장비에 관한 문제이다. 시속 30km 속도 제한은 아이들의 등하교 시간에만 허용되어야 한다. 한밤중과 새벽에도 여전히 적용되고 있어 많은 운전자를 불편하게 만든다. 물론 조심조심 운전하는 것은 당연한 일이다. 하지만 저녁 시간 이후 아이들 통행이 없음에도 불구하고 속도 제한 여부를 단속하는 기계가 작동하고 있어 시속 40km로 서행했음에도 '법규위반'이라며 범칙금 딱지가 집으로 날아온다, 위반시간이 밤 11시 30분, 이 딱지를 받아든 운전자가 '내 잘못이구나!'라며 미안한 생각을 갖지 않는다. '이 시간에도 카메라가 있어 단속을 하는가!'에 대한 원망이 앞선다. 정부가 생각해야 할 부분이다.

몇 해 전 미국에 살 때 보았던 일이다. 초등학교 앞에 당연히 스쿨존 표시가 있다. 그런데 점멸등이 깜빡일 때에만 속도 제한(법규)이 적용된다. 점멸등이 깜박이는 시간은 학생들이 등하교하는 시간이다. 점멸등이 깜빡이고 자원 봉사하는 학부모들과 동네 노인들이 아이들 등하교를 알리는 깃발을 움직이고 있어 운전자 누구나 기어가듯 서행한다. 그게 전부이다. 등하교 시간 이외에 속도 제한은 없었다. 등하교 시간, 하루 1-2시간이 고작이다. 나머지 22-23시간 동안 어떠한 규제도 없다. 누구도 불만이 없다. 그리고 모든 사람이 안전하고 또 편리하다.

과속방지턱이 없어 과속하는 것은 아니다. 신호등이 없어 과속하는 것 역시 아니다. 스쿨존이 없더라도 아이들 등하교 시간에 과속하는 정신 나간 사람은 없을 것이다. 따라서 합리적이고 이성적 판단을 필요로 하는 측은 운전자뿐 아니라 정부도 포함되어야 한다. 정부 역할이 과속방지턱과 속도위반 단속 장치를 부착하여 범칙금을 거두는 것은 아니다. 국민들 모두 불편 없이 생활할 수 있도록 지혜를 짜내는 것이 정부 및 관련 공무원의 역할이다.

이익집단: 의사 선생님 부족

이익집단 또는 이해집단으로 불리우는 소위 interesting group이 있다. 대기업의 이익을 대변하는 전국 경제인연합회, 중소기업의 이익을 대변하는 중소기업 연합회. 의사들의 권익을 위해 대한의사협회도 있다. 뿐만 아니라 개인택시 운송조합, 전국버스 운송조합 등 수많은 이익집단이 있다. 이익집단은 동일한 업무를 하는 사람이 자신의 이익을 위해 구성한 연합체이다. 스스로 권익 보호를 위해 만든 집단이니 그 필요성은 인정된다. 하지만 그들이 현실의 정치과정에 영향력을 행사한다는 점이 문제이다.

2022년 12월 말 경 인천의 모 대학교 의과대학 부속병원에서 소아청소년과의 입원이 전면 '불가'하다고 통보했단다. 이유는 소아청소년과의 의사가 없기 때문이다. 소수의 기존 의사가 있지만 의과대학을 졸업한 인턴이나 레지던트 인력이 계속 공급되어야 하는데 그러하질 못하니 순회 진료가 불가하다고 판단해 내린 결정이란다. 소아 청소년과 인턴과정에 지원자가 하나도 없다는 것이다. 다른 대학교도 마찬가지라는 소식이다. 의과대학에 진학하고자 하는 우수 인력은 매우 많다. 그런데 의과대학 모집 정원은 그대로이다. 현실의 입학 정원과 졸업 인력으로 사회적 수요를 충족할 수 없음에도 의과대학 입학 정원이 늘지 않고 있다. 아마 대한의사협회의 입김이 아닌가 싶다. 의료 인력이 많아지면, 즉 공급이 많아지면 가격이 하락하므로 자신의 소득이 감소한다는 것이 이유일 것이다.

우수한 사람이 의과대학에 지원하고자 하며 그들의 교육만 가능하다면 입학 정원의 확대가 무리는 아닐 듯하다. 하지만 장기적으로 의사의 소득감소가 우려되어 증원을 거부한다면 사회에 부정적 영향을 미치는 것이다. 전체적으로 다시 숙고할 필요가 있다. 내가 알기론 의과대학 교수의 질은 매우 우수해 세계적으로 손색이 없고 이미 각 대학병원에서 의료 인력을 공부시키기에 충분한 시설과

역량을 갖추고 있다. 그렇다면 굳이 의과대학 입학 정원을 규제할 필요는 없다. 대한의사협회라는 이익집단의 개별적 이익을 위한 몸부림으로 밖에는 생각되지 않는다.

한국공인회계사협회, 한국세무사협회 등 많은 이익집단에서 그들의 이익을 지키기 위해 노력하는 것은 인정할 수 있다. 그러나 자신의 이익을 위해 사회 구성원의 불편을 동반한다면 이는 바람직하지 못한 일이다. 정부가 마땅히 제공할 수 있는 서비스인데, 특정 이익집단의 편익을 위해 국민들 부담을 요구한다면 어불성설이다. 법무사, 세무사, 행정사, 변호사 등을 찾는 이유를 보면 살기 위해 필요한 거래비용이 많다는 느낌을 지울 수 없다. 정부가 해야 할 일을 하위 단체에 위임하고 위임받은 하위단체는 행정부의 울타리 안에서 불필요한 일을 수행하는 경우도 없지 않다.

오래전 의약 분업에 관한 논의도 마찬가지이다. 의사와 약사가 자신들의 영역을 두고 다툼을 한 꼴이다. 병원에서 의사가 약을 조제하던 것을 불법으로 규정, 의사는 약 처방만 하고 투약 및 조제는 약사의 권한이라는 것이 골자이다. 지금 그대로 시행되고 있다. 그런데 일반 국민(환자) 입장에서 볼 때, 병원에서 의사가 조제한 약을 받아 복용하는 것이나 의사에게 받은 처방전을 들고 약사에게 약을 받는 것이나 필요한 약을 복용하는 것은 마찬가지이다. 따라서 의사와 약사의 다툼 속에 국민들의 편익은 없다. 의사협회와 약사협회의 기 싸움이고 그들의 밥그릇 싸움일 뿐 국민들의 권익 또는 이익과 무관한 일이다. 결국 이익집단끼리 발생되는 갈등의 문제는 국민들의 건강이나 이익 그리고 편의성 등은 안중에 없다.

어릴 때에는 이익집단이라는 이름도 몰랐고 그들의 존재 필요성에 대해 생각해본 일도 없다. 하지만 나이 들어가며 이런저런 명목의 부담이 늘어가는 것이 이익집단의 행태와 관련이 있음을 알게 되고 필요한 이익집단의 행동이나 요구도 있지만 정말 막연하고 불필요한 요구도 있기에 생각하게 된 것이다. 이익집단은 그들의 이익을 위해 그들의 권익을 위해 일하고 노력하면 그만이다. 그 부분에 반대하고픈 생각은 없다. 하지만 자신의 이익을 위해 국민에게 피해를 끼치면 안 된다. 국민들 피해가 눈에 보이는데 정치권에 로비하며 자신의 이익을 관철하려 든다면 더더구나 안 될 일이다.

이익집단: 미국 총기 협회

우리나라와 달리 미국은 총기 휴대가 합법적이다. 자신을 지키기 위해 총기를 구입해 휴대하는 것이야 나무랄 바 없다. 그런데 가끔 뉴스에 등장하는 것처럼 정신적으로 문제가 있는 젊은이가 초등학교 또는 나이트클럽에 있던 어린 학생이나 젊은이를 향해 무차별적으로 난사(亂射)하여 많은 인명을 빼앗아 갔다. 이런 일은 심심치 않게 등장하는 뉴스이며 앞으로도 이런 일은 계속될 수밖에 없으므로 총기를 규제하는 것은 당연하다. 자신을 보호한다는 의미보다 오히려 사회적으로 해악이 심하게 느껴지기 때문이다. 그런데 많은 인명(人命)이 하늘로 갔어도 총기규제가 어려운 이유는 미국총기협회의 굳건함 때문이다.

미국 총기협회는 두 말할 필요가 없을 정도로 유명하다. 미국 정치권 및 관료사회를 쥐고 흔드는 가장 강력한 이익단체이며 이름하여 NRA(National Rifle Association of America) 이다. 1871년에 창설된 총기 옹호를 위한 이익단체이며 역사가 무려 100년 하고도 50년이 더 지났다. 애초 여가 단체로 출발했는데 1934년부터 총기 관련 입법 정보를 회원들에게 제공하면서 로비 단체의 길로 들어섰다고 한다. 현재 강성 회원 500만 명과 막강한 자금력을 가진 최대의 로비단체다. 1975년에는 단체 산하에 로비 전담부서를 만들었고, 1977년에는 정치인에게 후원금을 제공하기 위한 '정치활동 위원회'를 설립했다고 한다. 아마 수많은 의원과 관료들이 이들의 로비대상인 모양이다.

미국의 수정 헌법에 '자위를 위한 무장권리(헌법 제 2조)'가 규정되어 있어 총기 사고가 계속되고 엄청난 인명손실을 입고 있음에도 불구하고 총기에 대한 규제에 반대하며 굳건하게 자리를 지키고 있다. 전 미국 대통령인 아이젠하워, 케네디, 레이건, 조지 부쉬, 트럼프 등이 미국총기협회의 회원이었으며, 1998년부터 2003년 까지 15년간 유명한 영화배우 찰톤 헤스턴(Heston, C.)이 미국총기협회 회장을 역임했다고 한다. 회원의 면면을 보아도 전직 대통령이 수두룩하게 들어있고 전 세계에서 모르는 사람이 없는 유명 배우가 장기간 회장을 했다면 협회의 로비력은 짐작하고도 남는다.

몇 가지 예를 들어보면 알 수 있다. 1981년 미국 레이건 대통령 암살미수 사건이 있었다. 이후 총기 규제에 대한 논의가 꾸준히 진행되었고 급기야 1993년 의회에서 총기를 구입할 때 구입 이유를 명시하고 관련 전과 조회 및 신원 조회를 의무화하는 '브래디법'을 통과시킨 바 있다. 당시 존 헝클리라는 청년이 레이건 대통령을 향해 총을 쏘았는데 대통령은 무사했고 대통령 대변인이던 브래디가 총상을 입고 평생 휠체어에 의지해 살았다고 한다.

그의 이름을 딴 '브래디 총기규제법'이 제정되었고 골자는 총기 구입 이전 전과 조회를 하자는 것이다. 레이건 대통령의 암살범 헝클리도 정신질환자였고, 무차별 난사로 미국인 32명으로 하늘로 보낸 2007년 버지니아 공대에 재학 중이던 한국인 조승희 씨 역시 정신질환이 있었던 것으로 알려져 있다. 따라서 신원 조회를 하면 정신질환 등 병력을 알 수 있고, 이들에게 총기 구입을 제한하면 사회적 이득이 많을 것이다. 실제로 브래디법 때문에 총기를 구입하지 못한 사람이 240만 명이었다고 하니 상당한 효과가 있었다. 그런데 미 총기협회의 막강한 로비력으로 '신원조회나 전과조회가 위헌'이라는 판결을 이끌어 내며 브래디법을 무산시켰다.

그리고 2000년 대선 당시 총기규제에 찬성했던 앨 고어 후보 대신 총기 휴대 권리를 지지했던 조지 부쉬를 대통령으로 만드는데 미국 총기 협회가 큰 역할을 했다는 후문이다. 이 정도면 총기 협회의 영향은 미루어 짐작하고도 남는다. 수많은 생명을 빼앗을 우려가 있는 사람을 사전에 가리자는 것이 위헌이고 총기 규제에 반대하는 후보자를 대통령에서 낙마시켰다는 것은 동화책에서나 볼 수 있는 일이다.

이익단체는 이렇게 큰 일을 할 수 있다. 대한민국에서 이런 일은 없지만 의사협회, 회계사협회, 세무사협회 등의 이익단체가 국민의 생명이나 안전 대신 자신들의 이익을 위해 모든 정치인과 관료를 매수하고 자신들의 의사에 굴복하도록 만들 수 있다면 이는 민주사회도 아닌 셈이다. 생각할수록 무섭다.

우두커니 바라본 북한

새해 첫 날이 지나고 자유로를 달려 파주에 들어왔다. 제법 매서운 날씨라 미세 먼지는 사라지고 푸른 하늘과 산하(山河)만 멋지게 보였다. 바빠 다니는 자동차들 사이로 한강이 보이고 조금 더 달리며 임진강도 눈에 들었다. 한강은 썰렁해 보여도 대부분 살아 흐르는 듯했고 임진강은 많이 얼어 얼음인지 눈인지 분간이 안 되며 물의 흐름은 보이지 않았다. 서울에서 불과 50km 남짓, 물과 얼음으로 달랐고, 서울은 눈이 다 녹고 없는데 파주 땅의 눈은 아직도 흰빛을 발하고 있다.

임진강 넘어 북한은 어떤 모습일까? 자유로 너머로 보이는 북한은 산에 나무가 없고 임시마을이라 하는데 사람 사는 모습 역시 보이지 않고, 따라서 집 모양의 건축물에 연기가 피어오르지 않는다. 눈에 보이지 않는 북녘 땅에선 연일 핵실험에 몰두하고 미사일 발사를 과시하며 이런저런 행사에서 잘 정렬된 군대의 모습도 보인다. 김정은 이란 이름의 지도자가 통치를 하는데 김일성, 김정일 그리고 김정은으로 이어지는 3대가 연속해 정권을 이어가는, 조선 왕조를 연상케 하는 매우 희귀한 나라이다. 살만한 것인지 아니면 살기 어려운 것인지 종잡을 수 없고 국민들도 통치자의 미사일 몰입에 지지를 보내는지 알 수 없다.

하지만 눈에 보이는 것과 달리 북한 시민의 경우 경제적으로 매우 어렵다는 것이 공공연한 비밀인 듯하다. 미국에 의한 경제 봉쇄도 곤궁(困窮)의 이유이며 군사적 도발 행동에 대한 타국의 따가운 시선도 북한의 교역에 영향을 미쳤을 것이다. 그럼에도 불구하고 연일 군사행동을 계속하며 며칠 전엔 드론을 통해 대한민국 서울 상공까지 다녀갔다는 소식이 있었다. 경제 전쟁이란 이름으로 어느 나라 구분 없이 살기 어려운 시절인데 참 알다가도 모를 일이다. 엄청난 규모의 수출을 하고 일자리를 가진 많은 사람이 적극적으로 경제 활동을 해도 힘들다고 아우성인데 미사일이나 핵에 몰두하며 국력을 소진하면서도 백성들이 살아간다는 게 신기하다.

우리에게 북한과의 관계는 매우 중요하다. 과거 김대중, 노무현 대통령 시절에는 관계가 아주 좋아 남북 정상이 만나 웃는 모습으로 사진 찍는 일이 많았다. 김대중 전 대통령은 북한과의 대화 재개로 노벨 평화상까지 받았다. 불과 얼마 전 문재인 대통령 시절에도 초반에는 사이가 좋아 웃는 낯이 많이 보였다. 평창 올림픽 때 남북한 단일팀을 구성해 경기에 참여했던 기억도 있다. 하지만 무슨 이유인지 모르나 중반 이후 다시 옛 모습으로 돌아가 문 대통령에게 거침없이 욕을 퍼붓기 시작했다. 그들도 이유가 있을 터, 사이가 좋았던 시절의 정책으로 돌아간다면 전쟁이란 위협에서 벗어나 서로 윈윈(win-win)할 수 있을 것이다. 하지만 북한의 생각과 대한민국의 생각은 너무 다르고 한미 군사훈련을 자신들을 위협하는 '전쟁 놀음'으로 몰아세우니, 대한민국 입장에서 북한과 돈독한 관계를 유지하기 위해 미국과 관계를 껄끄럽게 하거나 단절하는 것도 불가한 일이다.

정권이 바뀌니 대한민국에 대한 비방이 더욱 거세다. 윤석열 대통령의 이름도 함부로 부르고 미국과 공조하는 군사훈련에 대해서도 '반드시 대가를 치르게 할 것'이란 위협도 서슴치 않는다. 대한민국 역시 북한의 핵 보유 사실에 유의하지 말고 '강대 강'으로 갈 기세이다. 타협의 여지는 없어 보인다. 하지만 북한의 미사일 훈련도 예사롭지 않아 보인다. 그들의 협박성 발언에도 신경이 쓰인다. 북한의 드론 침투에 대응하는 대한민국 군인의 사격실력도 불안감을 자아내기에 충분하다. 갈수록 느슨해 보이는 군기(軍氣) 역시 우려의 원인이다.

북한과 '어떤 관계를 유지할까?'에 대한 실무자나 학자의 생각도 제각각이다. 하지만 분명한 것은 자주국방이 가능하도록 대한민국의 군(軍)이 강해져야 한다. 북한과의 관계뿐 아니라 남북통일이 된다고 해도 스스로 나라를 지키는 모습을 갖는 것은 아무리 강조해도 지나친 일이 아니다. 현대 사회에서 경제력 역시 군사력만큼 중요하니 경제적으로도 세계 속에 우뚝 서는 대한민국이 되었으면 한다.

내리사랑

부모가 자기 자식을 사랑하는 것은 모든 동물의 공통점이다. 하물며 사람인 우리들이야 두말할 나위도 없다. 결혼 초기 젊었고 바빴던 시절에도 아이 웃음은 최고의 청량제이었고 밖에서 받은 모든 피로함을 한 방에 물리치는 특효약이었다. 어떠한 악이나 불결함이 없는 아기 얼굴은 모든 것을 보상하고도 남음이 있는 것이었다. 내 부모님도 나에게 그런 생각을 하셨을 것인데, 생전에 충분히 갚지 못한 것 같아 무척 마음 아프다. 기도드릴 시간에 언제나 머릿속에 어머님과 아버님의 생전 모습을 떠올려 마음속으로 그리며 대화하려고 노력하고 있다. 그것으로 사죄가 된다면 감사한 일이다.

자식에게 했던 것 십 분의 일만 해도 효자라는 말을 들었다. 당시에는 '별 말씀 다 하신다'고 생각했는데 시간이 지나며 생각해보니 옛 분들 말씀이 하나 틀리지 않는 것 같다. 경제적으로 크게 여유가 없으니 아이들 치다꺼리하기도 어려운데 부모님께서 '어디가 편찮으시다' 하면 사실 좀 귀찮은 생각도 했었다. 당시에 시간도 없고 돈도 충분치 않으니 자식만 생각해 그랬던 모양인데 실은 부모님에 대한 사랑이 그만큼 부족했던 것이 주된 이유였다. 나이 들면서 철도 따라 들어가는지 부모님께 대한 '못 다함'이 꺼림직하게 남아 있다.

내 주변에 변화가 생겼다. 몇 년 전 아들이 결혼했고 결혼하고 약 2년쯤 지나 손자가 태어났다. 산모와 아이 모두 건강하다는 소식에 흡족했고 아이까지 생겨 가족부양에 힘들 아들 생각을 하며 지난 날을 돌아보기도 했다. 모임에서 선배님들 만나면 핸드폰 배경 화면이 모두 손자 또는 손녀의 사진이고 막걸리 한잔 들어가면 손주 이야기로 시간이 부족할 지경이다. '왜들 저러실까?' 했는데 나도 예외는 아니었다. 갓난 아이 때에는 잘 몰랐는데 기고 붙잡고 웃고 울고 하는 모습을 보며 그리고 한 달 한 달 지나며 쑥쑥 커가는 아이를 보며 생각이 바뀌었다. 아이가 집으로 돌아가면 다음 볼 때까지 그 아이의 얼굴만 생각난다.

이런 마음으로 부모님을 모셨다면 얼마나 좋아하셨을까? 내가 손자를 대하는 마음으로 아들을 대했다면 아이들이 얼마나 좋아했을까? 후회해야 소용없지만 때늦은 후회를 한다. 사랑은 내리사랑이란 말이 있다. 부모님보다 자식을 더 생각하고 자식보다 손자를 더 생각한다. 내리사랑이 확실히 옳다. 그런데 내리사랑의 강도는 비교 불가이다. 부모님보다 자식을 생각하는 마음이 열 배쯤 된다면 아들보다 손자를 생각하는 마음은 최소한 백 배 가량 될 듯하다. 사랑의 비대칭이 여실히 드러난다. 내 자식이 결혼을 기피했다면 손자는 보기 어려웠을 것이다. 소위 비혼주의자가 아님에 대해 고맙다. 결혼은 해도 아이를 갖지 않겠다는 젊은이도 많다고 들었다. 아들이나 며느리가 그런 사람이 아니라 그 역시 감사하다.

젊은 시절 아들의 웃음에서 삶의 활력을 찾았다면 나이 들어 바라보는 손자의 웃음은 만병통치약이 아닌가 싶다. 조금 무리해 책을 읽거나 심하다 싶을 정도로 운동을 하면 피곤해지기 일쑤인데 손자와 보내는 시간 동안 육체적 피로함은 하나도 없다. 물론 손자가 3-4시간 놀다 돌아가면 속된 말로 그대로 뻗는다. 나도 그렇고 아내도 마찬가지이다. 그럼에도 불구하고 늘 기다리는 유일한 사람이다.

노년에 가장 필요한 것이 건강, 돈, 그리고 친구라 들었다. 건강이 중요한 것은 아무리 강조해도 지나침이 없다. 건강하지 못하면 나는 물론 손자와의 시간을 함께 하는 것 역시 불가능하기 때문이다. 돈도 어느 정도는 필요할 것 같다. 노년에 내가 살아가기 위해 필요한 돈, 손자와 함께 놀이하며 써야할 돈은 있어야겠다. 마지막으로 친구의 중요함도 물론이다. 친구로 한정하지 말고 친구를 포함한 기타 지인과의 인간관계라고 말하면 더 좋겠다.

하나 더 추가하라면 가족들과의 관계이다. 손자와 좋으려면 아들 내외와 좋아야 한다. 반가운 마음으로 아들 내외를 만나려면 부부관계가 좋아야 한다. 그렇다면 내리사랑의 힘은 엄청난 것이다. 부부관계, 부모와 자식의 관계를 솜사탕처럼 만들 수 있으니 손자는 정말 보물 같은 존재이다.

두 갈래의 길

　　주역(周易)에 유난히 관심이 많아 중국철학 관련 책을 많이 읽는 가까운 철학자께서 내게 들려준 이야기이다. 한 어른이 포구에 정박된 수많은 배를 보고 '저 많은 배들이 모두 어디로 가는가?' 라고 물었다. 도를 닦는 젊은 양반이 말하기를 '배가 가는 길은 딱 두 가지, 이(利) 아니면 명(名)입니다.' 배가 가는 길이 이와 명이라는 게 말이 되지 않을 터, 하지만 이야기를 들은 어른이 금방 알아듣고 미소를 지으셨다는 이야기이다.

　　많은 사람이 웃고 즐기며 자신의 길을 헤쳐 나간다. 그들이 가는 길은 어디인가? 우리나라에 있는 직업의 수가 16,891개(2019년 12월 현재)라고 하니 제각기 걸어가는 길을 알아내기란 무척 어렵다. 하지만 크게 보면 돈을 벌기 위해 움직이는 길과 명예를 얻기 위해 움직이는 길 두 가지로 구분할 수 있다. 월급을 한 푼이라도 더 주는 직장이 있으면 다니던 직장을 바로 그만두는 사람이 있다. 반면 다른 곳으로 움직이면 나은 대우를 받을 줄 알면서도 부사장, 사장의 승진기회를 엿보며 또는 국가를 위해 일한다는 자부심으로 그 자리에 머물며 노력하는 사람도 있다. 전자가 이(利)의 길을 가는 것이라면 후자는 명(名)의 길로 가는 것이다.

　　사람은 자신의 성품에 따라 움직일 것이다. 이익을 쫓아 많은 부를 축적하며 그 부를 다른 사람과 함께 사용하는 경우도 많다. 어떤 이는 자신을 위해 사용하지 않고, 차곡차곡 모은 것을 아무개 기관 또는 아무개 대학교를 위해 써달라고 기탁하는 사람도 있다. 금융기관이나 기타 대기업에 좋은 대우를 받으며 다닐 수 있는 사람이 고등고시를 선택, 공직자의 길을 걷는 경우도 있다. 대기업 간부가 되어 받는 급여가 100이라면 고위 공직자가 받는 급여는 50도 안될 것이다. 하지만 나라를 위해 일하고 내가 굴리는 '펜'이 나라의 운명을 좌우한다는 자긍

심으로 적은 급여이지만 거기에 연연하지 않고 일하는 사람도 많다.

이(利)와 명(名), 어느 길이 올바른 것인가? 해답은 없을 것이다. 사람마다 운명처럼 정해진 길을 가는 것인지 아니면 학창시절을 보내며 자신이 스스로 길을 만들어가는 것인지 모르겠다. 자기가 만족하며 보람을 느끼며 살아간다면 어느 길이든 훌륭한 길임에 틀림없다. 모든 사람이 이(利)를 추구하고 반대로 모든 사람이 명(名)을 추구한다면 우리 사회의 조화는 없을 것이다. 이익과 명예를 추구하는 사람이 섞여야 조화로운 사회가 될 것이다. 이익에 성공한 사람이 어떤 형태로든 자신이 축적한 부를 나누며 행복을 얻을 수 있고, 명예를 얻은 사람이 자신의 지식이나 경험을 전수하면서 큰 보람을 얻을 수 있다. 이익과 명예가 교호작용(交互作用) 하는 사회가 바람직하고 건강할 것이란 생각이 든다.

고위 공직자가 퇴임 이후 법무 법인의 고문으로 취임하며 엄청난 돈을 받아 문제가 되는 경우가 있었다. 국세청, 감사원 등 사정 기관에 근무하다 퇴직한 사람이 회계 법인의 고문으로 가면서 많은 돈을 받아 문제가 되는 경우도 있었다. 판사 또는 검사로 활동하다 법무 법인의 일원으로 가는 것은 다반사(茶飯事)이다. 그들의 '전관예우(前官禮遇)'가 일반 서민들이 보기엔 경악할 수준의 돈이라는 사실도 알 수 있었다. 사정 기관의 직원도 공직자이니 그들은 이(利)보다 명(名)을 위해 일한 사람들이다. 판검사도 과거 사법고시 합격 이후 변호사의 길을 갈 수 있지만 그것을 포기하고 적은 급여이지만 판검사의 길을 선택한 것이다. 이들 역시 이보다 명이 우선이었을 것이다. 그런데 명예를 다하고 이제 나머지 반쪽인 이(利)를 찾아가는 것일까? 아니면 훗날 많은 이(利)가 보장되었으니 젊은 시절 명(名)을 위해 최선을 다하는 것일까? 나무랄 일 아니지만 그렇게 만들어진 사회구조가 바람직하게 생각되지 않는다.

이와 명을 멀리 하며 자신만의 길을 걷는 사람도 있다. 신부님, 목사님, 스님 등 성직자가 여기에 속할 것이다. 목사님과 스님이 이익을 목적으로 목회 또는 포교를 하고 신부님이 금전적 이익을 기대하며 강론을 한다면 세상은 어지럽기만 할 것이다. 이를 따라가든 명을 따라가든 이와 명과 별개로 가든, 자신의 길을 묵묵히 가는 것이 옳다. 하지만 두 가지를 다 가지려는 사람이 있어 큰 문제이다.

공공요금

　　　　　공공요금은 서민 생활과 직결된다. 수도요금, 전기 요금, 지하철요금이 올라가면 서민 가계에 주름살을 만드니 걱정거리이다. 절대적으로 비싸지 않더라도 쉽게 올리기 어려운 이유이다. 그런데 공공요금을 낮게 유지하면 수돗물을 공급하는 수자원공사, 도시가스를 공급하는 한국가스공사, 전기를 공급하는 한국전력공사는 적자에 시달려야 한다. 서민을 보호할 목적으로 낮은 요금을 유지하려면 공급하는 회사가 적자에 시달리고 이들 서비스를 공급하는 회사는 공기업이니 공기업이 적자에 시달리면 결국 정부가 나서 손실을 보전(補塡)해야 한다. 손실 보전을 위해 정부 지출이 필요하고 정부 지출을 가능하게 하려면 세금을 더 많이 걷어야 한다. 결국 부담은 국민의 몫으로 돌아간다.

　수자원 공사 등은 경제학 교과서에 있는 용어를 빌면 비용체감 산업이다. 생산량이 증가할수록 공급 단위당 평균 비용이 점점 낮아지는 특성이 있다. 엄청난 고정 비용 때문에 평균 비용이 체감하는 것이며 따라서 생산량이 많을수록 경제적이니 전체 생산을 한 기업에서 담당하는 것이 효율적이다. 비용체감 산업의 문제는 효율적 배분을 위한 공공요금을 설정하면 기업이 손실을 보게 된다는 점이다. 기업의 손실은 정부 보조로 보전되어야 하므로 결국 조세 부담 상승의 원인이 된다. 그러므로 공공요금은 원가주의(原價主義)에 충실한 것이 바람직하다. 생산 단위당 평균 비용을 공공요금으로 정하자는 것이다. 공공요금이 평균 비용과 일치하면 기업의 손실이 없기 때문이다.

　비용체감의 특성이 있으면 한계비용이 평균비용보다 낮다. 교과서적으로 효율적 공공요금은 한계비용과 일치하는 요금인데, 한계비용이 평균비용에 미치지 못해 기업의 손실이 발생한다. 기업 손실의 원인이 방만한 경영 때문일 수도 있고, 일하고자 하는 의욕이 낮아 그럴 수도 있다. 하지만 기본적으로 평균 생산

비용보다 낮은 가격으로 설정된 요금이 문제이다. 서민 가계를 위협하는 가격 상승 효과만 중요한 것이 아니라 기업의 독립적 유지 역시 심각하게 고려되어야 한다. 예를 들어 대한민국의 지하철 요금은 매우 저렴하다. 그런데 지하철 공사의 적자는 계속 누적된다. 일정한 나이가 되면 개인 사정 불문하고 공짜승차(무임승차)가 가능하다. 여기에도 기업의 손실 원인이 있다. 본인이 사용해 편익을 얻었다면 본인이 그에 상응하는 부담을 하는 것이 옳지 않을까?

무료로 이용 가능하면 꼭 필요한 경우만 승차하는 것이 아니라 그렇지 않은 경우도 승차하려 할 것이며, 일을 만들어서라도 지하철을 이용하려 들 것이란 우려도 없지 않다. 낮 시간 지하철 승객 중 노인이 많은 이유도 여기에 있는 것 아닐까? 국민연금 수령액이 일정 금액에 미달하는 노년층, 아예 소득이 없는 경로자 등에게 무임승차 하도록 하는 것은 좋다. 그러나 많은 연금을 받고 경제적으로 넉넉한 노년층에까지 무임승차 혜택이 필요할까? 수돗물도 마찬가지, 요금이 낮은 경우 아껴 쓸 유인이 거의 없으므로 오히려 바람직하지 않을 수 있다. 따라서 공기업의 적자 해소와 불필요한 수요 억제라는 측면에서 공공요금 인상은 반드시 필요하다고 생각한다.

학교에서 보면 강의실을 나가면서 강의실 등을 끄는 학생은 거의 없다. 난방기나 냉방기의 전원을 아웃시키고 나가는 학생도 거의 없다. 빈 강의실에 불이 켜있고 난방기 또는 냉방기가 혼자 돌아가는 경우를 많이 보았다. 손을 씻을 때에도 사용할 만큼만 사용하는 것이 아니라 물을 틀어놓은 채 이야기도 하고, 용무를 마친 뒤 물을 잠그지 않고 그냥 나가기도 한다. 집에서도 마찬가지라면 낭비가 많은 셈이다. 공공요금이 높아지면 이와 같은 낭비를 줄이는데 기여할 것으로 생각된다. 사무실의 냉난방 온도 역시 적정 수준과 거리가 멀다. 가정에서 한겨울에 반팔 셔츠만 입고 다니는 사람이 많다. 만약 전기요금이 비싸다면 이런 행동을 할 수 없을 것이다.

전기, 수도, 철도 등의 공공서비스는 우리 모두에게 없으면 안 될 생활필수품이다. 하지만 낭비의 대상이 되면 곤란하다. 나아가 안정적으로 공급이 이루어지려면 기업의 손실이 없어야 한다. 공기업은 공공서비스를 안정적으로 공급하고 소비자는 고맙게 사용하고 편익의 대가는 본인이 부담하는 것을 원칙으로 했으면 한다. 정부 역시 공공요금을 규제할 때, 생산비용 회수가 최우선 이었으면 한다.